平和的ダンジョン生活。

3

創造主
異世界を担当している神様で、聖をダンジョンマスターに任命した張本人。容姿は子供だが、本当の年齢は不明。
アストウト
聖の補佐役を務める魔人。有能で傲慢なところもあるのだが、聖のせいで苦労人ポジションに収まっている。
東雲（しののめ） 聖（ひじり）
死後、異世界でダンジョンマスターをすることになった女性。創造した魔物達と共に快適な隠居生活を送るため、ダンジョン経営（ある意味魔改造）中。
登場人物紹介

ウォルター
軍人気質なダンジョンマスター。ダンジョンマスターとしても優秀だが、前線に出られるほど戦闘のスキルも高い。
アイシャ
正義感の強い新米冒険者。しかしその正義感を信じるあまり、他人の意見を聞かない節がある。
ルイ
ソアラの弟で、姉とともにバーを任されている淫魔。色気駄々漏れの容姿に反し、真面目な性格をしている。
なぎ
凪
この世界に召喚された、聖とは違うタイプの元異世界人。訳アリの人。現在は聖のダンジョンの魔物として生まれ変わった。

平和的ダンジョン生活。3 目次

Peaceful Dungeon Life.

プロローグ

『ダンジョン』。それは世界中に点在する、ダンジョンマスターと呼ばれる者達の『居城』。

『居城』という言い方は、正しくないのかもしれない。だが、其々のダンジョンを支配するダンジョンマスター達は己がダンジョンを完璧に支配下に置いており、その構造でさえ思いのままにしているのだ。

各ダンジョンマスターには一人の補佐が付き従い、その支配を助けている。生み出された魔物達全てがダンジョンマスターに忠実であり、主に牙を剥く者達を死に至らしめるのだ。


——それはまさに一つの『国』である。


反逆といったものが起きない分、人が治める国よりは統制が取れているとも言えるだろう。……が、それには当然、『そうなるだけの理由』があるのだ。

ダンジョンの魔物達は通常、自我などない。ダンジョン内において明確な自我を持つのは、支配者にして中核たるダンジョンマスターと補佐だけなのだから。

ゆえに……『魔物達には反意を抱くような感情がない』。挑んだ者達からすれば外に居る魔物達と同じに見えるのだろうが、実際には『魔物という創造物』であった。

多くの者達は勘違いをしているのだろうが、外とダンジョン内の魔物達は別物である。

外に生きる魔物達は所謂『生物』、ダンジョン内の魔物達は『物』。


己の命を顧みずに挑戦者達に襲い掛かるのは、それが『彼らの存在理由』であり、『ダンジョンマスターの命に従っているだけ』。つまり、闘争本能といったものから牙を剥くのではなく、それが彼らに望まれた役割というだけだったりする。

また、各ダンジョンはダンジョンマスターが討伐されると自動的にリセットがかかる仕組みになっているため、ダンジョンマスター達は己の防衛のために魔物達を使って挑戦者達を倒すのだ。

人々は言う――『ダンジョンとは、叡智と宝の宝庫』と。
多くの者達は夢を見る――『ダンジョンとは、死と栄光が満ちる場所である』と！

人が困難に挑むは、その先にあるものを求めるゆえ。血と恐怖に彩られ、死の匂いに満ちたダンジョンの奥へと足を進めるのは、そうするだけの価値があるものが手に入るからだ。

その反面、当然ながら命の危険に見舞われることも多い。名声や宝を夢見ながらも志半ばで倒れ、ダンジョン内で朽ちていく者とて珍しくはない。寧ろ、大半がこういった道を辿る。

敗者となった者達は時にダンジョンに取り込まれ、アンデッドとなって彷徨うこともあった。こういったことからもダンジョンは恐怖の対象であり、決して侮ってはいけない場所なのだ。

冒険者となった者達は、まず先輩冒険者達からこう言われる――『ダンジョンを侮るな』と。

たやすく手に入る名声や宝など、この世には存在しない。夢を見ることは勝手だが、自分達の実力に見合った仕事を受け、実力を伸ばしていけ、と。

それはすでにこの世にはいない『先輩達』が、その人生をもって遺した教訓である。ほんの少しの油断、甘い認識、足りない情報……生きる力に溢れ、栄光を夢見て冒険者となった者達の足を掬う要素はとても多い。

地道な努力と、己が実力を正確に見極めることこそ、生存の秘訣なのだ。……もっとも、それを理解するものが半分にも満たないからこそ、冒険者が溢れ返ることにならないのだが。

実際、生まれゆえに碌な仕事に就けず、やむなく冒険者になる者はとても多かった。そういった状況であっても、所謂ベテランにまで上り詰める――生存しているだけでなく、冒険者を続けていられる、という意味で――者はほんの一握り。

『誰にでもなれる』からこそ、『続けていくのは難しい職業』なのだ。生活の糧を得るだけでなく、常に命の危機の中に身を置くからこそ、精神面での強さも求められるのである。決して、楽な道ではない。

だからこそ、先輩冒険者達は無謀な若者達を案じ、教育係を自主的に買って出る。時に厳しく、時に助け、少しでも彼らが生き残れるように、と。

そんな優しさが理解できるのは、新米冒険者達が一人前となり、困難に直面した時であろう。そういった状況になってこそ、これまで学んできたことが活きてくるのだから。

『生きて、再び会おう』――それは誰もが口にする言葉であり、冒険者達がよく交わし合う『約束』。軽い口調と言葉に込められたものは『再会の誓い』に『相手への祝福』、そして……『必ず生き残ってみせる』という自身への『決意』。

新米冒険者達は身をもってその重さを知り、約束事を叶える難しさを学ぶのだ。果たせなかった約束と落ちた涙の数は数知れず。それもまた、一つの教訓として根付いてゆく。

それでも。

それでも、人は歩みを止めず、絶望することもない。無謀な夢とて、確かに生きるための糧であるのだから。

――そんな世界にも、救いとやらは与えられるもので。

一年ほど前から、冒険者達の間では『ある奇妙なダンジョン』が話題になっているのであった。

曰く、『そのダンジョンにおいて、怪我はすれども、死ぬことはない』。

曰く、『ダンジョンの魔物達とは、意思の疎通が可能である』。

何より奇妙なのは、『かのダンジョンを統べるダンジョンマスターは挑む者達に敬意を持ち、足掻く者達を応援してくれている』というもの。

これまで『敵』という立場で認識されていたダンジョンマスターという存在が、まるで味方のような扱いを受けているのだ。多くの冒険者達が首を傾げるのも当然のことだろう。


だが、これは単なる噂ではなく事実なのである。


そのダンジョンマスターの名は『聖(ひじり)』。異世界より招かれ、人々の敵としての役目を担うダンジョンマスター達の中において、例外中の例外となった女性。

日本に生まれ育った聖は不慮の事故で人生を終えたとはいえ、その平和ボケ思考が『全く』変わらなかったのである……！

ただし、これはどちらかと言えば創造主の人選ミスというか、個人的な好みで選んだ弊害というか、聖が元居た世界の創造主の采配のせいといった方が正しい。

女神の祝福を押し付けられ、それから逃れるべく様々な世界に転生を繰り返していた『凪(なぎ)』――後に、聖命名――と知り合ったことにより、聖は創造主達の目に留まったのだから。

ダンジョンマスターとは『人々の悪意を引き受ける【敵】であり、異世界の知識をもたらす者』――どう考えても、聖には向いていない。ダンジョンからは出られないので、引き籠もり気質だけは合っているのかもしれないが。

それでも何とかなっているのは、補佐役のアストゥトの日々の努力のお蔭であり、魔物達に自我が存在するからであろう。

聖の平和ボケ思考は当然、ダンジョン内の采配にも影響を及ぼし。創造された魔物達を『物』ではなく、『運命共同体の家族』として位置付けたのだ。

結果として、聖が何もしなくてもダンジョンの運営は行われていく。ダンジョン内の構築や魔物の創造といったものは聖にしかできないが、運営方針さえ提示すれば、魔物達が勝手に行ってくれるのだった。ここまで存在感のないダンジョンマスターも稀であろう。

その代わりとでも言うように、聖は魔物達の居住区やら、挑戦者達へのサービスは積極的に関与している。聖曰く、『適材適所』。

『ダンジョン』というものに馴染みがない世界に居たため、聖には『ダンジョンの運営』やら『生死を左右する場』といったものはハードルが高過ぎるのだ。

聖の目指すもの――それは『娯楽施設・殺さずのダンジョン』！

『挑戦者が魔物達に殺されれば、こっちが恨まれるじゃん！　それ以前に、自分の家で殺人なんて嫌だ！　平和的にいこうよ!?』という言い分の下、聖のダンジョンは娯楽施設方向に発展中。

なにせ、ダンジョンマスターである聖自身が『うちのダンジョンは、罠付き巨大迷路でよくない？』という方針なので、些細なミスからの命の危機などあるわけがない。精々が怪我をしてリタイア、その後は救護室行きという運命を辿るだけ。

ダンジョンマスター一人が、ダンジョンを完璧に支配できるからこそ起きた悲……喜劇である。

すでに補佐役であるアストゥトすらも色々と諦め、聖のことは『二十一歳児』と呼ぶ始末。なお、『二十一歳児』にはエリク、凪も含まれていたりする。聖を含めた三人の享年は揃って二十一歳なので、ある意味、間違ってはいないのだが。

……そんなわけで。

本日も異質な北のダンジョン――通称『殺さずのダンジョン』は、相も変わらず多くの人で賑わっている。緊張に顔を強張らせている者、随分と慣れた様子で仲間達と話している者といった感じに様子は様々だが、悲壮な覚悟を表情に浮かべている者はいない。

『命を失うことはない』。挑戦者にとって、それはとてつもなく大きな幸運であった。今回の挑戦で願いが叶わずとも、『次の機会がある』のだ。怪我を負ったとしても、治してから再び挑めばいいのだから。

聖はそういった事情など知らなかったろうが、挑戦者側はこのような仕様のダンジョンなど、見たことも聞いたこともない。『人々の敵』という役目を考えれば当然とも言える。

平和ボケした聖の影響を受け、『娯楽施設・殺さずのダンジョン』は見事に他のダンジョンとは一線を画すものとなり。挑戦者達にとっての『救い』となるのに時間はかからなかった。

まるで挑戦者達の成長を応援し、生き延びる術を身に着ける機会を与えてくれるような場所。足掻く者達に救いの手を差し伸べるマスターが居るダンジョンとして、『殺さずのダンジョン』は徐々に知られる存在となり、中核たるダンジョンマスターは順調に慕われていっているのであった。

余談だが、当のダンジョンマスターが聖ということは、あまり知られていない。

というか、聖はそれなりに挑戦者達の前に姿を現しているのだが、それが軽食の調理や負傷者の治療の手伝いといったものであるため、『挑戦者と仲良くしている人型の魔物』という認識が大半なのである。

時には大型猫に酷似したネリアや、ヘルハウンド達と呑気に昼寝をしていたりするので、危機感皆無な平和ボケしたお嬢さん（魔物）としか思われていなかった。

まあ、引き籠もり傾向にあった元民間人に対し、威厳やらカリスマ性というものを期待する方が間違いなのだろう。

——本日も、『殺さずのダンジョン』は平和に運営中である。

第一話　想像と現実

娯楽施設（希望）『殺さずのダンジョン』は本日も無事に通常運営。皆様、お元気でしょうか？北のダンジョンこと、通称『殺さずのダンジョン』のダンジョンマスター聖（ひじり）です。

……などと、脳内でナレーションを展開するくらい、今日は平穏な一日ですよ。重傷者も出ておらず、問題のある挑戦者——稀に、柄の悪い人達が来る——も来ていない。

そんな中、私は一階層にある休憩室の給仕としてお手伝い。

ここはダンジョン攻略に疲れた人達が休憩したり、今後の方針を話し合ったり、待ち合わせに使ったりしている場所。椅子やテーブルが設置されていることもあり、あまり無人になることはない。

安価で軽食や飲み物の販売も行っているし、ここで飲み食いすることも可能なので、保存食を残しておきたい人々にとっては、食堂のような認識だ。実際、『食堂』って呼んでいる人達もいるくらいだしね。

で。

さっきから、あるテーブルでは二人の冒険者が休憩中。片方はお馴染みジェイズさん、もう一人は初めて見る人だ。ただ、私が会ったことがないだけという可能性もあるのだけど。

……『怪我をする可能性がある』という理由から、営業中は休憩室といった安全な場所にしか居ないからね、私。

ダンジョンはダンジョンマスターが死ぬとリセットがかかってしまうので、戦闘能力皆無の私に対し、魔物達は過保護気味だ。

……。

いや、実際に紙防御というか、下手をすれば村人以下の身体能力しかないけどね!?

元の世界で便利な物に慣れまくっている私から見れば、この世界で肉体労働に従事する人々はとっても逞しい。というか、ダンジョンに挑む挑戦者達はほぼ、この『肉体労働者』に該当する。

たまに、已むに已まれぬ事情で『何故、ここに来た⁉　他のダンジョンには絶対に行くなよ、間違いなく死ぬぞ⁉』という人が来るけれど、それは本当にレアケース。

基本的に、冒険者になるような人達は肉体労働者志願と見ればいいんだと。まあ、体が資本の職業だし、間違ってはいない。

そんなわけで、私にはいつの間にか『華奢』というステータスが追加されていた。というか、挑戦者達からそう認識されている。

元の世界では普通でも、この世界的には貧弱という一言に尽きるもの。日本人って、元の世界でも小柄だもんね。その差ばかりはどうしようもない。

余談だが、ダンジョンにやって来る挑戦者達はそんな私を見て『この子絶対、戦闘用魔物じゃない』と思うそうな。畑仕事をしている子の方がまだ、まともに武器を振り回せるだろう、と。


女性としては良い意味のはずなのに、可哀想な子扱いに聞こえるのは何故だろう……？


冒険者には女性もいるので、彼女達からは特にそう思われているらしい。うん、体つきからして違うものね！　筋肉がないどころか、戦闘能力皆無の最弱ダンジョンマスターですからね……！

そんな私は現在、給仕中。何やら苦悩（？）しているらしい若者をよそに、彼らのテーブルへとジェイズさんご所望のハンバーガーセットをそっと置く。

「ありがとな、聖の嬢ちゃん」

「こちらこそ、いつもありがとね。冷めるとポテトは美味しくないし、温かいうちに食べて」

「おう！　ほら、お前もいい加減に気持ちを切り替えろよ」

慰めている（?）ジェイズさんの声にも、後輩らしき冒険者は反応しない。年齢的に、後輩君――まだ名前を知らないので、これでいく――は十五・六歳くらいだろうか？　彼は相変わらず俯き、時に肩を震わせていた。

「一体、どうしたの？　怖い思いでもした？」

死ななくとも怪我はするので、新米冒険者な挑戦者の中には、いきなり現実が見えて泣き出す人もいる。『魔物と対峙する』――その意味を、初めて実感して。

だが、彼の場合は違うらしい。ジェイズさんは笑いながら、首を横に振った。

「いやいや、そういうことじゃねぇんだ。こいつはもう幾つか依頼をこなしててさ、新米冒険者と言っても、そこそこ経験を積んでいるんだよ」

「へぇ……頑張ってるじゃない」

素直に称賛すれば、ジェイズさんは我がことのように喜んだ。

「おう！　俺もこいつみたいな時があったから、後輩が成長するのは嬉しいさ。でな？　こいつ、どうやら他の国のダンジョンにちょっとだけ入ったみたいでなぁ……」

言葉を切って、ジェイズさんは面白そうな顔で後輩君を見た。自然と、私の視線も後輩君へと向かう。

「なんでも、それなりに怖い思いをしたらしいんだ。勿論、同行者もいたんだけどな。だけど、魔物が怖くちゃ冒険者は務まらねぇ。ダンジョンを怖がっても、チャンスを潰すだけだ。だから、ここなら練習に丁度いいと思って連れて来たんだよ」

「ああ、なるほど。確かに、怪我はしても死なないし、閉鎖空間での戦闘を学ぶには丁度いいかもね。外で自由に動ける戦闘とは、また違った戦い方になるだろうし」

外での戦闘ならば逃げることも可能だろうけど、ダンジョン内で魔物に出会った場合はそうもいかない。ここならば怪我をするだけだが、他のダンジョンの魔物達は殺る気で襲い掛かってくる。逃げようにも、やみくもに走り回った挙句、迷子になってそのまま……ということもあると聞いた。逃亡一つとっても、決して安全ではない。ダンジョン内で力尽きた人達は、魔物だけが原因でそうなったわけではないのだから。

ジェイズさんもそれらの理由を思い浮かべたのか、深く頷いている。もしかしたら、死にかけたことの一度や二度、あるのかもしれない。

「まあ、そんなわけでな。こいつを連れて、ちょっとここに潜ってみたんだが……」

「みたんだが？」

「……前に潜ったダンジョンとの差に耐えきれなくて、混乱してるんだ」

「当たり前でしょうっ！」

ジェイズさんが原因を口にするなり、後輩君が勢いよく顔を上げる。その顔に浮かぶ表情は『恐怖』というより、『困惑』だった。

「僕は危険を承知で、冒険者という道を選んだんです。ダンジョンで死ぬ覚悟も当然、してました！　なのに……なのに、ここは一体、何なんです⁉　僕が初心者と悟るや、魔物達は攻撃の手を緩めるし、逃げても追い掛けてこない！　どうなってるんですかぁっ！」

ダン！　と後輩君はテーブルを拳で叩く。対するジェイズさんは腕を組んだまま、視線を泳がせ。

「まあ、今回は俺が事前にエディに頼んでいたしなぁ」

舞台裏を暴露した。思わず、私も納得とばかりに頷いてしまう。

「ああ……そりゃ、そうなるでしょうね。エディならば、新人教育の一環だとスタッフに伝えるだろうし、皆だって快く協力してくれるでしょうよ」

エディは一階層の責任者を務める獣人だ。この世界の獣人は乱暴者という印象を抱かれやすい――全てが該当するわけではないが、割と感情的になりやすい傾向にあり、本能に影響された行動を取ると思われている――ため、当初は挑戦者達にも警戒されていた。

……が、実際のエディは読書が好きな知性派獣人。見た目からして、眼鏡をかけた優しそうなお兄さんである。……獣人に『知性派』なんてものがあるかは判らんが。

獣人ゆえに、エディはそれなりにガタイが良い。力だって、そこそこあるだろう。だが、それは種族の特徴であり、本人の性格は至って温厚だ。ジェイズさんとてそれを判っているからこそ、今回のことを頼んだと思われた。

「良い経験だって思えばいいじゃない。さっき『逃げた』って言ってたけど、他のダンジョンだと冗談抜きに命の危機だよ？」

「う……そ、それは判っているんですが」

私の指摘に、後輩君は顔を赤らめて俯いた。そんな彼の様子に、苦笑が漏れる。

この子、基本的に素直な性格なんだろうな。逃げたことを事実として受け止めているし、それを情けなく思ってもいる。この様子では、先輩達からの助言もきちんと聞いているだろう。

ちらりと視線をジェイズさんに向けると、微笑ましいものを見るような優しい目をして後輩君を眺めていた。ジェイズさんの家族構成は知らないけれど、弟を見守る兄のような、そんな目だ。

「だったら、学べばいーじゃん！　ここは『殺さずのダンジョン』……ここの魔物達は挑戦者を殺さない。『命を失うことはない』んだよ。だから、今回のジェイズさんみたいに後輩を案じて、経験を積ませようとする人が結構いる」

「え、そうなんですか？」

「うん。だって、自分達も通った道なんでしょ？　最初から危険な目に遭わせて、経験を積む前に死なせたくはないんじゃない？　……このダンジョンができる前は、そういった場所がなかっただろうから」

「……」

全くないとは言わないが、かなり限られた場所や依頼になるだろう。そんな状況だったとしても、確実に生き残れるとは限らない。『確実な明日』や『約束された安全』なんて、あり得なかった。

「他と違って混乱する気持ちも判るけど、ここは特殊な『そういう場所』なの。それにさ、ダンジョンってのは基本的に異世界の知識を活用してたりするから、驚くことは結構あると思う。そんな状況であろうとも、冷静さを保たなきゃならないんじゃないの？」

「その通り！　聖の嬢ちゃんの言う通りだぞ？　ゼノの兄貴やシアの姉御なんて、滅多に慌てねぇんだ。周囲を観察する冷静さってのは、それくらい重要なのさ」

私達の言葉に、後輩君は無言だった。だけどそれは嫌な沈黙ではなく、自分の中できちんと理解しようとするための時間に思える。

やがて、後輩君は顔を上げると、ジェイズさんに向かって頭を下げた。

「すみません。僕、混乱するあまりに失礼なことを言いました。ジェイズさんは僕のことを考えてくれたのに、最低ですよね」

「気にするな。俺達だって、ここに初めて来た時には混乱したものさ」

ジェイズさんは笑って首を横に振る。その姿に安堵したのか、後輩君の顔にも笑みが浮かぶ。そして、彼は私に対しても頭を下げた。

「えっと……聖、さん？　もごめんなさい。貴女の言葉で、頭が冷えました。今日会った魔物達にもお礼を言っておいてくれると嬉しいです」

「気にしなくていいよ。これからも頑張って」

「はい！　きっと僕が奥に進めるのは、ずっと後になると思いますけど……それまで、何度でも挑戦させてもらいます」

「うん、頑張れ。私はこのダンジョンの魔物達が一番大事だけど、貴方みたいに努力する人にも死んで欲しくないからね」

「ありがとうございます！」

笑顔でお礼を言う後輩君に、私の顔にも笑みが浮かぶ。良い子だなー、ジェイズさんが面倒を見る気持ちも判るなー！

……。

素直過ぎて、お姉さんは君がちょっと心配です。気を付けるんだぞ。

「よし！　じゃあ、飯を食おうぜ。ここの飯はちょっと変わってるけど、何でも美味いぞ」

「あはは！　さすが、ポイント全てを食券につぎ込んだパーティだね！」

「いいだろ、マジで美味いんだから！」

私達の言い合いに、後輩君も楽しそうに笑っている。……こんな和やかな時間を過ごせるならば、私のダンジョンの在り方は間違っていなかったんだろう。そう、思えた。


その後、ダンジョンの料理の美味しさに感動した後輩君はダンジョン常連と化し、魔物達と友好を深めていくことになる。時折、凪(なぎ)やエリクでさえ剣の相手をしていることもあるので、彼の成長が楽しみだ。

第二話　君の名は

――ダンジョンにて

「あははっ！　くすぐったいよ、サモエド」

「キュウ！」

「……」

目の前では、遊びに来た銀髪ショタ（神）がサモエドと戯れている。見目麗しいお子様と毛玉なアホの子――サモエドのこと――が戯れているのは、実に微笑ましい。

……が。

私はそれを眺めながらも、『ある疑問』が頭の中を占めていた。それは――

『銀髪ショタ（神）の名前って、何？』

だった。今更と言うなかれ。基本的に、銀髪ショタ（神）がやって来るのは問題が発生したか、何かしらの伝達事項がある時なのだ。だから、聞く機会を逃していた。

はっきり言って、そんなことに気を取られている余裕がなかっただけ。だが、のんびりする余裕ができれば、気になるのも当然であって。私は本人に直接、聞いてみることにしたのだった。

「ねー、銀髪ショタ（神）？」

「……ん？　なぁに、聖（ひじり）」

「あんたの名前って、何ていうの？」

「え……」

創造主に作られた補佐役であるアストやミアちゃんに名前があるのだ、銀髪ショタ（神）にだって当然、あるはず。

……だが、予想に反し、私の素朴な疑問を受けた銀髪ショタ（神）は困ったような表情になった。

あ、あれ？　そんなに困るようなことを言ったかな⁉

「えっと……その……」

「あ～……何か理由があって言いたくないなら、無理にとは言わないよ？」

「ううん、そういう意味じゃないんだ。……だよ」

「え？」

困ったような表情はそのままに、銀髪ショタ（神）は名前らしきものを口にする。だが、私はそれを聞き取れなかった。

『何かを言った』ということは判るのに、それを言葉として認識できなかったような？　んん？

一体、どゆこと？

「ええと、その、ごめん。もう一度言ってくれる？　よく聞こえなかったみたい」

謝罪しつつも再度頼めば、銀髪ショタ（神）は再び口を開いた。

「……だよ」

「……」

やっぱり、聞こえない。いや、『音』という意味では聞こえているんだけど、意味のある言葉や単語として認識できないというか。ううん、よく判らない！

困惑し、首を傾げる私に、銀髪ショタ（神）は「仕方ないよ」と口にする。

「僕は君達……ダンジョンマスターどころか、この世界の住人達とも一線を画する存在なんだ。だから、聞き取れない……ええと、認識できないって言った方が良いかな？　とにかく、今、聖が感じたままなんだよ」

「ああ、創造主だから別格ってやつ？」

「そんなところだね。……。まあ、名前を呼んでもらえないのは少し……ほんのちょっとだけ、寂しくはあるんだけど」

仕方ないよね、と銀髪ショタ（神）は苦笑した。その笑みが諦めたようにも見え、どことなく寂しげに感じられる。私も何となく気まずい。

「どうしたんです？　何かありました？」

そこへやって来たのが、アストことアストゥト。場の微妙な空気を察したアストは銀髪ショタ（神）の表情を見るや、ジトッとした目を私へと向けた。

「聖？　貴女、創造主様に何を言ったのです？」

「ちょ、無実！　私はただ、名前を聞いただけ！　この子だけ、名前知らないんだもん！　……まあ、聞き取れなかったんだけど」

「ああ……それは……」

「聖は悪くないよ。聖の疑問は、僕の説明不足が原因だから」

アストはその理由を知っているらしく、納得の表情だ。銀髪ショタ（神）も私に非がないと思っているらしく、アストを宥めてくれた。

……が。

「皆、どうしたんだ？」

ダンジョンの見回りを終えたらしい凪(なぎ)の顔を見た途端、再度、私の脳裏に疑問が浮かぶ。


……あれ？　凪の世界のクソ女神って、名前を知られていたような……？


信仰されていた以上、名前が判らないってことはないだろう。聖女は『恐れ多くて、私如きが呼んではいけない』的な空気を醸(かも)し出していたけど、元の世界では広く信仰されていたはず。彼女以外にも信者がいただろうし、その信者達との繋がりも深かった。名前どころか、顔を知っていても不思議はない。

「あのさぁ、ちょっと聞いていい？　凪に祝福を押し付けた女神って、自分の世界では名前が知られていたんじゃないの？　それもまた、人との距離が近い理由になっていたと思うけど」

素朴な疑問・其の二である。日本はあまり宗教色が強くない——自由度が高い、という意味で——けれど、それでも敬う神様の名前は知られている。凪の世界だって、同じじゃないのかい？

「あの女神の名前？　……。……もしかして、銀色の子の名前を聞いたのか？」

「うん。でも、理解できなかった。音としては聞こえるんだけど、意味を認識できないみたい」

私の問いに、凪は凡(およ)その事情を察したらしい。頷くと、銀髪ショタ（神）へと視線を向ける。

「この子は極力、この世界に神の影響を与えないようにしている。だからこそ、そういった現象が起こってしまうんだ。世界のルールみたいなもの、かな」

「名は個人を表すものですから。聖の世界……いえ、国にも『言霊』というものがあったでしょう？　名を呼ぶことで呼びかけ、振り向かせる……『個人に影響を与える』。創造主様はこの世界においての絶対の存在ですから、ご自身がこの世界に影響を与えることを良しとしない以上、『この世界に在る者には、創造主様の名が認識できない』ということになるのでしょうね」

「ああ、そういうことだったんだ」

納得とばかりに頷くと、アストは肩を竦めた。

「貴女が日頃から使う呼び名も問題ですが、私が徹底してでも直させないのは、そういった理由があるのですよ。貴女にとっての創造主様とは、本来の世界の創造主様を指すもの……ややこしくなってしまうでしょう？」

「確かに。……うちの世界の創造主様は『兄貴』って呼んでも許してくれそうだけど」

「お止めなさい！　創造主様に対し、何と無礼な！」

「いや、逆に喜びそう。実際、喜んでたし」

「な⁉　それは彼のお方が、寛大にもお許しになっていらっしゃるだけでしょうが！」

アストが青筋を浮かべて止めるけど、そこまで心配する必要はないと思うんだ。ちらりと視線を向けた先の凪も同意見なのか、「確かに」と頷いている。

本当に、豪快な兄貴なんだもの、うちの創造主様。恐竜達の興亡を見る限り、『昔はやんちゃ（意訳）もしたけれど、今はちょっと好戦的なだけです』っていう人（神）だぞ？

物凄く面倒見は良いんだけど、筋はきっちり通すことを求める感じ。怒らせたら多分、ヤバい。

サージュおじいちゃんの世界の創造主様——青い髪のインテリ系。努力を尊ぶ半面、怠る者や規則違反には滅茶苦茶厳しい——とも仲が良いみたいだし、そういったことには煩いと思う。

「魔術の中には名を使って縛ったり、力を借りたりするものがある。こう言っては何だが、この世界には魔術があるんだ。この子の名が知られていないのは、良いことだと思うぞ？」

「凪はそう思うんだ？」

「ああ。たやすく神の力に縋れる状況は怖い。誰かが興味本位で行った魔術でさえ、世界に想定外の影響を与える可能性があるんだ。この子が世界に影響を与えないことを願うならば、『聞き取れない』という現象も納得だよ」

「そっかぁ」

さすが、女神の祝福で苦労しただけはある。凪の言葉は説得力に満ちていた。

……が、先ほどの銀髪ショタ（神）の表情——寂しげなやつ——を見てしまったお姉さんとしては、気になってしまう。

銀髪ショタ（神）、実は名前を呼んで欲しいんじゃないか？　私達と関わっているからこそ、余計に『自分だけ他と違う』ってのを突き付けられてしまうだろうし。

ふむ、名前……名前……呼びかけるための名……。

……。

……あ。一個だけ思いついた。

「あのさぁ、渾名も駄目？」

提案！　とばかりに片手を上げると、皆の視線が集中した。

「渾名、ですか」

「うん。銀髪ショタ（神）は結構ここに遊びに来てるし、アストだって、私が失礼な呼び方をするのが気に食わないんでしょ。だったら、渾名で呼ぶのはどうよ？」

本名だとまずいなら、渾名はどうだろう？　真名といった言葉もあるし、アウトなのは本名だけという気がする。そもそも、渾名を付けるのは銀髪ショタ（神）から見て、格下の存在だ。この子に影響を与えられるとは思えない。

「えっと……聖、僕に渾名を付けてくれるの？」

「ずっと『銀髪ショタ（神）』ってのも、ねぇ……。嫌じゃなければ、皆に名を呼ばれるのもいいんじゃない？　まあ、渾名なんだけど」

そう提案すると、銀髪ショタ（神）は目を輝かせた。そんな様子に、アスト達も顔を見合わせ、諦めたように頷いた。

「おかしなものにしなければ、妥協しましょう」

「なにさ、その言い方」

「貴女は創造主様を『銀髪ショタ（神）』などと呼んでいる人でしょうが！」

煩いぞ、アスト。この子の場合、それが最大の特徴じゃないか。

ジトッとした目を向けるも、アストは馬鹿にした表情のまま鼻で笑う。この野郎……完全に、素に戻ってやがる……！　あんた、私の補佐役じゃないのかよ⁉

……。

まあ、いいか。銀髪ショタ（神）も待っているようだし。

とりあえず、補佐役様の許可は出た。本人も望んでいるみたいなので、『呼びかけに応じる』程度の影響力はありそうだ。気に入れば、自分の名の一つ——ただし、影響力はないに等しい——として認識してくれるだろう。

「そうだね……『縁（ゆかり）』でどうかな？」

「ユカリ？」

「ふふ、漢字の意味から選んだんだよ」

首を傾げた銀髪ショタ（神）に少し笑うと、テーブルにあった紙へと字を綴る。

「字はこう書くの。私が居た世界の文字なんだけど、意味は『巡り合わせ』とか『えにし』ってこと。ちなみに、もう一つの意味も兼ねてる」

言いながら、先ほどとは違う文字を紙に書く。それを見た銀髪ショタ（神）は首を傾げた。

「あれ？　今度は字が違うね？」

「こっちも『ゆかり』って読むんだよ。こっちの字は色のことなんだけど、『紫』って、赤と青っていう二色からできるの。あんたはこの世界に『別の世界のこと』を馴染ませようとしているから、丁度いいかなって」

銀髪ショタ（神）はこの世界に根付くような異世界の知識を求め、ダンジョンマスターを他の世界から連れて来る。当然、私もそれに該当。

だけどそれは無理矢理にじゃなく、見返りを提示した上でのこと。勿論、その世界の創造主様達にも許可を取っている。

「ダンジョンマスターとこの世界の『縁（えにし）』を繋ぐ。赤と青のように、異世界の知識をこの世界に混ぜて、新しい文化が根付くことを願う。……どうかな？」

……実のところ、『男女どちらでもある存在』みたいな意味もあったりする。

元の世界でも、『男女どちらでもある神』っているのよね。どちらの性別も知らなければ平等に人を愛せない、みたいな意味があるらしいけど。

「う……ううん、僕、これがいい！」

頬を紅潮させながら、銀髪ショタ（神）……いや、縁は何度も頷いた。アストも意味を知ったせいか、不満はないようだ。

「意外と考えているんですね、聖」

「名は人の本質を表すって言うじゃない。そういった意味では、私の世界にある漢字は秀逸だね」

「……確かに、文字そのものに意味があったな。そうか、こういった渾名の付け方もあるのか」

感心するアストに、かつての世界を思い出して納得する風。中々にカオスな状況だが、縁が嬉しそうにしているから問題なし。

「じゃあ、これから縁って呼んでね！　あ！　でもこの渾名はここ限定のものだから！　このダンジョンの魔物達とサージュ達だけ！」

「判りました。皆にも伝えておきましょう」

縁はとてもはしゃいでいる。嬉しそうで何よりだ。

「俺の時といい、聖はこういったことが得意なのか？」

「どうだろ？　凪の場合はあの時言ったように、穏やかに凪いだ人生をって願ったけど」

問い掛けにそう返すと、凪は嬉しそうに笑った。

「あの子が喜ぶ理由が判る気がする。聖は俺達に対し、祝福を込めてくれたんだ。対象の幸せを願って付けられた名と、向けられた好意……嬉しいものだな」

「気に入ってくれたなら、何よりだよ」

だから、私が名を考えた二人とも。……遠い未来に私が居なくなった後も、幸せであれ。

第三話　平和な日々こそ愛おしい

めでたく銀髪ショタ（神）の渾名も決まり、私達は再び日常に戻った。……いや、こういったイベントがないと、マジで同じ日々の繰り返しなんだわ。

というか、私達は私のダンジョンマスター就任から色々あり過ぎた。

普通ならチュートリアルをほのぼのとこなす時期に、面倒事が立て続けに舞い込んでくださったのだ。暫しの平穏に酔いしれてもいいじゃないか。

――なにせ、その『面倒事』が回避不可能なものだったのだから、無視しようがなかった。

ダンジョンがある国に関わることだったり、異界の女神に関連した騒動だったりといった具合に、

『ちょっと慌ただしい』どころか『負ければ、新たな人生終了です』という始末。

……。


運がなさ過ぎではなかろうか？　私、戦闘能力皆無の、紙装甲マスターなんだけど。

凪関連のことはいいとしても、娯楽施設的なダンジョンを目指すダンジョンマスター（最弱）としては、ちょっとばかり難易度が高いような気がする。

この世界の創造主である縁のせいにする気はないけれど、厄払いの必要があるような……？

「と、思っているんだけど。どう思う？　アスト」

「馬鹿なことを考えていないで、仕事をなさい」

「酷っ」

あっさりと却下どころか、『馬鹿なことを言うな、仕事しろ』で済ませたアストに抗議するも、アストは全く悪びれない。

「創造主様のせいにする気がなく、凪関連のことは納得している。こんな風に言われて、どう返せと？　『諦めろ』くらいしかないでしょうが」

「いや、そう言われると、全くその通りなんだけど」

ダンジョンで起きた『面倒事』には凪か縁のどちらかが関わっているため、アストの言い分も正しいのだ。ええ、まったくその通り！　返す言葉もございません。

……が、そうは言っても、問題が起き過ぎと思うわけで。

「ダンジョンマスターって、こんなにトラブル三昧なの？」

「いいえ？　聖（ひじり）はかなりのレアケースだと思いますよ」

「ちょ、それはマジか！」

予想外のアストの言葉に思わず突っ込むも、アストは肩を竦（すく）めて溜息を吐いた。

「いいですか、聖。ダンジョンマスターに『決まった未来などない』のです。基本的に、人々の都合に左右されるのがダンジョン……と言ってしまえる立場ですからね。ですから、貴女曰くの『面倒事』が連発したところで、特に珍しいことでもないのですよ。『不運』という一言に尽きます。寧（むし）ろ、戦闘能力皆無だったり、その代償に元の世界からの通販を可能にする貴女の方が、よっぽど異質ですからね？」

「ええ、そうかなぁ？　生前の暮らしを維持したいと思うのって、私だけじゃないと思うけど」

「ところが、そうでもないのですよ。まあ、これは……ダンジョンマスターに選出された者達全てが、己の死を自覚できていることが大きいのでしょう。すでに人生を終え、眠りにつく前に新たな役目を得た。多少の差はあるでしょうが、大半はこのような認識だと思いますよ？」

なるほど、確かに『すでに死んでいる自覚あり』だと、未練も何もあったものじゃない。そこにボーナスタイムがあると知らされれば……多少は、はっちゃけてしまうのかもね。

「『人生終了！　ボーナスタイム開幕！』って感じなんだよね、私達。要は、誰もが割り切って、与えられた時間を目一杯遊ぶってことか」

「そんな感じですね。ダンジョンマスターとして選出された者達の死は、彼らの世界において決定されていたことですから。……創造主様であろうとも、どうにもなりません。ですから、ダンジョンマスターに与えられる対価には微妙に制約があるのです」

「死者は生き返らないって？」

ズバッと直球で言えば、アストは僅かに目を眇めた。

「その通りです。元居た世界は勿論、この世界でも生き返ることはできません。可能にするならば、『新たな人生を得る』ということでしょうか。もっとも、その場合は通常の転生ですから、記憶や特典などないのですが」

「そりゃ、そうだ。ダンジョンマスターの状況が特殊なだけだもん。それだって『異世界の知識を取り込むため』っていう目的があるからでしょ？」

「そうですよ」

ですよねー！　基本的に、この『死後のボーナスタイム』はダンジョンマスター達のためのものではない。この世界のためのものなのだから。

ただ、一応はその役目に納得して連れて来られた面子なので、ダンジョン生活をそれなりに楽しんでいるのだろう。サージュおじいちゃんとか、老いて益々向学心が盛んみたいだもの。

「幸いなことに、聖は『花粉症の対策』という方面ですでに役目を果たしています。知識の差があり過ぎてどうなることかと思いましたが、何とかなるものですね」

「ああ、あれねー」

思い出すのは、花粉症の被害甚大な国の王子様。半ば涙目になりながら『涙や鼻水、痒みを堪えて、人の前に立たねばならんのだぞ⁉　……王族としての威厳を保たねばならんのだぞ⁉』と訴えてきた彼の目はマジだった。

……。

うん、確かに『たかが花粉症』とか言っちゃ駄目だわ。

元の世界でも『重症だと死に至る場合がある』とか言われていたような気がするけど、彼が重要視するのはそこではない。『王族の威厳を保つ』という、絶対に失敗できないものなのだ。

確実に効く薬も、空気洗浄機もない状況でそれって、気の毒過ぎる。元の世界に比べて医療技術が発達していないこともあるけれど、花粉症って所謂『生まれ持った体質が、大いに症状に影響してくる』とかいうものだったはず。

ぶっちゃけて言うと、『体質なんだから、諦めろ』しか言えんわな。症状が酷い人は、本当に気の毒になるくらい大変らしいので、理解者として、できる限りのことをさせていただいた。

その結果、とりあえず効果はあったらしい。喜びに満ち溢れた言葉が綴られた手紙と共に、空気洗浄機――ただし、この世界でも動くよう改良されたもの――量産化の打診が来たからね。

そうは言っても、ここはダンジョン。他国と商売……というのも、どうかと思ったので。

『またイベントの景品にするから、獲得頑張れ。開催する前に、お知らせするから（意訳）』

と、手紙を送っておいた。向こうもそれに納得してくれたので、やはり安易に商売などしなくてよかったのだろう。下手をすれば、他国と繋がりがあるように思われちゃうし。

現在、次のイベントに向けて、空気洗浄機は量産中。お役に立つ日を夢見ながら、倉庫に保管されていっております。多分、ほぼ全てがあの国にもらわれていくだろう。

まさか、これが役立つとは思わなかった！　我が世界の技術と改良したうちの子、凄ぇ！

「一応は、縁が望んだ役目を果たせてるってことでいいのかな？」

問い掛ければ、アストは暫し考え込み。

「……。まあ、合格と言ってもいいのではないでしょうか。基本的に、人々の悪意の受け皿となることがダンジョンの役割なのですが……ここはそれなりに上手くいっているようですしね。先日の女神の一件とて、外部からの情報を得られたことが大きな助けとなりました。今後も似たような事件が起こる可能性を踏まえると、役目を果たせている……と思います」

珍しく、褒め言葉らしきものを言った。はっきりとした笑みを浮かべているわけではないけれど、口調も、表情も、どことなく柔らかく感じる。

職務に忠実な補佐役アストがこう言っているのだから、私のダンジョンはこれでいいのだろう。

勿論、万人に受け入れられているわけではないが、『殺さずのダンジョン』を喜んでくれている人も多いのだから。

「人との繋がりを大事にしよう。挑戦者達は大事なお客様！　何より！　今のダンジョンが必要とされる限り、ダンジョンマスターの討伐がない！　私の生存率はこのダンジョンの魔物達、そしてダンジョンの価値にかかっている！」

ぐっと拳を握って言い切ると、アストは額を押さえて頭痛を堪えるような表情になった。

「非常に……非常に情けないことながら、その通りです。戦闘能力皆無のダンジョンマスターなどと知られれば、格好の獲物にしかなりません。極力、隠すように」

「はーい。……割と人前に出てるせいか、私は『戦闘能力皆無な接客用魔物』って思われているみたい。ダンジョンマスターっていう役職以外は合っているから、そのままにしてる」

「戦闘能力皆無のくせに、人前にのこのこ姿を現すアホがダンジョンマスターなんて、誰も考えないんですよ……！」

「あはは！　そだねー」

「少しは危機感をお持ちなさいっ！」

私とアストは本日も平常運転。多分、この後、ルイ達に愚痴りに行くんだろうな。

第四話　ダンジョン面子の日常　其の一　～二十一歳児達の集い・お仕事編～

――ダンジョン内居住区・バーにて
ここはルイとソアラが任されている店。食事に付けるような手頃なものではなく、ちょっと高級な酒を飲むことができる場所として作られている。
当初は接待場所も兼ねて作られたけど、現在はお酒好きな人々が気軽に利用できる場となっていた。美味しいお酒を静かに、ゆっくりと楽しみたい方向けの、所謂『大人のお店』である。
当然、利用者は成人済みオンリー。言うまでもなく『己の言動と酒量は、自己責任でお願いね♪』という意味だ。

だって、大人だもの。それができることが、店を利用する前提条件でしょう？

まあ、店を切り盛りするのが『見目麗しい淫魔姉弟（※無害）』ということも理由だったりする。『おいたをするんじゃありませんよ。つーか、二人に絡むんじゃねぇぞ？（意訳）』という、無言の警告でもあるのだ。

ダンジョンの魔物達はともかく、ここはたまに部外者も利用するからねぇ……ダンジョンに挑むような『冒険者』なので、素行不良というか、乱暴者一歩手前の奴らもいるのだよ。

――『強い人』が『真っ当な人』とは限らない。

ダンジョンは強ければそれなりに進めてしまうので、『強さが正義』という認識が根付きがちな場所でもあった。生き残った者、功績を挙げた者こそ称賛を浴びるのだから、これは仕方ない。

だが、ここは娯楽施設である。
私が作った『殺さずのダンジョン』であり、支配者たる私が正義。
もっと言うなら、私とダンジョンに暮らす魔物達の家なのだ。

結論：相応しくない振る舞いをした挑戦者は客に非ず！　問答無用で叩き出せ！

傲慢じゃないぞ、客の選り好みをしているわけでもない！　皆が楽しく利用できることを望むからこそ、運営側としてルールを設けているだけだ。

なお、こういった措置をとっていることもあり、新米冒険者の皆さんからは経験を積む場として重宝されている。ギルドとは違い、真っ当な人間関係の構築が可能らしい。

ゼノさん達曰く『搾取目的でパーティに勧誘する奴や、見下してくる嫌味な奴、無暗やたらと横暴に振る舞う奴が居ないんだ。純粋に経験を積みたい奴にとっちゃ、良い所なんだよ』とのこと。

どうやら、冒険者という職業には色々と問題が多いらしく、ギルドに所属したところで、捨て駒のように扱われる場合もあるんだとか。

特に、新米冒険者なんてのは良いカモで、被害に遭うことも多いらしい。それも経験の内と言ってしまえばそれまでなんだけど、酷(ひど)いものになると犯罪だ。新人のうちはその『痛い経験』が致命傷となり、死にかける人もいると聞いた。

そんな裏事情もあり、まともな先輩冒険者達はできるだけ後輩達の面倒を見るようにしているそうな。冒険者の最も身近な敵が同業者ってのも、嫌な現実です。

……で。

私達も『娯楽施設』という方針でいく以上、定期的に話し合いを行っていたりする。

基本的には同じ階層の担当者同士が情報を集め、それを元に、各階層の責任者や運営に携わっている人達で色々と決めていく。ダンジョン利用停止者のブラックリスト作成とかね。

今回は『挑戦者に接する機会が多く、ダンジョン内で人間観察に従事できる人々の集い』。別名、『二十一歳児会』。外部からの利用者に知られても困らない名前なので、大抵は「ああ、同年代の飲み会か」程度の認識をされている。これなら、挑戦者達の前でも言えるしね。

面子は私、エリク、凪といった『享年二十一歳組』と、アスト、ルイ、ソアラ。

ルイやソアラも私達同様に挑戦者と接する機会が多いので、この会の固定面子に組み込まれている。アストはあまり挑戦者と接する機会はないけれど、私達の纏め役というか、保護者枠だ。

「さて、本日のお題ですが……新人冒険者から良からぬ噂を聞いている挑戦者について、ですね」

司会進行役のアストの言葉に、其々が手元の資料に目を向けた。

「アスト、ちょっといい？」

「何でしょう？　聖」

「その『新米冒険者から聞いた良からぬ噂』ってやつの信憑性はどれほど？　アスト個人の判断でいいから、答えてくれない？」

根底にある情報だからこそ、その信憑性は重要だ。……悲しいことだけど、新米冒険者達の中には嫉妬や僻みから、気に入らない冒険者を陥れようとする人もいるから。

助け合う人達もいるけど、他者を貶めて自分が伸し上がることを夢見る人もいるんだよね。

私達はダンジョンを運営する側だからこそ、そういったものに惑わされるわけにはいかない。それらを行った人は発覚次第、このダンジョンの利用停止を言い渡されることになっていた。

「そうですね……」

私の問いに、アストは暫し、考える素振りを見せ。

「ある程度は正しいと思いますが、少々、個人的な感情が混じっていると言いますか……問題の人物の言動を、悪い方向に捉え過ぎという気もします」

「ああ……個人的な感情が前提になって、公正な目で見てないと？」

「はい。ただ、該当人物達の方にもそう思わせる要素があると思われます。いきなり利用停止措置というのも、遣り過ぎではないかと」

「そっかぁ……」

実のところ、こういった話し合いの場がもたれるのは、これが一番の原因。該当人物にとって『【殺さずのダンジョン】の利用停止』という事態は、周囲からの評価さえも変えてしまう恐れがあるのだから。

彼らも生活が懸かっている以上、こちらとしても慎重に対処を決めたいのです。よって、挑戦者達との関わりが多い人達で集まって、皆で話し合う。

……該当人物の、今後の人生——醜聞は依頼主に与える印象に関わるので、決して大袈裟ではない——を左右する可能性もあるからね。一方的な情報を鵜呑みにするわけにはいくまい。

「その該当人物って、このパーティの全員ってことですか？」

今度はエリクが疑問の声を上げる。……確かに、資料に記された訴えは『個人』ではなく、『パーティ』という単位になっていた。

だが、エリクが疑問の声を上げた途端、皆の顔に訝しげな色が宿る。

「ちょい待ち。パーティ単位で問題行動してたら、直訴前にこっちが気付くんじゃない？」

思わず、ストップをかける私。

「そうですね……暴力行為、もしくは喧嘩でもしていたならば、救護室の記録などと照らし合わせて証拠になると思います。ですが、そういった騒動は目撃者も多いと思いますけど……姉さんは聞いたことある？」

同じ疑問を抱いたルイは疑問点を更に掘り下げ、姉であるソアラへと尋ね。

「そうねぇ、私もルイと同じ疑問を抱いたわ。だぁって、ここ最近のことでしょう？　そんな話は聞いたことないもの。ここに来る人達からも聞いてないわねぇ」

ルイの問い掛けに首を横に振ると、ソアラも「そんな話は聞いたことがない」と否定。

「……少なくとも、俺が見回りやサモエドを散歩させている時に、そういった騒動は起こっていない。エリクはどうだ？」

凪が訝しげな表情のまま「知らない」と言い切った後、エリクに問い掛ければ。

「同じく。俺の方がサモエドを連れている場合が多いけど、あいつ、あの見た目でもフェンリルだからなぁ。俺が気付かなくても、騒いでいれば、サモエドが気付いて教えると思うぞ？」

エリクもあっさり否定した。

「……」

私達の言い分を聞き、アストは視線を鋭くさせる。……うん、少なくとも『このダンジョン内では』問題行動は起きていないみたいだからね。

「陥れようとしているとは言わないけどさ、訴える先を間違ってない？」

該当人物達の問題行動が事実だったとしても、私達が対処できるのは『このダンジョン内で起きた問題オンリー』なのですよ。

それ以外でのことを訴えられても、どうにもできん。私達は警察でも、騎士団でもないので、そんな権限などあるわけない。

「そう、ですね。このダンジョンで起きたことならばともかく、外で起きたことに関しては、我々は何もできません。いえ、『する必要も、権限もない』と言った方がいいでしょう」

「だよね。うーん……伝手とかありそうだし、ゼノさんあたりに相談……ってくらいじゃない？該当者達の行動が目に余るようなら、ギルドなり、騎士団なり、動くんじゃないの？」

対処を丸投げしているようだが、こちらとしても動きようがない。言い方は悪いが、私達の支配にある区域——ダンジョンのこと——以外で問題行動を取られたとしても、『だからどうした？』程度の認識なのよね。関係ないんだもん！

「それが妥当ですよね。問題は、『訴えた者達が納得してくれるか』ですが」

「納得してもらうしかないよ。『ダンジョン内で問題行動をしていない限り、対処できない』ってのが現実だもの。正義感に溢れているのか、被害者意識が強いのかは判らないけれど、私達を『都合のいい正義の味方』みたいに思われても困る」

彼らにだって、言い分はあるのだろう。だが、『誰かを悪と訴える』ということは、『自分達が言い掛かりをつけたように思われる可能性がある』ということとイコールだ。何の覚悟もなく、自分の主張が通ると思われてもねぇ。

「聖さんの言う通りです。こちらとしてもダンジョンを有効活用してもらいたいとは思いますけど、都合よく使われることまでは納得していません」

「そうねぇ……そもそも、このダンジョンの在り方だって、聖ちゃんの好意の賜よぉ？　本来、ダンジョンはこんな場所じゃないわ。勘違いしてもらっても困るわねぇ」

ルイとソアラも私と同意見らしい。魔物達は基本的にダンジョンマスターに絶対服従らしいけど、私は魔物達に自我を持つことを許している。ゆえに、これは彼ら自身の意見ということだ。

「凪とエリクは……」

「俺も聖達と同意見だ。一応、調べる必要はあるだろうが、ダンジョン内で問題点が発見されなかった場合、動く必要はないだろう」

「俺も、俺も！　それで文句を言うようなら、ゼノ達に任せてもいいと思います。俺達が説教するより、先輩冒険者から言われた方が納得できるでしょう」

皆の意見が一致していることを確かめると、アストは一つ頷いた。

「判りました。では、この件は聖の案でいきましょう」

アストの決定を受け、皆も頷く。……娯楽施設の運営って、意外と大変なんだよねぇ。

第五話　ダンジョン面子の日常　其の二　～二十一歳児達の集い・お仕事編～

とりあえず、この問題は片付いたようだ。いつもならば、お仕事が終われば後は楽しい飲み会
……となるはずなんだけど。

「では、次の問題にいきましょうか」

……。

本日はまだ、飲み会とはならないらしい。ちっ！

「うぇ、まだあるんですか」

「煩（うるさ）いですよ、エリク。娯楽施設という形式を取っている以上、問題が起こるのは当たり前では
ありませんか」

「あ～……まあ、人が利用するものですからね。人同士のトラブルは必然ってやつですか」

「ええ。これに関しては、諦めるしかないでしょうね」

エリクが不満を漏らすも、アストがバッサリと切り捨てる。

ただ、エリクは騎士団に所属していたこともあり、こういった問題が起きることに理解があるの
だろう。不満の声を上げはしたものの、仕方ないと思ってもいるらしい。

ダンジョンって、人が来てなんぼですからね。
個々の意思を持つ人が集う以上、どうしたって問題は起こるでしょうよ。

勿論、私とて納得はしている。今のところは重大な問題が起きてはいないが、そのうち嫌でも起こるんだろうな、という覚悟はできていた。

それでも『何らかの形（意訳）』で、人や国と関わっていかなければならない――主に『敵』という立場――以上、これは仕方のないことなのだろう。と、いうか。

これまでこういった問題に頭を悩ませる必要がなかったのって、偏に、『挑戦者達のことを考慮する必要がなかっただけ』なのよね。

基本的に、ダンジョンは人々から悪意を向けられる場所である。ぶっちゃけて言うと、ダンジョンへの挑戦者が『正義』、ダンジョン側が『悪』という認識なのだ。

実際には、ダンジョンマスターや創造された魔物達はダンジョンから出ることができないので、これはかなりおかしい。ダンジョンは『侵入される側』であり、先手は必ず外から来る人の方。

普通に考えれば、勝手に踏み込んできた人達の方が悪いはずなんだけど……そこは所謂『この世界の都合』というものが関係しているのだろう。

人間は異端に優しくはない。それはどこの世界でも共通だ。

そんな人外が、宝や叡智を持っていたら……まあ、奪おうとするわな。その際、大義名分として使われるのが『正義』という言葉。

『ダンジョンには、人にとって脅威となる魔物達が多く存在する。魔物達を滅ぼし、人々の安全を確保するのが目的だ』

こんな風に言われてしまえば、それが正しいことのように聞こえてしまう不思議。ただ、魔物に対抗する力のない人々にとっては、感謝する事態である。

結果として、ダンジョンに挑む人達が『正義』という認識をされていく。……彼らの目的が、ダンジョン内にある物の奪取であったとしても。

危険が伴う作業だからこそ、そこで得た物を手に入れても批難されにくい。そもそも、冒険者は慈善事業に属する職業ではないので、労働報酬は必須。

危機感を募らせていようとも、討伐報酬を払えないならば……まあ、そういったことにも目を瞑るわけですよ。

『ダンジョンに挑む挑戦者』と『ダンジョンを危険視する人達』にとって、ダンジョンから持ち出される『宝』は、良い関係を築くための必須アイテムです。

誰の懐も痛まない——ダンジョンに挑んだ冒険者達が成功すれば、という意味。失敗すれば、損どころか落命だ——上、ダンジョンに挑んだ冒険者が死んだとしても、悪いのはダンジョンだもの。

縁の思惑とは微妙にずれている気がするけど、世界は上手くできている。

「次の案件ですが……こちらは運営だけで済むものではありません」

「あ？　何さ、それ」

アストにしては暈した言い方だ。不思議に思って声を上げると、アストは肩を竦めて手にした紙束を差し出してきた。

「ず、随分多くない？」

「全て持ってきましたので。ああ、ここに書かれている全てを議論する気はありませんよ。『一応』、見せた方が良いと思いましたので」

「なーんか、『一応』って言葉を強調してない？　っていうか、その紙束は何」

「さあ、ねぇ？　これが何なのかは、見れば判りますよ」

私達は顔を見合わせる。な……何だか、アストが怒っている、ような。

「とりあえず、見てみたらいいんじゃないか？」

凪の提案に、私達は頷き合う。アストの態度を見ても、これを読めってことみたいだし。私は早速、手にした一枚に目を通すことにした。

……。

んん？　これ、少し前から各階層の休憩室に置かれているアンケート用紙……所謂、『お客様カード』じゃん。

何でこんなものが設置されたかと言えば……はっきり言って、『挑戦者達に求められるものが何か判らない』から。こんな形式のダンジョンはこれまで存在しなかったし、娯楽施設だってこの世界にはなかったからね。

そこに加えて、私達の事情もある。こう言っては何だけど、私はダンジョン運営初心者。アストとて、娯楽施設の運営なんてやったことはないだろう。初心者が手探りで運営しているってのが、このダンジョンの現状です。

そういった事情を考慮した結果、『本人達に聞いたらいいと思うんだ』という私の意見が採用され、アンケート用紙が設置される運びとなった。この枚数を見る限り、やはり色々と希望するものがあるっぽい。

「挑戦者達の要望を聞くという目的で、暫く前から置かれていたものですね。結構、書いてくれる人がいたんですか」

ルイが感心したように、アンケート用紙を手に取っている。皆も興味があるらしく、其々が手に取って目を通していた。

「勿論、全ての要望が叶えられるわけではありませんし、あまりにも自分勝手な要望は却下です。ですが一応、ここに全てのものを持ってきました」

「ああ……その『自分勝手な要求』を私達に伝える意味でも、全部持ってきたと」

「ええ。確かに、挑戦者達は『客』という扱いですが、こちらが譲歩する必要はありません。嫌なら利用するな、ですよ」

『清々しますね』と続けるアストはいい笑顔だ。多分、その『自分勝手な要求』とやらの厚かましさに、ぶち切れているのだろう。

……アスト、魔人だしな。プライドだって、絶対に高いだろ。

「えーと……『イベント以外でも、ネリアやサモエドと戯れたい』？」

「いや、それは駄目だろう。『ネリア達と戯れる一時』って、イベントの景品扱いじゃなかったか？苦労して獲得した奴もいただろうに」

「だよな！　その苦労もあって、『特別な一時』になるんだろ。っていうか、いくらダンジョン内の個体が大人しくても、ネリアだって魔物だぞ？　『凶暴な性質ゆえに、本来ならば絶対に不可能な状況』って意味でも、景品扱いになったんじゃなかったっけ」

「その通りです。どうやら、そちらの意味もあると理解していただけなかったようですね」

エリクの読み上げた要望に、凪が速攻で突っ込んでいる。当たり前だが、彼らの会話が全てだ。アストとて、二人の言い分に深く頷いているじゃないか。

「他には、『提供される料理のレシピの公開』といった要望があるみたいですね」

「『休憩室でお酒を出してほしい』というのもあるけど、一階層の休憩室には結構、若い子達が来るのよねぇ。それに、酒場代わりにされても困っちゃうわぁ……」

ルイとソアラも書いた人達の言いたいことは判るが、安易に賛同できないと思っているらしい。

……そだな、ここはダンジョン。メインはダンジョン攻略であって、それ以外のことを要求されても困ってしまう。

ここは食事処でも、酒場でもない。料理のレシピだって立派に『異世界の叡智』なのだから。

そもそも、ダンジョンの外には同じ調味料とかがないから、食材集めからして無理だろう。味噌や醤油、カレールーなんて、あるわきゃねぇ！　うちにあるものは勿論、異世界通販です！

「いやいや……私は『ダンジョン攻略において必要なものとか、あったら嬉しいもの』を聞きたいのであって、こういったことは聞いてないよ？　一体、何しに来てるのさ？」

呆れて突っ込めば、アストが深々と溜息を吐いた。

「当初の目的に付随するもの……という方向でしたからね。私とて、呆れていますよ。二十一歳児である聖ですら、ダンジョンというものの存在意義を忘れていないというのに」

「アスト、微妙に酷い」

「言われたくなければ、多少は威厳というものを身に付けなさい。この、お馬鹿」

「否定できない……！」

「自覚があるんですね？　あったんですね⁉　できないならば、黙っていなさい」

アストさんは随分、お疲れのようだ。頭が痛いとばかりに、アンケート用紙へと視線を向けている。確かに、この結果は私にとっても予想外。

お、おう、もしや、こういった要望が結構あったのか、な？　だから廃棄するよりも、私達の目に触れさせておこうと思ったのかもしれない。

「これは注意事項として、通達しなきゃね。娯楽施設を謳ってはいるけれど、本来の目的を忘れてもらっちゃ困るわ」

決定事項とばかりに提案すると、皆が一斉に頷いた。

「ここに慣れるあまり、他のダンジョンでの警戒心を忘れてもらっても困りますしね。ここと同じように考え……ることはないでしょうけど、ダンジョンを甘く考えていたら、死にますよ」

「そうよねぇ。私達だって、聖ちゃんがダンジョンマスターになって初めて、人の敵ではなくなったようなものだもの。『ダンジョンは死と栄光の集う場所』っていうことを忘れちゃ駄目よぉ」

自分達がこれまでどのように過ごしてきたかを理解しているからこそ、ルイとソアラは挑戦者達を案じているらしい。

「さて、理解してくれるかな」

一抹の不安を感じつつ呟けば、誰も不安を否定してはくれなかった。いやいや……これらを書いた挑戦者さん達、本当に冒険者としてやっていけるの？

第六話　ダンジョン面子の日常　其の三　～二十一歳児達の集い・休憩中～

頭の痛い話題に疲れ、一時休憩を提案したところ、あっさりと受け入れられた。アストでさえも反対しないあたり、中々に精神的なダメージを食らっていたのだろう。

……。

そだな。君はずっと記憶と自我ありの状態で、ダンジョンマスターの補佐をしてきた人だった。

現状のように、娯楽施設となったダンジョンはこの世界初だろうが、挑戦者の方までもが平和ボケするとは思うまい。寧ろ、私達の方がまだ危機感があるだろう。

『期間限定の娯楽施設』（＝私がダンジョンマスターを務めている期間限定の、特殊な状況）という認識がある以上、私達はその前提を忘れることができない。

ここに居る面子とて、私が討伐されれば、次にいつ自我を持つことが許されるか不明だ。

そんな中、アストだけが記憶を持ったまま、変わらずに存在することになる。そのアストでさえ、次のダンジョンマスターの意向次第で、とんでもなく凶悪な存在になる可能性があるのだ。

ダンジョンの魔物達は、ダンジョンマスターの意向が全てなのだから。

――そう在るよう、『創造主に望まれている』のだから。

アストどころか、皆もそれに納得しているあたり、結局は『創造主が絶対者』なのよね。創造主たる縁に比べたら、連れて来たダンジョンマスターなんざ、雇われオーナーに等しい。

「よく言えば『慣れてきた』ってことなんでしょうね」

皆にコーヒーを配り終わったルイが、席に着きながら呟いた。その言葉が指すのは当然、先ほどのアンケート。

「まぁねー。それ自体は良いことだと思うよ？」

そう、それは良いことなんだ。ダンジョンマスターを始めとするダンジョンの魔物達は、外から来る人達にとっては脅威なのだから。

あの頭が痛くなるようなアンケート結果だって、魔物達を恐れていたらあり得ない。物凄く良く言えば、『外の人間達との距離は確実に縮まっている』と言えるだろう。

「だが、あまり甘やかしても問題がないか？」

「凪は心配になる？」

ダンジョン側よりも人間達の方を心配しているような気がしたので問い掛ければ、凪は少し迷った後に頷いた。

「俺は多くの世界を流れてきたから言えるんだが……冒険者や民……所謂『民間』という括りにある者達が力を得ると、権力者達は危険視するんだ。このダンジョンは今のところ、そういった意味で危険視されるようなものは与えていない。だが、利用者達が過剰な期待をかけると……」

「それを感じ取った権力者達は、その冒険者達こそを脅威と認識してしまうでしょうね。まるで、ダンジョンが後ろ盾に付いているかのように思われでもすれば」

言いよどむ凪の言葉を、アストがさらりと続けた。皆の視線も、アストへと集中する。

「危険という意味だけではありません。財を持つ、何らかの価値がある知識を持つ……ダンジョンにおいて、人が手に入れられるものは様々です。これまではそれに見合った労力が求められていた。……命の危険があったのです。ゆえに、手に入れることがとても難しかったのですよ」

「今は比較的簡単ってこと？」

思わず口を挟めば、アストは暫し、首を傾げ。

「『何かを手に入れる』という括りであれば、難易度は下がったと言ってしまえると思います。ですが当然、『それなりのもの』しか手に入りません。それでも、この世界の基準からすれば、菓子一つでも高価な部類です。あの頭が痛くなるような要望とて、求めたものがたやすく手に入ってしまうからやもしれません」

「匙加減が難しいね」

溜息が出てしまう。そんな私に、アストは意外な提案をしてきた。

「……挑戦者達の要望を突っぱね、距離を置く、ということも可能ですよ」

「え？」

「貴女が頭を悩ませ、憂うようならば、現在の仕様を止めることもできる。このダンジョンは貴女の支配下にあるのです。我々は貴女の決定に従います」

穏やかな口調で、けれどどこか覚悟を問うような声音で、アストは問い掛ける。だけど、同時に『人々の期待まで背負う必要はない』と言われた気がした。

アストは面倒見が良いし、優しい。口では何と言っても、アストはいつも助けてくれた。今回とて、私が望めば負担のないよう取り計らってくれるだろう。

——だからこそ。

「ううん、止めない」

首を振って、否定の言葉を口にする。どんな苦労があっても、きっとそれだけは変わらない。

「私は本来のダンジョンとは別の在り方を望んだけれど、苦労があるからといって、簡単に方向転換する気はないよ。だいたい、ダンジョンだけ方針を変えるわけにはいかないでしょ！　皆にそれを望み、挑戦者達と交流を持つことを許し、笑い合う姿に喜んだ。だから、変える気はない」

魔物達が挑戦者達と笑い合っていることを知っている。

『美味かった』という言葉に、ルイ達や調理担当の子達が喜んでいることを知っている。

自我を持つ魔物達が自分らしく過ごせているのは、日々の生活に挑戦者達の姿があってこそ。

「悪いことばかりじゃないよ、アスト。人と関わることで、私達だって得るものがある。そりゃ、今回みたいな苦労はあるだろうけど、皆で頭を悩ませるのも運営の醍醐味だよ」

「ほう？　ではこのままで良いと？」

「過剰な要求に対しては、理由を説明した上で断るよ。勿論、それに不満があるならば、出禁にする。……ルールを定めるのはこちら側であり、私だよ？　私がこの世界において大事なのは、運命共同体である貴方達の方」

「！」

誰かが息を飲んだ。だけど、私にとっては今更なこと。

「このダンジョンの魔物達にとって最上位にあるものが私なら、逆があってもいいでしょう？　あ、勿論、縁は別格で！　だからね、アスト」

軽く目を見開いているアストに向かって微笑む。

「いつか、私や皆が居なくなったとしても。滅多にない経験の一つ……思い出として、覚えておいて。縁はきっと寂しがるだろうから、話し相手になってやってよ。苦労した分、覚えているでしょ？」

私達が遺せるのは思い出だけ。私だけじゃなく、自我を持った魔物達もいなくなってしまう。同個体の魔物達が作られたとしても、今のルイ達みたいにはならないだろうから。

「……。ええ、忘れませんよ。忘れられるものですか、こんなに苦労した主など」

「いいじゃん！　その分、アストが有能なヘルパーぶりを発揮してるんだから」

「誰がヘルパーですか！」

「アスト。補佐っていうより、お世話係とか、保護者ポジションだよね」

ね、と皆に意見を求めれば、皆も苦笑しながら頷いた。

「アスト様は有能ですから、つい頼ってしまいますね」

「ふふ、皆の纏め役よねぇ」

「あ～……確かに、聖さんが言うように、『俺達の保護者』って感じかも」

「俺が一番迷惑をかけているせいもあるが、アストが一番の功労者だな」

からかうでもなく、本心と言わんばかりの皆の言葉に、アストの頬が僅かに赤くなる。

「貴方達っ！」

「いいじゃないの、ヘルパーさん」

「お世話されてる自覚があるんだから、いいじゃない」

……こんな言い合いも、いつかはなくなるだろう。だけど、この一時は確かに存在していたのだから。

「アストが居るなら、縁も少しは寂しくないかな」

銀色の優しい創造主、懸命にこの世界を慈しもうとする神様。貴方もどうか笑っていて。

第七話　ダンジョン面子の日常　其の四　～新たな問題～

休憩を挟んで、次の議題へ。あれ、またもやアストが微妙な表情になっている……嫌な予感がするのは、何故だろう？

「次も頭の痛い案件ですが……まあ、これは仕方ないかと」

「へ？　アストがそんなことを言うなんて、珍しいね？」

『頭が痛い問題』としながらも、アストは理解を示しているような……？

不思議に思って問い返すも、アストは溜息を吐いただけだった。ええ？　どゆこと⁉

「この世界の常識と言いますか、貴族階級のルールを知っていると、否定できない要求なのですよ。ま、聖には馴染みがないでしょうけどね」

「『この世界のルールを知っていると、納得できる』ってこと？」

「正確には『貴族階級の伝統』とでも言いましょうか……まあ、貴族ならではのことなので」

「？」

意味が判らん。こんな風に言われたところで、本来はこの世界の部外者である私に思い当たることはない。凪も同様らしく、首を傾げている。

そんな私達の様子は想定内だったらしく、アストは話を進めることにしたようだ。

「はっきり言ってしまえば、『ダンジョンの魔物と付き合いたい』ということです。これは恋人関係という意味ですね」

「無理」

一言で終・了☆

「はい、終わりー！　次いこ、次！」

「聖、真面目におやりなさい」

「だって、無理じゃん！　いくら顔が良くても、人に近い見た目だったとしても、『ダンジョン内の魔物』は無理だわ。外の魔物ならともかく」

種族差とか、周囲の人々の偏見といったものもあるだろうけど、本人がそれでいいなら、問題あるまい。当人達の人生だし、彼ら自身の問題だもの。

……が、『ダンジョン内の魔物』となると、話は変わってくる。

「俺達……元人間の俺も含めて、今は『ダンジョンマスターの創造物』っていう扱いですよね？」

「そうです。自我があろうと、人間と似た生活をしていようと、それは変わりません。ですから、ダンジョンマスターにして貴方達の創造主である聖の影響を受けているのです」

困惑気味なエリクの問いに、アストは頷いて肯定する。皆も似たようなことを考えたらしく、アストの回答に納得の表情だ。

そだね、皆には独立した自我があるけど、『ダンジョンマスターに連なる存在』っていうことは変わらない。そういった事情があるから、私は『運命共同体』という言葉を使うんだもの。

ダンジョンマスターと創造された魔物達の命は連動している。

『主格』にあるマスターが死ぬと、巻き込まれる形で存在をリセットされてしまうのだ。

冗談抜きに『命は一つ』なのですよ。毎回、自我を持つことが許されているアストとて、そこに含まれているだろう。

「いやいや……顔が良い面子に憧れる気持ちは判るけどさ？　無理だって！　ダンジョンマスターが許す・許さない以前に、根本的なものが違うもの」

「そうだよな。俺もこの世界のことに詳しくはないが、無理だと思う。というか、俺達は年を取らないんだろう？　そもそも、ダンジョンから出られない」

出る気もないけどな、と凪が付け加えると、皆が一斉に頷いた。

「僕達の居場所はここです。それが存在理由であり、僕自身の望みでもある。たまに滞在するならばともかく、人間がダンジョンで生活できるのでしょうか」

「そうよねぇ……こう言っては何だけど、エリクさんの場合はかなり特殊よぉ？　ダンジョンで死んだ人って、基本的に取り込まれるだけだもの。その後、アンデッドとして蘇るくらいじゃないかしらぁ？　勿論、自我なんてないわねぇ」

　きっぱりと言い切るルイに対し、ソアラは首を傾げながらダンジョンで死んだ者達の末路を語る。私もアンデッドとして蘇らせた面子がいるので、それは否定しない。

　だって、アンデッドって創造に使う魔力が少ないんだもの。

　初期の段階では、かなりお世話になる魔物とアストから聞いている。『見た目でビビらせ、生前の知り合いとのエンカウントでは精神的なダメージを与え、しかも倒されにくい！』という、非常にお得な魔物なのです。志半ばで倒れた挑戦者達を、しっかり有効活用しております。

　……ただし、ダンジョンに挑む人々から見たら、明確な『悪』のイメージが付くらしいけど。

　まあ、死者を弄（もてあそ）んでいるようには見えるわな。『ダンジョンは人々の悪意を集める役目がある』っていうことを踏まえると、それで良いのだろう。特に困ることもないし。

「我々とダンジョンへの挑戦者達との距離が近いからこそ、こういった考えの者も出たのでしょう。『魔物』ということは理解していても、『命ではなく、創造物』ということまでは理解していないでしょうし」

「ああ……俺みたいな前例もあるから、余計にそう思わせたのかも。すみません！　俺、絶対に一因になってますよね」

エリクは申し訳なさそうに頭を下げた。責める気はないのだろうが、アストも溜息を吐いている。

「エリクの存在が一役買った可能性はありますね」

「本っ当に、申し訳ありません！」

「エリクのせいではありませんし、責める気もないですよ」

「いえ、俺がソアラさんへの態度を隠さないから、そういった希望を持つ奴が出たのかと。俺が元人間ってのは、結構知られていますし」

「「「「あ」」」」

エリク以外の声が綺麗にハモった。そっちかーっ！

ああ……確かに、希望は持てちゃうかも？　エリクが魔物になった事情を知らなければ、『ソアラに恋して、魔物になった』的な見方をされかねん。

「エリクの事情って、どこまで知られてたっけ？」

「エリクの死体を見つけた挑戦者だけでなく、ゼノさん達からも伝えられているはずですが」

尋ねるも、アストは首を傾げている。ただ、エリクの同僚とか生前の知り合いもダンジョンに来るから、『デュラハン・エリクは元人間』ということは割と知られているだろう。

「エリクが元人間ってことは知っていても、そうなった事情までは知らないんじゃないか？　原因になったのがこの国の王女だし、忠誠心からの行動とはいえ、犯人は騎士なんだろう？　国にとっても醜聞だ。大々的に詳細を広めることはない気がする」

「凪の言う通りかもしれません。エリクさんが生前の姿を保っていることも含め、魔物化を安易に考えている人とかいそうですし」

冷静な凪の見解に、ルイが更に付け加えた。……確かに、二人の意見は的を射ている気がする。例の事件の詳細どころか、エリクを『犠牲となった悲劇の人』と知らなければ、永遠の若さを手に入れたように見えるのかもしれない。

――だが、実際にはそんなに良いことばかりであるはずもなく。

「ええ……凪とルイの言い分も判るけど、魔物化って『人間だった時に持っていた物を全て失う』ってことだよ？　エリクが明るいのはエリク自身の性格とか、割り切り方の賜でしょ。それに『今』はともかく、後に自我の消失という可能性もあるんだよ？　暗く落ち込んだとしても、不思議はない状況なんだけど」

「そうですね、ダンジョンへの隷属とも言える状況ですし……快適な生活を求めた聖が色々とやらかしている現状が特殊な状況であり、将来的にはかつてのダンジョンに戻る可能性もあります」

だよねぇ。一時のことじゃないんだよ、永遠とも言える時間をダンジョンに括られて過ごすことになるの！　凪の時だって、何度も意思を確認したくらいだもの。

「俺の場合は、女神の影響から遠ざける目的があったしな。特に思うことはなかった」

当時のことを思い出しているのか、凪が考えるような表情のまま呟く。凪の場合、『失うものがない。寧ろ、女神の祝福をなくしたい』ということも、あっさりと魔物化を受け入れた一因だ。あまり参考にならないというか、こちらも特殊な例だろう。

「凪は仕方ないですよ。それでも、聖さんは最後まで迷っていたくらいですし」

「ああ、知ってる。聖は俺のことを考えてくれたからこそ、安易に了承しなかった。きっと、俺に何の問題もなければ、聖は魔物化を承諾しなかっただろう。エリクの時だって、二次被害の可能性を踏まえた上での決断だと聞いた」

ルイのフォローに頷くと、微笑んで視線を向けてくる凪。その視線に応えて頷くことで、肯定を。エリクは様々な意味で被害者なのだ。決して、『幸運』という言葉で片付けられるものではない。

「あの時は、エリクの意思なんて聞かなかったからね。その余裕がなかったし、殺人をダンジョンの魔物のせいにされかねなかったもの」

「前例を作ると、似たような事件が起きますからね。エリクが馴染んでくれたのは幸いでした」

「……だから、いい加減に頭を上げなさいって。エリクは本当に『被害者』なんだから」

苦笑して突くと、エリクはおずおずと頭を上げた。未だに申し訳なさそうではあるけれど、さっきよりはマシだろう。

「ところで、『納得できる理由』って、なーに？」

これまでの事情を踏まえると、どう考えても納得はできない気がするんだけど？

第八話　ダンジョン面子の日常　其の五　～お貴族様は辛いよ～

エリクのことを中途半端に知って魔物化を安易に考えたり、単純に、見目の良い人型魔物と付き合いたいと思う人がいたとして。

……アストが理解を示す要素って、何さ？

これは私だけが感じた疑問ではないらしく、皆がアストの言葉を待っている。

「先ほど『貴族階級』と限定したでしょう？　私が理解を示す要素は、貴族達が血を残し、家を守ることからくる『特別な措置』が関係しています」

「『特別な措置』？　まあ、貴族に馴染みのない私でも、子孫繁栄と家を守ることが大事ってのは判るけど」

血が絶える＝家を継ぐ人の不在＝お家断絶とかじゃなかったっけ？　とにかく子供を残して血筋を絶やさないようにしないとならないから、『当主の妻は子を産まなきゃならない』ってやつ。

周囲からの期待とか、夫婦の幸せを願うというレベルじゃなく、正しく『義務』。状況によっては、精神的な負担が凄そうだ。貴族だと、一般家庭の比ではないだろう。

「基本的に男性が当主となり、妻に子が産まれなかった場合は、愛人に子を産ませて引き取るか、分家の子を養子にします。ですが……」

「ですが？」

聞き返せば、アストは肩を竦めた。

「必ずしも、男性が当主になるとは限らないのですよ。言い方は悪いですが、この世界は聖の世界のように医療技術が発達していません。病の治療法だけではなく、予防という意味でも、です。そうなると、どういった事態が予想できますか？」

「ええと……死亡率が高くなる。特に、体が弱い人や赤ちゃんがヤバい」

一般的なお答えだ。寧（むし）ろ、それしか思い浮かばない。予防法も確立されていないような伝染病とか、子供でなくともまずいだろう。体が弱ければ、まず助からない。

だが、アストは私の答えで満足したらしく、大きく頷いて話を続けた。

「その通り！　いくら治癒魔法があったとしても、怪我ではありませんしね。そもそも、高度な治癒魔法の使い手は限られていますから、一般的には医者の出番となります。聖だって、弱いネリアの子を生かそうと必死になったじゃないですか」

「そうだね、そんなこともあった」

親が飼い主……ダンジョンマスターである私を頼って、死にかけている子を連れて来たんだよね。私にとってもうちの子ですもの、必死になろうというものです。

現在、その子はすくすくと育っている。やはりちょっと小柄だけど、とても愛らしい。

「あの子が助かったのは、支配者である聖が望んだことも大きい。我々とて、聖の影響を受けていますしね。ですが、それがない人間の場合、まあ、生存率はそれなりです」

「ああ……私の世界の基準で考えちゃいけないのか。もっと医療技術が発達していない時代だと、そんな話があったような」

「そういえば、俺も何度か病で死んだな。医療技術が発達していない世界では珍しいことじゃないし、特に何も思わなかったが……確かに、予防する術がないと、割とあっさり死ぬ。特に、流行り病なんかだと、村単位で全滅の危機だった」

「お、おう、経験談が出た……！」

凪はさらっと言っているけど、これは結構予想外。……だって、凪は所謂『魅了持ち』だったはず。好意を無差別に向けられていた凪でさえそんな状況なら、治療法はなきに等しかったんじゃないか？　自分達は死んでも、凪を助けようとしただろうからね。

「あ～……俺、アスト様が言いたいこと、何となく判った」

「エリク？」

意外な言葉に、皆の視線がエリクへと向く。皆の視線に怯みながら、エリクはアストへと窺うような目を向けた。

「えっと……もしや、『該当者が女性しか残っておらず、当主に成らざるを得なかった場合に取られる措置』のことを言ってます？」

「へ？　でも、それって今のこの世界的には仕方がない状況なんじゃないの？　伝染病とかが原因で女の子しか残らないとか、次の当主が幼過ぎて、一時的に女性が当主として立つこともある気がするけど」

言い方は悪いが、それも仕方がない気がする。それを見越して、『女性も当主になれる』ってことになっていると思うんだけど。

だが、そんな状況は私が考えているよりも、遥かに過酷だったらしい。

「正解ですよ、エリク。聖、女性が当主になった場合、望まれるのは家の存続と血の継続です。そんな状況ならば、血縁者が激減しているでしょうからね。それと同時に、家の管理……領地経営も行うことになります。それまで、何も学んでいなかったとしても、です」

「うわ、めっちゃ無理ゲーじゃん！」

それしか言いようがない。多少は学んでいたとしても、いきなり当主になれと言われても困るだろう。最低限、支えてくれる伴侶や補佐が必要だ。

「その際における公然の秘密というか、許されていることというか……そういった場合の対策があるんですよ、聖さん」

何故か、エリクは非常に言いにくそうだ。んん？　そんなに特殊なことなのか？

「私から言いましょう。聖が『このダンジョンの支配者』……所謂『女性当主』に該当するからこそ、エリクは言いにくいのだと思います」

意味が判らずに首を傾げていると、アストが溜息を吐きながら話を引き継いだ。私が女性当主に該当するから？　何だろ？

「聖が言ったように、そうなった場合の難易度は半端ないでしょう。ですが、子を産むことも重要なのです。しかも、その役目は当主にしかできず、失敗は許されない。ですから、伴侶以外にも複数の愛人を補佐として傍に置くことが許されているのです」

「「「ああ……」」」

残る四人の声がハモった。そりゃ、言いにくいわ。『女性当主の場合、補佐や傍で支える男性は愛人として見られる』なんて。

「父親が誰であれ、当主自身が産んだ子ですからね。愛人達も自分の子が家を継ぐ可能性があるため、領地経営や家の維持に尽力するそうですよ」

「いやいや……それ、傍から見れば確かに逆ハーレム状態だけどさ？　本人達はそれどころじゃない状況だよね⁉　後がないってことでしょ⁉　ぶっちゃけ、仲違いしてる暇なんてないわ。全員が戦友状態になる可能性の方が高くない？」

どう考えても、そちらの方が正しいような。『一人の女性に複数の男性の恋人』と言われたところで、課された使命の重さに必死になる未来しか見えない。

「そうですよ？　そんな状況をやっかむ者達や、他人事として見ている者達は軽く捉えているようですが、本人達は必死ですからね。そういった事情があるせいか、大抵の場合、彼らの結束はとても固く、次代に譲って隠居生活となってからも、家族として共に過ごす方が多いとか」

「そりゃ、死線を共に潜り抜けたようなものだからな」

凪の言葉に、納得とばかりに頷く私達。そりゃ、そうだ。生涯を懸けた、失敗が許されないミッションだもの。頑張れるのは、同じ立場で支え合う家族がいるからだろう。

「ですから、聖も同じように思われている可能性があるのです。『ダンジョンマスターは女性』という情報しか出回っていませんからね」

「ああ、なるほど」

そういった貴族の風習を知っていれば、仕方がないのかもしれない。アストを始めとして、顔が良い人型魔物もそれなりにいるもんね。

そこでふと、私は『あること』に気が付いてしまった。

「もしかして、アマルティアもそれを他人事として捉えていたか、自分に都合のいい面しか見ていなかったから、ああなったのかも。高貴な女性はそれが許される……とか」

「「「あ」」」

「それですよ、聖さん！　あの女なら、表面的なことしか見ない気がします！」

　エリク以外の四人がはっとしたように声を上げ、エリクは盛大に納得したらしく、思わず立ち上がって私を指差していた。

　ああ、やっぱり。アマルティアを頭の足りない王女とは思っていたけど、そういった行動に走らせる要素もあったのかい。ろくに勉強していないと、勘違いする奴もいる、と。

「アマルティアのことはともかくとして。……話を戻しますね。まあ、とにかく。聖がそう思われている可能性もあるのですよ。これが前提です」

「『中途半端にそのことを知っていた場合』ってのが、重要なんだね」

「ええ。それによって、受け取り方が違ってしまいますから」

　アストは頷き、皆を見回した。……が、問題はここからだった。

「このダンジョンの魔物達は聖のもの……凪は『聖の傍に居たい』と外で明言してきたようですし、このダンジョンの魔物達に尋ねても『自分はダンジョンマスターのもの』と言うでしょう。……貴族達の常識と違って、本当に『所有物』とか『創造物』という意味なのですが、相手はそう思わないのでしょうね。言葉を自分の思い込みに当て嵌め、認識している方もいるかと」

「ちょ、それは酷い誤解だ！　愛人になんてしてないし、そう扱ってもいないよ⁉」

無実！　風評被害！　言いがかり！　と連発すると、アストは生温かい目を向けてきた。
「まあ、以前のマスターの中にはそういった方がいたことも事実です」
「以前のダンジョンマスターの言動も、そう思われる原因かい！」
即突っ込むも、ルイやソアラは微妙な表情だ。……ああ、この二人は淫魔だった。同個体の記憶
――『自分が経験したこと』というより、『本を読んで、知っている情報』という感じらしい――が
あるから、アストの言葉が事実と知っているのだろう。
「……聖。言いたくありませんが、私とて、貴女同様にその誤解を受けている一人です。あまり挑
戦者の前に姿を現さないこともあり、貴女の愛人筆頭のように思われているようですよ？」
ほら、と差し出されたのは一枚のアンケート用紙。そこには――

『アストさんはダンジョンマスターの寵愛が深いだろうから仕方ないけど、彼以外の人は自由にさ
せてあげてほしい』

などと書かれていた。
「ええ～……何で、ここまで勝手な妄想をするのさ」
夢を見るのは勝手だが、ちょっと酷くない？　アストは寵愛を受ける愛人じゃなく、頼れるヘル
パーさんですよ⁉

第九話　ダンジョン面子の日常　其の六　～誤解は続くよ、どこまでも～

「ええと……その、多分ですけど、これ、『他の魔物達にも幸せになって欲しい』という善意からの言葉じゃありませんか？」

おそるおそるといった感じに、ルイが控えめに意見を述べる。アストもそれを感じていたらしく、複雑そうにしながらも頷いた。

「ええ、そうだと思います。魔物達に自我があるからこそ、そういった発想になったかと」

「私もそう思う。『本命以外を分けてくれてもいいじゃない！』って感じな人はともかくとして、これは皆の人権というか、個人を尊重した意見だよね」

言いながら、私はアンケート用紙を机に放る。そりゃ、アストもどう扱っていいか迷うだろうよ。そういった貴族の在り方を中途半端に知っていたら、魔物達が『私達はダンジョンマスターのものです』っていう言葉が、所有されているように聞こえるだろう。

・女性当主が誕生した際の裏事情を知っている人の解釈

『ああ、ダンジョン運営に必要な人達なのね。彼らの力が必須だからこそ手放せず、ダンジョンマスターを中核にして皆、頑張っているんだね』

・女性当主による、愛人複数所持の本質を知らない人の解釈
『ダンジョンマスターだからって、魔物達を物扱いは酷い！　自由があってもいいじゃない！』


孤児ながら騎士になったエリクでさえ、『女性当主には、多くの補佐兼愛人がいる』ということを知っていた。つまり、それは『隠されていない情報』ということ。

ならば、裏事情を知らずに、その事実だけを知っている冒険者がいても不思議はない。

というか、ここには騎士や貴族、果ては王族までやって来るけど、そういったことを言われたことはなかった。彼らは女性当主が多くの補佐兼愛人を持つ事情を理解しているのだろう。……勿論、全ての女性当主にこれが当て嵌まるわけではないことも含めて。

だからこそ、あの人達は私が人型の魔物達――しかも、男性で顔が良い――に囲まれていても、不思議に思わなかったんだな。『そりゃ、冒険者達と渡り合わなければならないダンジョンマスターが若い女性ならば、男性の補佐達が必要か』とか、思われてそう。

あえて聞かれなかったのは、彼ら自身の常識に当て嵌めた場合、納得できてしまったからではあるまいか？　わざわざ、聞く内容でもないだろうし。

「だが、聖はそんなことを絶対にしないぞ？　これまでのことがあるからこそ、俺は聖の傍で生きていたいんだ。聖の世界の創造主とて、それを判っているから俺を聖に託したんじゃないか？」

「そうだよなぁ。聖さん、俺達を大事にしてくれるぞ？　何で、そんな見方ができるんだか」

エリクは心底、呆れているようだ。ま、まあ、確かに、唖然とする解釈ですけどね……！

だが、アストには心当たりがあったようだ。

「おそらくですが、エリクのことを国王に抗議した時のことが原因かと。できる限り支配者らしく見えるように振る舞っていましたし、基本的にダンジョンマスターは『ダンジョン内の魔物達の統率者』と認識されます。まさか、平和ボケした姿が常とは思わないのでは？　そもそも、聖がダンジョンマスターだと知らないのではないでしょうか」

「ああ、確かに知らないかも。女だってことしか、伝わってないかもね」

私は結構、休憩室とかに居たりするんだけど……まずダンジョンマスターとは思われない。それもあって、『姿を見せない高慢な存在』とか思われてそう。

「でもねぇ、これって魔物達の意思を無視しているわけじゃん？　人の話を聞かないっていうか、自分が絶対に正しいと思ってそう」

いるよね、そういう人。悪気はないんだけど、正義感が空回りしてるっていうか。アストも思い至ったのか、どこかうんざりとした表情で頷いている。

「いますね、そういった方。こちら側に問題がないのですから、普通ならば放っておくのでしょうが……このような訴えをするのです。一度、ダンジョン側の見解を提示しておくのも手でしょう。それで納得しなければ、強制排除しかないかと」

――その時、不意に、ルイが声を上げた。

「あ……もしかして、原因は僕かもしれません」

「「「「「は？」」」」」

思わず、顔を見合わせる私達。真面目なルイが原因？　どういうことだろうか？

「暫く前、僕に対する好意を伝えてくださった方がいたのですが、お断りしたんです。その時、その方のご友人らしき方が一緒に居て、『どうして駄目なのか』って聞かれたんですよ」

「ああ、良く言えば『友達想い』、悪く言えば『でしゃばり』ってやつだな」

似たような経験があるのか、エリクは物凄く嫌そうな顔になった。孤児とはいえ、エリクは実力を認められて騎士になったはず。民間人からすれば、将来有望な男性に見えるだろう。顔だって悪くないし、アマルティアに目を付けられる前はモテたろうな。

「それ、どんな感じに答えたの？」

「『僕にとってダンジョンマスター以上に大事な存在はいないし、それ以上が出ることはあり得ない。だから、貴女がいくらご友人の素晴らしさを語ったところで、何の意味もありません。そもそも、僕はこのダンジョンの魔物です。僕の存在全ては彼女のためにある』、と」

「ダンジョンの魔物としては、模範回答ですね。上手くダンジョンの存在意義を暈していますし、一言で言えば『ダンジョンマスター至上主義』といったところでしょうか」

「それ以前に、完膚なきまでに振ってるじゃないか。誰が聞いても、『入り込む余地はない』って思うぞ？　それでどうやって、希望があるように思えるんだよ」

「しかも、好意を伝えた本人じゃないんだろう？　迷惑な話だ」

「あらあらぁ……うふふ、ルイったら」

アストは素直に感心し、エリクは呆れを隠そうともしない。凪も同様。ソアラは……何だか楽しそうだ。弟の誠実さが嬉しいのだろうか。

「……で？　その後の反応は？」

かなり投げやりに尋ねると、ルイは困ったように頬を掻いた。

「好意を伝えてくださった方が大泣きしました」

ですよねー！　うん、そうなるって判ってた！

思わず、その子に同情してしまう。ルイは当たり障りのない言葉で断ろうとしただろうに、友人とやらが食って掛かったせいで、容赦なくとどめを刺されてしまっているもの。

……そうは言っても、ルイが悪いわけではない。

ルイとしては事実を言っているだけなんだけど、彼女達とこのダンジョンの魔物達の間には深い溝があるというか、存在の定義自体が違っている。それを理解していないと、『ダンジョンの魔物達は全てダンジョンマスターの愛人、もしくは奴隷です』くらいにしか思わんわな。

『物としての所有』ではなく、『人が人を所有している』的な意味に聞こえちゃうのだ。

この世界に奴隷制度みたいなものがあるかは判らないけど、人権を無視しているようには思えるかも？　それならば、お客様カードの訴えにも納得だけどさ。

「だが、説明しようにも、ルイの言っていることが全てだぞ？　寧ろ、余計な期待を抱かせないあたり、優しいと思うが」

「凪はもっとバッサリやりそうだよね」

何となく聞いてみると、凪は大真面目に頷いた。

「当然だ。今の俺は聖あってこそのもの。俺の呪いが解かれたのは、聖とこの世界の創造主のお蔭と言ってしまえる。受け入れてくれた魔物達にも感謝しかない」

「凪が同じ状況になったら、何て言うつもりなんです？」

アストも好奇心を出したのか、話を振ってくる。それに対し、凪は暫し考えて。

「『お前に興味など、欠片もない。望んだ返事がもらえなかったからと言って、人の生き方や価値観を否定するとは何様のつもりだ。お前の方こそ、俺の意思を無視しているだろうが。恥を知れ』」

「「「「……」」」」

全員、無言になった。う、うん、凪は今まで人からの過剰な好意で苦労してきたから、冷たい反応になっても仕方がないんだろうね。そう、仕方がないとは思うよ？

……。

お願い、仕方がないと言って。あまりにも長い時間を苦労し過ぎて、性格矯正はまだまだ先のことになりそうなんだから……！

「明確な拒絶ですね。まあ、現在の凪からすれば、当然の反応でしょう」

凪の過去を考慮し、理解を示すアスト。

「いやいや……予想以上にキツイのな、お前……。その顔でそこまで言われたら、再起不能になってもおかしくないんじゃないか？」

想像以上の言葉だったのか、顔を引き攣らせるエリク。

「なるほど、『大事な人がいる』と言わずに、拒絶を明確にすれば良かったんですね」

素直に感心しているルイ。

「そうねぇ、それくらいはっきり言わなければ判らない子もいるわねぇ」

相手によっては有りだと思っているらしいソアラ。


中々にカオスな状況です。だけど、私達からすれば、ルイも、凪も、嘘など言っていない。


「これさぁ、ダンジョン側からの見解をはっきりさせた方がいいよね。こちらの魔物達の立ち位置を知らないと、永遠に判り合えない気がする」

「そうでしょうね……いえ、それしかないと思います」

「うん、まあ、これは……いつかは起こる出来事だったと思うから。そう思おう」

溜息を吐きつつ、頭痛を堪えるような表情になるアスト。そんな彼を労(いたわ)りつつ、今回の集いは終了した。

——その後の飲み会にて、いつも以上に酒が進んだのは言うまでもない。

第十話　ダンジョン面子の日常　其の七　～とりあえずの平穏～

――その日、ダンジョンの挑戦者達へとある告知が成された。

『最近、特定の魔物達に個人的な好意を抱く方が増えております』
『我々としましても、好意的に受け入れてくださるのは大変嬉しいのですが、そういった要求は業務外のことですので、お受けすることはできません』

『なお、これは該当する魔物達の総意であります』

『稀に【魔物達はダンジョンマスターに所有化されている】と仰る方もいらっしゃいますが、この認識は間違っております。彼らには自我があり、相手がダンジョンマスターであろうとも、己の意見を口にする自由を得ております』
『勿論、皆様のお言葉が魔物達を個人として扱い、案じているゆえのものだと理解できております。だからこそ、今一度、彼らの言葉に耳を傾けてはいただけませんでしょうか』
『勝手な解釈を押し付けることもまた、彼らの意思を否定する行為です。ご自分に置き換えてみてくださいませ……話を聞かない他人が、自分の大切な存在を貶める。その場合、相手に抱く感情は好意ではなく、不快感です』
『また、娯楽施設を謳ってはおりますが、ここはダンジョンです。ダンジョンがどういった場所なのか、何を目的とされて足を運ばれたのか、ダンジョンの魔物達はどのような存在なのか。今一度、思い出していただければと思います』
『追伸』
『イベントなどの景品をサービスに盛り込むことを望むお声を幾つかいただきましたが、それらは多大な労力の果てに、挑戦者様が獲得したものです。見事、獲得された挑戦者様に対する敬意を示す意味でも、サービスに盛り込む予定はございません。ご了承ください』

適度に暈してはいるけど、一言で言えば『何のためにダンジョンに来ているか、思い出せ』ってこと。そこに『魔物達の立ち位置を思い出してね☆』という要素をプラスした内容になっている。

いくら何でも、『魔物達はダンジョンマスターの創造物です』っていう、どストレートな言葉を使うのは躊躇われたんだよねぇ……折角、友好的な関係になれているんだし。

反発されるかなー？『魔物達を独り占めしているダンジョンマスター、酷い！』って言われるかなー？　とか心配していたんだけど、意外なことに快く受け入れてくれる人が大半だった。

というか、素直に納得してくれた人達は元々、目に余る言動をする人達を気にしていたんだそうな。『調子に乗るのも、いい加減にしろ』と。

「ああ、やっぱり警告されたか」

「そりゃ、そうさ。いくらここが他と比べて温い場所だとしても、甘えるのは限度があるよ。どうして、あたし達の都合に振り回されなきゃならないのさ」

「ここの魔物達って、聖の嬢ちゃんのこと大好きだよな？　あの子、魔物達を所有とか独占なんてしてないだろ。そもそも、そんな子だから挑戦者も今みたいな扱いになってるんだろうし」

「もしかして、ネリアやサモエドのことを言ってるんじゃないか？　聖が抱き上げていたり、連れ歩いたりしてるからな。でも、あいつら自分から聖の後を追いかけていくけど」

以上、ゼノさんを始めとする、いつもの四人組のお言葉だ。そして、カッツェさんの指摘に、私はそういった意味もあると思い出した。


そういや、私はよく毛玉達を連れて行動している。もしや、あれが羨ましい人もいたんじゃゃ？

この世界の冒険者達、ペットを飼う余裕があるような人は珍しい。騎士だったエリクでさえ、『自分のことで手一杯ですし、面倒を見る余裕がないんですよ。俺もいつ死ぬか判らないから、責任持てませんし』という理由で、諦めていたくらい。

その反動か、エリクはサモエドをとても可愛がってくれている。『憧れの愛犬！』とばかりに、散歩やブラッシングといったものを率先してやっているのだ。

「ゼノさん達はそう思ってくれるんだ？」

休憩室の一角でお茶をしながら聞いたら、彼らは顔を見合わせた。

「あのな、聖。お前、他のダンジョンがどんな場所だと思ってるんだ？　そもそも、俺達はどんな目的でここに足を運んでいる？　それを忘れちゃ、駄目だろうが」

代表するかのようにゼノさんが口にすると、他の三人も一斉に頷く。

「仲良くできるなら、それに越したことはないさね。だけどねぇ……一方的に色恋沙汰を持ち込むのは、嫌われるだけじゃないのかい。それはここじゃなくたって、同じさね」

「シアの姉御の言う通りだぞ～？　思い通りの返事がもらえないからって、ダンジョンマスターのせいにするのは違うだろ」

「というか、それが原因で、嫌われているような気もするが」

「ああ……そういえば、珍しく疎ましがっていたかな。プロとして、あからさまに接客態度を変えることはなかったと思うけど」

皆の言葉に、先日の話し合いを思い出す。……うん、確かに辛辣な言葉が多かった。私に対する態度と違うことは当然として、いつもの彼ららしくないというか、優しさがなかったような。

「ここで経験を積んで、生存率を上げる。俺達みたいな冒険者にとって、それがどれほどありがたいことか。……聖の嬢ちゃん、普通はな？　失敗すれば、死ぬしかないんだ。そういう職業なんだよ、夢を追えるのはほんの一握りだ。成功するまでに幾度も死にかけ、仲間の死体を見る。冒険者はそれが当たり前なのさ」

ジェイズさんは口調こそ軽いが、その内容はとても重い。……そこに伴う経験があるせいなのか、それは判らなかったけど。

私はこの世界……外のことは知らないし、ダンジョン内でも皆に守られている。

戦闘能力皆無ということもあって、皆が過保護気味なのだ。今だって、室内にいるスタッフの誰かが私を気にかけてくれているのだろう。

だけど、冒険者達……いや、ダンジョンに挑む挑戦者達全ては『そんな守りなどない』。

冒険者にならずとも、外で生きる人々にとってそれは当然のこと。冒険者という職業を選んだ場合、落命の確率が跳ね上がるのだ。それに納得した上で、彼らは成功者となることを目指す。

死と隣り合わせになる反面、彼らには名声や財を得る機会があるのだろうけど……挑戦者達の話を聞く限り、それは決して楽な道ではない。実力だけでなく、生き延びた幸運があってこそ得られるもの、と聞いた。

「だからな、聖。適度な距離感ってのも必要だと、俺は思う。このダンジョンで経験は積めても、名声なんかは無理だろう。自信を失くした時、生活に切羽詰まった時なんかは良いのかもしれないけどな」

「『特定の場所しか潜らない』ってのは、怖いものだぞ？　特に、ここみたいな場所に慣れたら、後が続かねぇ。自分でそれを理解して計画を立てるってのも、重要なことなんだ」

ゼノさんに続き、更にカッツェさんも言葉を重ねる。彼らの言葉は『冒険者』という職業における、厳しい現実を教えてくれるものだ。

『全ては自分次第』……それがこれほど重く伸(の)し掛(か)かる職業もあるまい。

何より、私自身が納得できてしまった。ゼノさんはベテランな分、言葉には重みがあるし、シアさんも同じ『女性』という視点で意見をくれるので、説得力があるもの。

カッツェさんとジェイズさんは他の二人よりも若いから、これまでの言葉は自分の経験に基づいてのことなのかもしれないね。以前、自分達も色々と失敗したとか言っていたから、余計にそう思うのかも。

「とりあえず、また同じようなことがあったら、その都度、対策を取るってことになってるよ」

「そうかい。あんた達が理解できてるなら、安心だねぇ」

シアさんは満足そうに笑いながら、私の頭を撫でた。……どうやら、私達のことを心配してくれていたようだ。もしも『甘やかし』が続くようなら、ベテラン冒険者にしてダンジョン利用者の一人として、苦言を呈してくれる気だったのかもしれない。

「ま、俺達がここをありがたがっているってのは、本当だ。もしも煩(うるさ)い奴がいたら、俺達みたいな同業者に頼りな。ある程度の年月、冒険者をやってる奴なら、そういったことも気付くさ。後輩の教育ってのも、先輩の仕事だからな」

「ジェイズ、お前はそこまでベテランじゃないだろうが」

「俺じゃなくても、ゼノの兄貴やシアの姉御からの説教なら、聞くだろ！」

呆れを隠さないゼノさんに、ジェイズさんがちょっと拗(す)ねながら反論する。その途端、テーブルには笑い声が満ちた。

ここには私達を気にかけてくれる人もいる。……いや、『そういった人達ができた』のだ。それはとても幸せなことであり、この世界にとっても一つの前例として残るだろう。

いつか、世界中のダンジョンがその在り方を変えるかもしれない。そんな時、挑戦者達と笑い合って過ごしたダンジョンマスターが居たのだと、誰かが思い出してくれるといいな。

第十一話　自分勝手な『正義』

——町の宿屋にて（ある女性冒険者視点）

「どうして……どうして誰も判ってくれないの……！」

シーツを握り締め、己の『不運』を呪う。だって、私は何も間違ったことはしていない。

『ルイさんのことが好きなの。……叶わなくても、告白をしておきたい。断られても、踏ん切りはつくじゃない』

そんな言葉と共に決行された、相方の告白劇。だけど、答えは『否』だった。いくら美しい容姿をしていても、相手はダンジョンの魔物だ。それでも想いを告げるのだから、彼女とて相当の勇気が必要だったはず。

上手くいったとしても、周囲の人から好奇の視線を向けられることは避けられないのだから。

素直に『他に好きな人がいるから』と聞かされたら……『どうしようもないこと』だと知らされ

たなら。私だって、納得したでしょう。

――だけど、彼の口から伝えられた言葉は、義務と言える部分を多大に含んでいて。

思わず食って掛かったら、あの人は見たこともない厳しい顔になって、更に厳しい言葉を口にしたのだ。それは当然、あの子にも向けられたものだった。

そして今日、ダンジョン側からある通達が成された。それも明らかに、先日の一件が影響しているだろう内容で。

知った時に感じたのは憤り。『そんなにも、あの子の好意が鬱陶しかったのか』と。

だけど、大半の人が抱いた感情は……私達の思い上がりに対しての『呆れ』。

そんな中、時々、助言をしてくれていた先輩冒険者達からの言葉は益々、私達を落ち込ませた。彼らからの言葉は……先日の私達の行動が間違いだったと、そう思わせるものだったから。

その時のことを反芻する。厳しい言葉に呆れた視線、それでもやっぱり……私は自分の行動が悪いものだとは思えなかったのだ――

※※※※※※※※

「お前達は一体、ダンジョンをどういう場所だと思ってるんだ？」

ベテラン冒険者達が溜息を吐きながら、『お前達が悪い』と言わんばかりの目を向ける。

「ここの魔物達は自我が認められているじゃないか。大事な人を悪く言われたら、憤って当然ってものだろ？　勝手に義務とか、思い込んでいるんじゃないよ。あんた達こそ、相手の言葉、個人の意思を否定してるじゃないのさ」

そういって、女性冒険者は私達を諭し。

「出禁にされなかっただけ、マシだな」

「現状はダンジョンマスターの好意だってことを忘れてないか？　俺達はその好意に縋っているんだ。だいたい、他のダンジョンなら、お前達だってそんな真似はしないだろうに」

先の二人の言葉に頷きながらも、其々が口にするのは私達の行動を責める言葉。他の人達にも似たようなことを言われていたけど、ここまではっきりと言われたことはなかった。

何故と思うも、考えられるのは……今日通達されたばかりの、ダンジョンからの苦言。ダンジョン側がはっきりと意見を出したことにより、私達のように考える者達は『認められなくなってしまった』のだ！

咄嗟に反論が思い浮かばず、言葉に詰まる。そんな私をよそに、告白をした友人は顔を蒼褪めさせていた。彼女はこのパーティを尊敬していたから、余計にショックだったのだろう。

「わ……私、そんなつもりじゃなかったんです！」

「じゃあ、どんなつもりだったんだい？　あんた達は判っていないようだけど、ダンジョン側から見たら、あたし達も、あんた達も、等しく【利用者】なんだよ？　今回は警告程度で済んだけど、厳しいルールが追加された場合、それに従うのはダンジョンの利用者全員だ。それがどれほど迷惑をかけるか、判っているのかい？」

泣きそうな彼女――リリィを労ることなく、女性冒険者は厳しい目を向けた。そこに宿っていたのは……一言で言うなら『失望』。

そんなことも判らないのかと言わんばかりの視線は、リリィを震え上がらせるには十分だった。

だけど、私が感じたのは――屈辱。

先輩冒険者は暗に、私達を『未熟』と言ったのだ。これまでそこそこ良い評価を得てきた私にとって、この『言い掛かり』がその評価を覆す要素になるなんて……！

「お前達さ……いや、そこで不満一杯の顔をしてる奴だけでいいか。お前さ、前から時々、問題を起こしてたろ？」

不意に、パーティの一人が私の方へと話を振った。……？　『私だけでいい』？　それは一体、どういうことなのだろうか？

「あれはっ……私だけが悪いんじゃありません！」

「そうだな、そういった言い分もあるだろう。だけど、そう思うなら何故、相手が一方的に悪いと決めつけて糾弾したんだ？　相手にだって、言い分があっただろうが」

「……っ」

自分で『私だけが悪いんじゃない』と言った手前、反論ができずに押し黙る。先輩冒険者は溜息を吐くと、「じゃあ、次の質問な」と話題を変える。

「お前は常に自分を正しいと思っているんじゃないか？」

「私はっ！　正しいことをしているつもりです！」

否定するような言葉に我慢できず、即座に反論すると、先輩冒険者達は揃って不快そうに目を眇めた。……何よ、何なのよ！

「その思い込みが、お前の最大の『間違い』だ」

「な⁉」

「全てが正しい奴なんていない。勿論、俺達も間違うことはある。だけどな、それを自覚して反省し、同じことを繰り返さないように学ぶのさ。『正しいことをしているつもり』？　馬鹿を言うんじゃない！　年齢も、経験も劣り、人の話を全く聞かずに学ぶ努力をしないお前如きに、説教する資格はねぇよ」

「あんた、ダンジョンからの通達を見なかったのかい？　あれこそ、あんたが間違っていたと理解できる最たるものじゃないか。あんたが本当に『正しい』ならば、諫める奴らが出るはずないだろ。独り善がりの正義感もいい加減にしな」

「う……」

『私は間違っていない』。そう言い切れるのに、目の前に居る人達への反論が思い浮かばない。

私がこれまで人と揉めることがあったのは事実だし、今回のことで色々と言われているのも本当だったから。


悔しい。とても悔しいのに、私は無力だった。


皆に認められる名声も、功績もない私に、先輩冒険者達を納得させられるわけがない。冒険者としては新人から漸く脱却した程度、パーティメンバーだって、隣で蒼褪めている相方一人だけ。

それに……私にも、自分達の無力さは理解できていた。どうせパーティを組むのなら、強い人の方が良い。だからこそ、私達に声をかけてくれる人達は殆どいないのだから。

悔しいけれど、今の私達では難しい依頼をこなすには力不足なのだ。地道に実力をつけ、人脈を得て、パーティの戦力増強を図らなければ、今以上に難しい依頼はこなせまい。

だけど。

だけど、先輩冒険者達に責められていることは、強さなんて関係ない！　必要なのは『正しさ』であり、誰に理解されずともそれを貫くのが私の矜持。

「貴方達には失望しました」

「あ?」

不快そうに、リーダーである男性冒険者が声を上げる。

「ダンジョンマスターのご機嫌取りですか？　それでも多くの難しい依頼をこなしてきた冒険者なのですか！　……がっかりです。貴方達なんか、にっ⁉」

パシン、と乾いた音が響いた。

思わず目を見開いて口を閉ざすと、私の頬を叩いた人物……私の相棒が、目に涙を溜めながら睨み付けている。

「いい加減にして」

「リ……リリィ……？」

「私は何度も言ったよね？　『貴女の持つ正義感は立派だけど、必ずしも正しいとは限らない』って。貴女が誰かと揉める度に、『人を貶める言葉を吐かないで』『相手の言葉を聞いて、理解する努力をして』って言ったよね！」

それは確かに言われていた。だけど、相手が悪いならば仕方ないでしょう？

「それなのに、貴女は何も変わらない。それどころか、ゼノさん達を貶める言葉まで！」

「だ、だって、本当のこと……」

「それは貴女の思い込みでしょう⁉　ゼノさん達の言葉のどこに、そんな要素があるのよ。私達を心配して、悪いところを自覚させようとしているだけじゃない！　……今の貴女には『正しさ』なんてないわ。自分の思い通りにならないことが許せず、自分が間違っていることも認められない、可哀想な人というだけ」

「な……」

あまりの言葉に絶句していると、リリィは零れ落ちそうな涙を拭って静かに告げた。

「相方、解消します。貴女にとって、私の言葉は聞く価値がないのでしょう？　私はね、命を預け合う仲間には誠実でありたいし、認めてもらいたい。だけど……貴女はそうはならない」

静かな声だった。だけど、それは『否』と言うことを許さない響きを持っている。リリィは……本当に怒っているのだろう。いや、怒っていたと言うべきか。もはや、彼女の目は仲間を見る目ではない。関係を断ち切った者を見るそれなのだ。

「ゼノさん、皆さん、私が今回の騒動の発端です。皆さんからの言葉を聞いて、自分がどれほど甘いことを考えていたか……ダンジョンというものを軽く考えていたかを理解しました。勿論、冒険者という職業についても、です。あれほど覚悟を持って冒険者になったのに、私は一体、何をしているんでしょうね」

自分が情けないです、と呟き、リリィは先輩冒険者達に頭を下げた。

……。

あれ？　リリィは一体、いつ彼らの名を親しげに呼ぶ仲になったんだろう？　私も知ってはいるけれど、あんな風に呼んだことはない。

ずっと一緒に居たはずなのに、私とリリィでは、彼らとの親密度が随分と違うような気がする。

……どうして？　いつの間に、そんな風に言葉を交わせるようになったの？

私が呆然としながらそんなことを考えている間にも、リリィと彼らは会話を続けていた。そこには当然、リリィへの厳しい言葉が含まれていたけれど、それだけではない。

「次からは気を付けろよ」

「はい！」

「色恋沙汰は仕方がないさね。だけど、相手を選ぶってことも重要さ。自分一人が想ったところで、恋人関係は成立しないいんだから」

茶化したような口調、けれど姉のように慈愛に満ちた目をした女性冒険者の言葉に、リリィは一瞬、辛そうな表情をして目を閉じ。

「……そうですね、私の独り善がりでした。相手を思い遣れるようになったら、新しい恋も考えてみます。その前に、まずは冒険者として一人前を目指さなきゃ」

やがて、吹っ切れたように笑った。

※※※※※※※

思い返して、悔しさに手を握り締める。そんな私の傍に、すでにリリィの姿はない。彼女は自分で宣言した通り、さっさと泊まっていた宿を引き払い、ギルドにパーティ解散の申請をしてしまったからだ。

一緒に居る理由がなければ、気まずいだけ。寂しさを感じるけれど、今の私にとってもリリィが傍に居ないのはありがたかった。

「私は間違っていない……絶対に、間違ってなんかいない」

思い込むように……まるで自己暗示をかけるかのように、私は繰り返し『間違っていない』と呟く。そうしていなければ、心が折れてしまいそうだった。

「力があれば……皆が認めるような功績があれば、違ったのかな」

不意に、そんな言葉が口を突いて出た。そんな簡単なことではないと頭を振るも、まるで一滴の毒のように、その考えは私の心に色を落とした。

第十二話　彼女の誠実さと決意

――ダンジョン一階層・個室にて
「本当に、申し訳ありませんでした！」

勢いよく頭を下げたまま、上げようとはしない女の子。困惑気味に彼女の背後に居るゼノさん達へと視線を向けると、彼らは微笑ましそうな目をして彼女を眺めている。

「この子が例の騒動の発端らしい。少し説教したら、自分の軽率な行動がダンジョンへの挑戦者全員に影響すると理解できたらしい。だから、謝りたいそうだ」

「あんたは『ここの中核の一人』だし、代表して謝罪を受けてやってくれないかい？　この子だって、いつまでも罪悪感に囚われていたくないのさ」

『ここの中核の一人』という表現に、シアさんへと目を向ければ……シアさんは苦笑して首を横に振った。どうやら、私がダンジョンマスターであることは隠しておくということらしい。

まあ、その気持ちも判る。この子は若い。本当に新米というか、まだまだ先輩達の庇護下にある冒険者なのだろう。はっきり言ってしまうと、弱そうだ。

そんな子がダンジョンの奥まで攻略できるとは思えないし、私と会う機会——私がダンジョンマスターとして挨拶をするのは、第四階層を突破した場合だけ。ご褒美の宴にて、初めて知る情報である——も当分、先になるはず。それを見越して、ゼノさん達も謝罪の機会を設けたのだろう。

見た感じ、見た目で人を判断するような子ではないと思うけど、それは別問題。よって、『話しやすい奴に話を付け、謝罪を受け入れてもらう』って感じになったんだな。

「ええと、この子の態度を見る限り、私達が危惧したことも理解してくれたってことかな？」

「はい！　私はいつの間にか、このダンジョンの恩恵を当然のものと思っていたこと、そこからくる思い上がりが挑戦者全体に迷惑をかける可能性があったこと、そして……個人の尊重を主張していながら、ルイさんの意思を否定したこと。全て、全て理解できました！」

「そっかぁ……」

それならば、この子はもう大丈夫だろう。おそらくは、ゼノさん達からのお説教が効いたんだろうけど、この子自身もそれを理解できている。暫くは煩い輩に突かれるかもしれないけど、反省している姿を見せていれば、それも長くは続くまい。自ら謝罪に赴いた誠実さに加え、『ダンジョン側が謝罪を受け入れた』という事実が、彼女を守るだろう。

「私達は『ダンジョンの規定を厳しくする』どころか、『ダンジョンを閉ざす』といった対応も取れる。いくら『客』という括りだったとしても、挑戦者達はここの利用者……部外者でしかない。

ダンジョンの在り方に口を挟む権利なんてないよ」

今後、『起こるかもしれなかったこと』を口に出せば、彼女は『そうなった場合、冒険者達から向けられる感情』が想像できてしまったのか、肩を跳ねさせた。

「だけどね、よっぽどの無茶を言い出さない限り、これまでのように利用してもらいたいと思っている。それが今回の警告の裏にある本音だよ。国やギルド相手に、文句を言おうとは思わないでしょ？　『このダンジョンならば、何を言っても大丈夫』なんて、思って欲しくはない。親しき中にも礼儀ありだよ」

「そうだなぁ……文句を言う先がギルドや国って考えれば、迂闊に文句を言おうとは思わないよな。勝手なことを言ってた奴らは、それを忘れてたってことか」

私に続く形で、ジェイズさんが同意する。……未だに頭を下げたままの彼女を虐めているわけではない。他で似たようなことをやらかした場合、冗談抜きに言い訳の余地なくアウトの可能性があるんだよ。それを教えるためだろう。

民間人という立場は弱い。そんな『弱者』が調子に乗って、平然と『強者』――身分であったり、大きな影響力を持つ組織といったもの――への不満を口にしたりすれば……まあ、無事では済むまい。不敬罪というものだって存在するのだから。

ジェイズさんはそれを危惧して、わざと危機感を抱かせようとしているように見えるしね。

「まあ、今回は理解してくれたからいいよ。貴女も頭を上げて。保護者付きとはいえ、名乗り出て謝罪に来るのは怖かったでしょ。よく頑張ったね」

偉い偉い、と頭を撫でると、彼女は頭を漸(ようや)く上げた。その目は潤んでいたけれど、ぎこちないながらも安堵の笑みを浮かべている。

「よし、折角だから、ご飯を一緒に食べようか。丁度、休憩時間なんだよね、私」

「え？　え？」

パチッと指を鳴らし、女の子の手を取る。混乱しているらしい彼女をよそに、その腕を引いて近くのテーブルへ。ゼノさん達も手招きしてお誘い。

「実は試作メニューがありまして。保護者としての言動、お疲れ様です。奢(おご)るから、ゼノさん達も一緒にどう？」

「「「早く言え！」」」

「あはは！　相変わらず、胃袋を掴まれてるねぇっ！」

綺麗にハモるゼノさん達の姿に、声を上げて笑う。遠慮のない私達の遣(や)り取りに、女の子は呆然としていた。けれど、そのうち決意を込めた目をして笑った。

「私もいつか、あんな風に笑い合えるような……貴女達に認めてもらえる冒険者になってみせます。時間がかかってしまうけれど、夢は諦めきれません」

「そっか、頑張れ」

「はい！」

……この子はきっと、これからも多くの経験を積むのだろう。それは楽しいことだけじゃなく、辛いことや命の危険だって当然、ある。それでも、前を向いていられたらいいと思う。

ゼノさん達のように、顔を合わせれば『久しぶり』と言い合えるような……再会を喜び、無事を願う関係になれればいい。そう思った。

※※※※※※※※

食事が終わって、現在はデザートタイム。なお、試作メニューはグラタンであ～る。これ、好みがあるし、シチューと被るので検討中だったのよね。冒険者は結構食べるし、マカロニや芋を入れたとしても、満足できるのか怪しいんだもん。

……が、今回、謝罪してくれた女の子――リリィには高評価だった。

「冒険者は体が資本っていうのは判るんですが、食べたり、食べなかったりってことも多いんです。これからダンジョンに挑むという時に、満腹では動きや感覚に支障が出ますし。これはどちらかと言えば軽食寄りのメニューですけど、体も温まるし栄養価が高そうですから、好む人は多いと思いますよ？　以前いただいた……えっと、豚汁でしたか？　あれも栄養面だけでなく、量も丁度良かったと思います」

「ああ、そういった見方もあるのかぁ」

確かに、豚汁は喜ばれた気がする。今はまだ、雨の日限定になっているサービス――娯楽施設を謳っている割に保存食などを購入する店といったものがないので、無料で振る舞われているのだ――だけど、これからダンジョンに潜る人達からも『体が温まっていい』『適度に腹が満たされる』と好評だった。

「帰りならばともかく、これからダンジョンに潜ろうって時に、腹一杯になるわけにはいかないからな。そもそも、若い連中は緊張してろくに食えないことも多い」

「そうさねぇ、それも仕方ないとは思うけど。ここは死なないけれど、怪我はするだろ？　魔物との戦闘に慣れない子達にとったら、ここでの戦闘でも怖いのさ。そんな時、適度に腹が満たされる美味しい物を食べたら、少しは緊張が解れるんじゃないかね」

　ゼノさんとシアさんもリリィの意見に納得できるらしく、しきりに頷いていた。単純に食事というだけではなく、ダンジョンに潜る前の準備的な意味でも、こういったものは嬉しいと。

「ありがと、参考にさせてもらうよ。私達から見ると、『食事』っていう意味でしかないから、単純に味とか量を気にするんだ。まあ、冒険者じゃないから、仕方ないんだけど。だから、それ以外に配慮すべきことを教えてもらえるのはありがたいね」

　今回の意見を元に、軽食メニューの充実を図る必要が出てきたようだ。ダンジョン内でも食べられるように、ジャーキー系を携帯食として売ってもいいかもしれない。

　干し肉ならば、冒険者達も食べることに抵抗がないだろう。見た目もこの世界のものと殆ど変わらないから、『美味い干し肉』という認識だろうし。

　なお、失敗の一例を出すと『飴』である。

　チョコレートは溶けるし、甘い物って落ち着くよね――とか思っていたのです、が！

『美味過ぎて、こんなところで食べるのは惜しい』

という人達が続出した。技術面での違いか、『綺麗で美味しい高級菓子』的な受け取られ方をしてしまったのだ。

使われている砂糖の質も違うらしく、『貴族の食べる砂糖菓子以上』とは、ジェイズさんの評価である。……ジェイズさん、どうやら貴族の愛人の子だったらしい。兄達に何かがあった時用のスペアとして、父親の屋敷に住んでいたことがあるんだってさ。

ただ、周囲の人達に虐められたりとかはなく、長兄が家督を継ぐ際、貴族として生きるか、平民に戻るかを選ばせてもらえたんだそうな。

『あの人達は俺に自由をくれたんだよ。それまで勉強だってさせてもらっていたから、俺は魔法が使えるんだ。あの人達には感謝しかない』

魔法は魔力を持っている者全てが安易に使えるわけじゃなく、魔力の扱いに長けた教師が必要らしい。教師が『魔力の扱い方』や『魔力の流れ』といったものを実地で教える必要があるんだって。

『経験してコツを掴め』という状態なので、中々に難しいんだとか。

そうは言っても、冒険者達の中には魔法を使う人達が結構いる。あれは安価で同業者に教えてもらったり、先輩冒険者が面倒を見てくれたお蔭なんだってさ。

『使える冒険者になってくれれば、俺達も助かるしなぁ』

とジェイズさんは言っていたので、彼もそういった先輩冒険者の一人なのだろう。ジェイズさん自身、元から面倒見が良い性格をしているもの。

自分もゼノさん達に面倒を見てもらったと言っていたから、今度は自分の番とか思ってそうだ。

「こういった甘いものを食べたいって気持ちも、若い子達がやる気になっていいんだよ。単純だけど、外では滅多に口にできない極上品だからねぇ」

言いながら、シアさんはアップルパイを口に運ぶ。リリィも美味しそうに食べているので、『スイーツを食いたきゃ、生き残れ！』という風に、生に執着させるためにも使えるのだろう。

ご褒美（有料）が待っているなら、仕事の依頼だって頑張ってこなすに違いない。ダンジョンは順調に、冒険者達の活力源になっている模様。

美味い物——酒やスイーツも含む——に釣られた人間は強いのだ。世界共通の認識ですな。

「これからも利用者は多そうだなぁ……聖(ひじり)達は大変だ」

何を言うんですか、カッツェさん。ダンジョンは挑戦者が来てなんぼです。

第十三話　暫しの平穏と小さな心配事

——ダンジョン内居住区・バーにて

「……というわけで、謝罪を受けました。彼女はもう大丈夫だよ」

カウンター内に居るルイとソアラに報告する。その途端、二人は……特にルイは肩の力が抜けたようだった。私の隣で聞いていたアストもまた、表情を和らげている。

「良かったわぁ、判ってくれる子で」

「ゼノさん達からのお説教っていうのも良かったんだろうね。ゼノさん達、『一人の行動が、挑戦者全体への対応になる』って方向から諭してくれたみたいだし」

恋愛方面からのお説教だと、彼女が納得してくれるか判らない。『想うのは自由でしょう⁉』とか言われてしまうと、反論する術がないんだもの。

そう、『想うだけ』ならば自由なのだ。全く問題ないのだよ！

ただし……『永遠に片思い』というオチがつく。恋が実る可能性はゼロなのだから。

どちらかと言えば、それを伝える方が酷だし、納得もしてもらえないと思う。それこそ、『ダンジョンの魔物達と貴方達では、存在理由が違います』としか言いようがないからね。

それを説明する上で、再度『ダンジョンの魔物達はダンジョンマスターの所有物です』と伝える羽目になるんだけど、絶対に話は拗れるだろう。

最悪の場合、『創造物っていう意味ですよ』と伝えるしかないけど、それが原因で『ダンジョンの魔物達は生き物ではないから、何をしてもいい』といった発想になられても困る。

『生物』か『物』か。ダンジョンの魔物達は非常に曖昧な存在なのだ。確かに『生きている』という状態——戦闘によって死ぬ場合がある——なのに、ダンジョンマスターにとっては『物』。

「あ、でも一個だけ不安材料がある」

ふと、『あること』を思い出して口に出すと、皆の視線が一斉に私へと集中した。

「あのさ、ルイ。告白してきた子よりも、その付き添いの子の方が煩くなかった？」

「え？　え、ええ、友達想いらしく、僕に食って掛かって来ましたが……」

唐突な話題に驚きながらも、ルイは私の問いに頷く。……ああ、やっぱり。

「その子、気を付けた方がいいかもしれない。ゼノさん達のお説教にも耳を貸さず、反論もろくにできないのに、ずっと『自分は正しい』って主張を変えなかったんだって。最終的にはリリィ……ルイに告白してきた子がキレちゃって、相方解消になったらしい」

「え……僕が原因でしょうか」

「ううん、違う。前々から、似たようなことがあったみたい。自分の主張は正しいと信じているらしく、結構なトラブルメーカーだったみたいだよ」

申し訳なさそうな表情になるルイへと、『違う』と首を横に振る。これはゼノさん達だけでなく、他の挑戦者からも聞かされたことだった。

「人が揉めた時ってさ、どちらにも言い分があるし、時には互いに譲歩することも必要じゃない？それなのに、彼女は絶対に譲らないんだって。勿論、ただの我が儘とかじゃなくて、よく言えば『正義感が強い』って感じ」

「あらぁ……それは厄介ねぇ。悪意じゃなくて、正義感ゆえに折れない子なんて」

「理解させようとはしたみたい。だけど結局、変わらなかったから、リリィも離れたらしい。『私の言葉は届かないんです。だから、これは私なりの幕引きなんです。変わる切っ掛けになってくれればいい』って」

そう言っていた時のリリィを思い出す。彼女は……寂しそうだった。

リリィとて、一人になることに不安がなかったわけではないだろう。楽しい時だってあっただろうし、相方の正義感が頼もしく思えた時もあったと思う。

だけど、自分の言葉さえ聞き入れてもらえないならば。……そんな価値はないと、態度で示されてしまったならば。

——いくら情があったとしても、離れる覚悟を決めるだろう。デメリットが大き過ぎるもの。

リリィにだって、『立派な冒険者になる』という夢がある。自分のせいで夢潰えるならばまだしも、彼女の場合は学ぶ機会すら相方に潰されてしまっているじゃないか。

今までは正義感が強いせいだと思うことができただろうが、今回はその影響が大き過ぎた。リリィ自身が自分達の非を理解しているのに、本来は部外者なはずの相方は全く理解しない。ここまでくると、さすがに庇いきれないだろう。

「私の調査でも、似たようなお話を聞きましたね。そのリリィさんという方は『言えば理解できる子』らしく、それほど悪いお話はありませんでした。たまに軽はずみな言動があるようですが、新米冒険者ゆえのものとして、微笑ましく見守られていたようです」

溜息を吐きながら、会話に加わってくるアスト。その表情には、何やら疲れの色が見えた。

「対して、相方の方……アイシャさんには皆さん、呆れていらっしゃるようです。自分を貫く強さを持つのは良いことでしょう。ですが、冒険者とは互いに助け合う一面もある。その機会を潰し、自分の意見だけを押し付けようとする輩には、同業者とて厳しい目を向けるでしょう。反省もしないようですからね」

「ああ、以前から似たようなことがあったのか……」

「ええ。これまでは、関わらなければ良かった。ですが、今回の一件はそうはいきません。ゼノさん達が動いたのも、そういった理由もあるでしょう。自分達に火の粉が飛ぶならば、振り払おうとするのが人の常ですからね」

なるほど、このダンジョンの利用者達がわざわざ彼女達にお説教をしたのは、自分達のためでもある、と。確かに、ここが利用できなくなったら、困るわな。

「そういえば、彼女……アイシャさんは随分と一方的に罵ってきました。僕の言い分が理解できないゆえのことと思っていたんですが、彼女は無意識に、自分の主張が受け入れられないことを憤(いきどお)っていたのかもしれませんね」

当時を思い出しているのか、ルイもアストの報告に納得できてしまうらしい。アストの報告通りの人なら、ルイがリリィの告白を受け入れる以外の選択を認めない気がする。っていうか、多分、絶対にそっちだな。

振られながらも、リリィがあれほど申し訳なさそうにしていた理由が判った気がした。アイシャの勝手さを理解していたら、そりゃ、ルイに対して申し訳なく思うだろう。

「どっちかと言えば、アイシャさんの方が問題みたいだね。リリィはこれまでのアイシャさんの言動を知っているから、相方解消になった逆恨みとか、『ダンジョン側に理解させようと行動すること』を警戒したのかも」

嫌な可能性だが、否定できん。皆も、嫌そうに顔を顰めている。

「一番良いのが、他のダンジョンで現実を学んでくださることなんですがね」

頭が痛いと言わんばかりのアストに、皆は暫し、思案顔になり。

「……アスト？　それ、暗に『死ね』って言ってない⁉」

私は顔を引き攣らせ。

「あらあら、アスト様にそこまで言われちゃうのねぇ。だけど、私も現実を学ぶことには賛成よぉ？　世界は彼女を中心に回っているわけじゃないんですもの」

ソアラは部分的に共感できるのか、『それも有り』と言わんばかりの理解を示した。

基本的に、魔物達は『強さが絶対』的なところがあるらしいので、こういったところはソアラも意外と厳しいのだろう。魔物の世界にだって、ルールがある。

「姉さん、聖さんが困っているから少し抑えて。いくら問題がある人でも、聖さんはそこまで望まないと思うよ？　まあ……他に性格矯正の方法があるかと問われたら、僕にも答えようがないけど。先輩冒険者達の話も聞かないとなると、ちょっとね……」

ルイは……私の方を気にしてくれた。それでも完全否定をしないあたり、ルイにも他の方法は思い浮かばないらしい。真面目で、エディと並んで温厚なルイにここまで言われるって、ある意味、凄い。一体、ルイはアイシャさんにどんな風に罵られたのやら？

「ル・イ？　一人だけ良い子になるんじゃないわ？　貴方だって、少しは共感してるでしょぉ？」

わざとらしく拗ねながら、ソアラがルイの頬を突く。

「う……でもね、姉さん。聖さんは今回のことを許しているんだよ？　これ以上のことを望むのは、その決定を覆すことになるじゃないか。僕達に絶対服従の制約はないけれど、尊重すべきは聖さんの意思だよ」

「それは判っているわ！　だからこそ、私はダンジョンマスターを悪く言った子が嫌いなの！　状況を知りもしないくせに、自分が正しいと主張するなんて！」

ツン！　とソアラがそっぽを向く。珍しい姉の姿にルイは苦笑し、私に向かって肩を竦めてみせた。……あれ、ソアラは私が悪く言われたことを怒ってくれていたのか。だから、いつもと違って厳しいことを言っていたのかな？

そう思うと、胸が温かくなる。もっと言うなら、私は『嬉しい』のだ。

「ありがと、ソアラ。だけど、この話はこれでお終い！　一応は警戒対象者のリストに入れるけど、次に問題行動を起こすまでは、対処も保留だよ」

「それは判っているけどぉ……」

なおも不満そうな、優しくて仲間想いのサキュバスに、私は笑って空になったグラスを振った。

「だからね？　憤ってくれるよりも、美味しいカクテルを作ってくれた方が、私は嬉しいな」

「聖……貴女という人は……」

呆れた目を向けてくるアストにも、笑ってお誘いをしてみよう。

「いいじゃん、アスト。日々、ルイとソアラが本を見ながら頑張ってくれているんだからさ！　折角だし、皆で一緒に飲もー！　私達だけなら、青とか紫のリキュールが使えるし！」

飲み会は楽しくなきゃね！　と続ければ、淫魔姉弟は顔を見合わせて苦笑した。そして、いつもの笑顔で私達を振り返る。

「じゃあ、頑張っちゃおうかしらぁ」

「腕の見せ所ですね」

二人の顔から憂いと怒りは消えている。そうそう、貴方達はそれでいい。誰かのために憤れる貴方達だからこそ、大人達の憩いの場と化しているこの店を任せられるのだから。

そんなことを思っていたら、ソアラが上半身を傾けて抱き付いてきた。耳元でこっそり「ありがと、聖ちゃん」と囁いて、すぐに離れていく。……感謝すべきは、私の方なのに。もっと言うなら、事の発端はダンジョンをこの形式にした私に原因がある。

それでも、彼らは私へと不満を向けることはない。自我があって、ダンジョンマスターへの絶対的な制約もないから、文句の一つも言えるはずなのにね。

――私の我が儘に付き合ってくれている、大好きな家族達。命を共有する、運命共同体。

もしも人々が彼らを必要以上に悪と罵るならば、私は躊躇（ためら）いなくダンジョンを閉ざそうと心に決めている。私にとって優先すべきは、ここの魔物達なのだから。

「はあ……ああ、私にもお願いします。ここのところ、通常業務以外の仕事が多かったので、久々に飲みたい気分ですよ」

「よっしゃ、飲んで嫌なことは忘れよう！」

「貴女は能天気過ぎます！」

アストの小言もいつものこと。私達はこうやって日々を忙しく、騒々しく、そして楽しく生きていくのだろう。私が倒されるその時まで、それは続く。

期間限定の『人生の延長戦』。与えられたのは突然だったけれど、私は『今』が幸せと言い切れる。かつてとは違う人々に囲まれながらも、私は笑っていられるじゃないか。

だから、私は自分があの時に死んでしまったことも悲しくはない。凪(なぎ)を庇ったことが発端となって『今』があるなら、それはその先にある幸せを得るための伏線だったのだろう。

そう思えるから、何があっても笑って『大丈夫』と言えるよ。……きっとね。

第十四話　創造主からのお知らせ

——それは突然の『お知らせ』だった。

「やっほー、聖(ひじり)」

「いらっしゃい、縁(ゆかり)」

銀色の髪の創造主、通称・縁は、どこからともなく現れるなり、私に抱き付いた。私が付けた渾名を気に入ってくれているらしく、呼ばれる度に嬉しそうにしている。

……。

結論・やっぱり、自分だけ名前を呼ばれないことが寂しかったんだな。（確信）

私達も創造主側の存在だ。だけど、いくら仲良くしていようとも、そこには明確な『壁』がある。その最たるものというか、思い出させてしまうのが『名前を呼べない』ということ。

創造主に名前がないわけじゃないのに、私達には聞き取れない。おそらくだが、それが可能なのは神という種に属する人々だけなのだろう。

この仮説が合っていた場合、この世界の創造主の名を呼べる者はいまい。一つの世界に一人の創造主である以上、他の世界の神々しか対等な者はいないのだ。

そうは言っても、縁は神としては本当に幼いため、親しく付き合っている神がいるかは不明。少なくとも、私の世界の創造主様は縁のことを『チビ』と呼び、友人というよりも庇護対象に近い認識をしていたように思う。

縁はフレンドリーな対応をするこのダンジョンに割と遊びに来るので、まだまだお子様というか、『唯一』という立場に寂しく思う気持ちがある気がする。

責務を理解しているし、誇らしく思っているけれど、孤独も感じている……みたいな？

そもそも、この子はまだ成長中。世界と共に、縁自身も成長期の真っただ中だ。その寂しさに慣れる頃には、立派な創造主様になっているのかもしれないね。

「今日は創造主としてのお知らせがあってきたんだ」

私から離れると、縁は一枚の封筒を差し出した。

「ダンジョンマスター達による報告会のお知らせだよ！」

「報告会？」

なんぞ、それ？　アストからは聞いたこともないけど。

首を傾げた私に、縁は一つ頷いて説明を始めた。

「えっとね、決まった時期に開かれているわけじゃなくて、時々、僕がお知らせを出して行われるんだ。新しいダンジョンマスターが誕生した時とか、ダンジョンマスターの誰かの持つ知識が必要になった時とかね」

「ああ、不定期開催だし、目的も時と場合によるから、アストは何も言わなかったんだ」

「多分ね」

なるほど、それならば仕方ない。説明を求められても、開催理由が明確じゃないもんね。

「今回は聖の顔見せと、先の女神の意見の報告かな。其々（それぞれ）の補佐役を通じて事情は通達してあるけど、話を聞きたいって人もいるみたいなんだ」

「まあ、今回は凪（なぎ）のことが原因だったけど、ダンジョンマスターは異世界から来るもの……他人事じゃないもんね」

「うん。中には、聖女や異世界の神の気配を察知した人もいるから、余計に気になるんだろうね」

……つまり、そう思うほどに聖女の存在は『異質』だったわけだ。それ以上に、彼らにとっても聖女みたいに異世界の神と繋がりのある存在は『脅威』だろう。

言い方は悪いが、聖女の存在は『異界からの干渉が可能』と知らしめてしまった。同時に、縁だけで太刀打ちできる場合ばかりではないことも理解できただろう。

というか、これは縁に力がないというよりも、この世界が『神の影響を極力なくす』という方針を取っていることが多大に影響している。


信仰が、創造主と人々との繋がり……『影響力』となるならば。

聖女のような存在が、世界へと神の力を揮うための『接点』となるならば。


――この世界には『どちらもない』のだ。


勿論、縁は創造主なので、ある程度ならば干渉できるのだろう。ただし、下手に力を揮えば世界を壊すことになりかねない。

自分同様、生まれたばかりの幼い世界だからこそ、縁は大切に大切に慈しんでいる。

「ってことは、凪も連れて行った方が良いかな？」

女神の一件を説明するならば、女神の祝福については凪自身に説明してもらった方がいい。というか、魔法がない世界出身の私では説明できる自信がない！

「そうだね、その方がいいと思う。僕が許可するよ。後は……アストかな。補佐役は基本的に同行するんだけど、聖の世界の創造主がこの世界に降臨した時、彼もその場にいたでしょ？」

「うん」

「その時のことを聞かれても、聖は説明できないでしょう？　一時的とはいえ、創造主に体を貸していたから、本当に『視界を共有しているだけ』って感じだろうし」

縁の言葉に、はっとする。そうだ、そこらへんのことはアストでないと判らない。少なくとも、私は『見ていただけ』だ。創造主様の行動を説明することはできても、アスト達からどう見えたのかまでは判らないもの。

「確かに、私の視点だけを話されても判りにくいかも？」

納得とばかりに頷くと、縁は満足そうに笑った。

「理解してくれて何よりだよ、聖。凪にとってはあまり思い出したくないことだろうけど、今後、似たようなことが起こる可能性も否定できない。……僕がこの世界の在り方を変えない限り、きっと役に立たないだろうし」

縁はだんだんと声の音量を落とし、最後は俯いてしまう。幼いとはいえ、縁も創造主。その自覚があるならば、あの一件は凪同様、縁にとってもトラウマと化しているのかな。

……だけど。

「くだらないことを言っているのはこの口かなぁ？」

「わ⁉」

むに、と縁の頬を軽く引っ張る。

「ひゃにすすろ⁉（何するの⁉）」

「私達だって、当事者だったでしょー？　皆で抗ったじゃん。それで十分！」

言い切って、縁から手を離す。頬を擦りながら、ジトッとした目を向けてくる縁が可愛い。

「あんたは自分のやりたいようにやればいいいんだよ。一人で背負わなくていい、支えてくれる人達は沢山いるからね」

ごめんね、と言いながら頭を撫でると、縁は恥ずかしそうに顔を赤らめた。

「う～……判ってるよ、そんなこと。で、でもね、他の創造主達に比べて、僕に力がないことも本当なんだ。聖やサージュの世界の創造主って、あの女神にも脅えられてたし」

「ああ、あれはねぇ……」

思い出すのは我らが兄貴（＝私が居た世界の創造主様）と、知識至上主義と言わんばかりのインテリ系な創造主様（＝サージュおじいちゃんが居た世界の創造主様）。

あの二人は縁の言うように、クソ女神に恐れられていた。逃げ出そうとしていたものね。

「でも、あの二人はちょっと特殊なんじゃないのかなぁ……」

思わず、首を傾げてしまう。サージュおじいちゃんの世界のことは知らないし、他の世界のこともよく判らないけれど、絶対に普通ではない気がする。

だって、あの時のサージュおじいちゃんは異世界の女神を恐れるというより、『ついに、神殺しに挑む時がきた！』と大興奮だった。その理由も、何というか突き抜けていた。

神に匹敵する術と、それを可能にする知識……それらによってもたらされる『奇跡』。サージュおじいちゃんの世界では、それは誰もが一度は抱く野望なんだとか。

これを聞いた時に思った。この発想、竜殺しとか英雄志願と、方向性が根本的に一緒だと。

サージュおじいちゃんの世界の創造主様とて、おじいちゃんの行動を大絶賛。人が創造主の力を抑え込んだことを怒るどころか、『我が世界の子として、なんと誇らしい！』と褒めていた。

「方向性は違うと思うんだけどさ？　あの二人が育んできた世界だから『魔法がなくとも、困難を自力で乗り越える』とか、『一時であろうと、神の力を抑え込む』なんて芸当ができるんだと思う。その、どっちも負けん気が強いみたいだったし」

なにせ、うちの創造主様には『大昔に【やんちゃ】をしていた』という疑惑がある。……うちの世界、人間が繁栄する以前には恐竜全盛期があったからね。

そして、恐竜達は弱肉強食です。それが盛大に興亡しているあたり、『喧嘩上等！』という元凶（＝創造主様）の気質がガンガン漂っているじゃないか。

それに。

そういった創造主の気質は、技術を切磋琢磨する人々の精神にも大いに表れている気がする。困難に対し、『めげない』『諦めない』『人は不可能に挑戦するものだ！』という精神で立ち向かい、長い時間がかかっても、必ず乗り越えているじゃないか。

判りやすいのが、医療方面。『不治の病』と言われ、恐れられていたものが、どれほど『過去のこと』――治療方法や予防法の確立・生存率の上昇――になったことか。

魔法はなくとも、人の力でできることがある。それを伝えてくれたのが、あの創造主様。

『そんな世界の子』である私だからこそ、できる限り抗うのが『当然』。

楽観的と言われても、人が成し遂げてきた歴史がある。……私はそれを知っている。そして、私はこの世界でできた家族を失いたくはない。抗う理由なんて、それで十分！

サージュおじいちゃんの世界だって、きっと同じ。今なお知識を求め、向上心や向学心が衰えないのは、そこに彼らの歴史があるからではなかろうか。

だから、困難に挑むことに対して、私達は強いのだと思う。引き籠もり気質のダンジョンマスター二人だけど、それだけは誇れるんじゃないかな。

「そうだね……君達の居た世界って、本当に色々あったんだよね。うん、比較対象が悪かった」

どこか遠い目をして、縁が納得する。んん？　その反応は何さ？

「待って、何を聞いたの？」

「気にしないで。僕の世界だと、起こりそうにないことだし」

「ねぇ、ちょっと!?　縁ちゃん!?　お姉さんに教えてくれないかな!?」

「大丈夫。なろうと思っても、僕にはあの二人の真似なんて無理だって判ってるから」

あの創造主様達に一体、どんな教えを受けたの!?　ねぇ!?

第十五話　報告会へ行こう！

縁が帰った後、アストを捕まえて『報告会のお知らせを貰った』と説明。アストも近い内に行われるとは思っていたらしく、特に驚いた様子は見せなかった。

なお、アストとしては凪が仲間になった直後くらいに、説明だけでもしておきたかったらしい。ダンジョン運営に慣れてからでも遅くはないらしく、マスター就任直後に報告会が開かれることは稀なんだとか。

こういったことも、縁の気遣いの一環なのだろう。まあ、慣れない異世界生活を始めた直後、『同僚を紹介するね♪』と言われたところで、戸惑うわな。

そもそも、報告会の趣旨は間違いなく、『新しくダンジョンマスターに就いた者について』。

他のダンジョンマスター達が興味津々になる気持ちも判るけど、当の新人マスターがダンジョン運営について理解していない場合、質問されても答えようがないだろう。いくら補佐がいたとしても、右も左も判らない状態なのだから。

……が、そんなことを考えていた直後、アストはさらっと無情なことを言った。

「聖女……いえ、この場合は凪の世界の創造主たる女神ですね。聖に報告会のことを告げる前に、彼女が仕掛けてきたのですよ。こう言っては何ですが、そのままダンジョンマスター生活が終了する可能性はかなり高かったのです。何せ、相手が神ですから」

「……」

そだな、アスト。私達が報告会まで生き延びているか、判らなかったものね。

酷いとは思うけど、創造主様達の力を知った今となっては、アストが正しいとしか思えない。なにせ、女神の力の片鱗を持っているだけの聖女ですら、激強だったのだ。とてもではないが、平和ボケした戦闘能力皆無のダンジョンマスターが太刀打ちできるとは思えなかった。

まあ……その更に上を行くのが、我らが兄貴（私の世界の創造主）だったんだけど。

ろくでなしとはいえ、女神は若い女性（多分。凪からの情報もあり）。ささやかな（？）報復として、顔面から地面に叩き付けるのは遣り過ぎとか思っていたけれど、それが『譲歩した結果』の可能性もあるんだよね。

あの女神がまともに修行とか、世界の育成をしているとは思えないから、神の基準では弱い気がする。縁が対抗できなかったのは偏に、信者の数とか、それに伴う世界への影響力が低いせいだ。

もちろん、縁自身が世界へと影響を与えないようにしていることが最大の理由。

あの『聖女』が好き勝手できたのは、それらを知っていたからだろう。『あの世界ならば、自分した一発』が、致命傷になってしまっても不思議ではないような。

そんな卑怯な奴が、ＶＳ異世界の創造主（武闘派）になったら……ねぇ？　相手からの『手加減の方が強い』と、最初から知っていなければ、加護持ちなんて送り込むまい。

神の力を揮わなかったのは、あの女神が消滅する可能性があったからではあるまいか？

だが、兄貴（私の世界の創造主）は世界に暮らす命達を慈しんでくれる人である。

勿論、あの女神を気遣ったとかではない。兄貴（私の世界の創造主）に限って、それだけはないと言い切れる！　面倒見は良いけれど、厳しいところがあるもの。

……。

女神の消滅は、彼女が担当する世界の消滅にもなるみたいだから、兄貴達（＝女神の所業にお怒りの創造主様達）は迂闊なことができなかっただけじゃない？　創造主たる女神はクズでも、世界やそこに暮らす命に罪はないし。

まあ、いいや。報告会についての話を進めよう。

「それと、凪を連れていった方がいいみたい。やっぱり、あの女神の一件は大注目だったらしいよ？　その説明という意味でも、凪の同行は必須かな。私達だと、この世界で起こったことしか答えようがないし」

「……凪の同行、ですか」

アストは苦い顔だ。私だって、凪のトラウマを刺激しかねない話題――『神の祝福』を得た切っ掛けとか、これまでの界渡りで起こったことなど――は、できるだけ避けたい。

……が、そうも言っていられないことも、よく判っている。

「他の世界の創造主様も降臨したりしたから、誤魔化すのは無理だろうね。そこを突き詰めると、『何故、それが許されたのか』って考えるのは、当然だと思う。聖女の一件は、他のダンジョンマスター達にとっても無視できないことなんじゃないかな？」

「まあ、それはそうでしょう。聖女にとって一番の目的が凪だったとしても、そのために一国を乱すような真似をする輩です。他国に赴く可能性とてありましたから、ダンジョンマスター様方にも火の粉が降りかかるという危機感があったと思いますよ」

「だよねー！　あの聖女、この世界のことなんて、お構いなしだったもん！」

当時を思い出しても、その可能性はあったと思う。『私は創造主たる女神様の命を受け、この世界に来たのですから！』とばかりに、心酔していたからね。

敬愛する偉大な女神様（笑）の『お願い』は、全てのものに勝るのですよ、彼女の場合。そこには当然、『そのお役目に自分が選ばれた』という、誇らしさが見え隠れしている。

元の世界でどんな生活を送っていたかは判らないが、女神至上主義であることだけは変わるまい。あちらでも似たような態度だったんじゃないかなぁ？

「凪が漸く、様々なものに決着をつけ、我々への遠慮がなくなってきたというのに……仕方のないこととはいえ、酷ですね」

「言うな、アスト。縁だって、同じことを考えたと思う。だけど、必要なことならば、あの子は選ぶよ。それにさ……あんまり言いたくないけど、縁にとっても教訓になる出来事だったよ。『神の力の使い方』や『人との距離感を間違った場合、どうなるか』っていう実例は」

「それは！」

はっとして、アストは憂いを露(あらわ)にした。……そうだよ、アスト。あれは『今後、この世界でも起こり得ること』なんだから。

「あの子は優しい。だけど、縁が望む世界を作るなら、時には見守るだけに留めることも重要。あの女神のような勝手な理由じゃなくとも、縁の優しさが世界の在り方を変えかねない」

一言で言えば『安易に奇跡を起こすな』ということ。

奇跡ってのは、どこの世界でも特別だ。だって、『説明のつかない恩恵であり、人には不可能』っていうものじゃない？

この世界に存在する全ての命可愛さに、そんな奇跡を次々起こしていたら……その対象が創造主というものでなくとも、勝手に信仰が湧くだろう。努力し、自分達で困難を乗り越えるより、神に縋(すが)って解決しようと考える輩だって出るかもしれない。

――だから、『基本的に奇跡は要らない』のだ。ほんの少しの幸運と手助け、それでいい。

その『幸運』や『手助け』に該当するのが、私達ダンジョンマスターとダンジョンなのだろう。

人の手に余る災厄を乗り越えるための叡智を、ダンジョンは有している可能性があるのだから。

　この世界にとっては『神の奇跡』という切り札がないような状態だけど、縁の選択は決して、一時のことを見据えたものじゃないのだよ。寧ろ、一番もどかしいのは創造主たる縁。

『力がない』のではなく、『力があっても、やってはいけない』のだ……多くの命が失われようと、そのことに心を痛めようと、縁は自分の立場と己に課した誓いを忘れることはないに違いない。

「……創造主様は」

　不意にアストが口を開く。

「創造主様はお優しい。ですが、ご自分が嘆くことになろうとも世界を歪めるわけにはいかないと、理解なさっているのです。ですから、私はあの方を尊敬しております。……私はあの方の創造物ではありますが、私自身の意思で、あの方を主に戴くことを誇っているのです」

「そうだね、ミアちゃんもきっと同じだと思う」

　頷きつつも、サージュおじいちゃんの補佐役を思い浮かべる。男女の性別がなく、姿こそ子供だけど、ミアちゃんはアストよりも年上だ。それを感じさせるのが、時に重い彼女の言葉。

　これまで、色々なことがあったのだと思う。それでも歪むことなく、創造主への忠誠も濁らせない強さを保てたのは、主たる縁の苦悩を知っていたからではなかろうか？

「将来的に、縁がどんな創造主になるかは判らない。あの子はまだ成長期だから。だけど、ダンジョンマスターをこの世界に連れて来た時にできた『縁』が、あの子を助けてくれればいいと思う。うちの創造主様だって、きっと助けてくれるよ。凪や私の件で知り合っているんだし、私が居なくても何かあったら、ダメ元で連絡してみたら？」

私からも言っておくからさ！　と笑って続けると、アストは何とも言えない表情になった後、薄(うっす)らと微笑んで私の頭を撫でた。

「……貴女がこの世界に来たことは、創造主様にとっての『奇跡』なのでしょうね。もしくは『幸運』でしょうか？　今のような状態など、創造主様にも予想外だったでしょうし」

「そうかな？」

「そうですとも。凪とて、創造主様のお心を知れば、報告会への出席を快く了承するでしょう。凪の『現在』は、貴女と創造主様、そして多くの者達の尽力の果てに得たものなのですから。凪はそういったことに恩義を感じない子ではありません」

「ああ、それは同意する！」

凪のことも良かったと思うけれど、縁との日々を『幸運』と言ってくれるのは嬉しいね。私がこの世界でできることなんて、本当に些細なことしかないんだもの。

第十六話　報告会が始まる

——報告会会場にて
本日は報告会。ダンジョンマスター達が不在となるため、全てのダンジョンは閉鎖となっているらしい。まあ、ラスボスが居ない以上、それは仕方がないのだろう。

だ・け・ど！

何で、報告会の会場がうちのダンジョン（にある宴会場）になるわけ⁉

「仕方がないでしょ、聖。君の世界の発展の仕方って、結構特殊なんだもん。僕は実際に見聞きしたから理解できるけど、他の人は無理だよ」

そう言って、縁は肩を竦めた。た、確かに……。

「だけど、手っ取り早くていいんじゃない？　幸いというか……君は自分の世界の技術を居住区に持ち込みまくっているからね。ダンジョン内のトラップだって、元の世界由来のものがある。ダンジョンマスター達にとっては、良い刺激になるはずだよ。彼らはこういった機会でもない限り、ダンジョンから出ることはないんだし」

「ああ、そっかぁ……だから『自分の世界以外の技術に触れる機会がない』ってこととイコールなんだね」

「うん。あと、他のダンジョンマスター達の居た世界って、魔法があるところばかりなんだ。だから、口で説明しても理解できないかもしれないってのも本当。こればかりは創造主の好みが反映されることだから、どうしようもないんだけど」

「そ、そう……」

「……？　どうしたの？　聖」

微妙に顔を引き攣らせる私に、縁は首を傾げている。対して、私は胸中複雑だ。

あの、うちの創造主様は拳で説教する武闘派なのですが。

もしや、それが『魔法を使わず、自分達の手で成し遂げる』という方向になった？

なお、『努力』という言葉で纏めると大変素晴らしいことのように聞こえるけど、『魔法を使わず、自分達の手で成し遂げる』＝『敵は己の拳で仕留めろ！』である。

成し遂げるためには努力が必要なので、努力家なのは事実だろう。困難に立ち向かう不屈の精神も素晴らしい。兄貴（私の世界の創造主）はまさに、『努力で結果を出す神』なのだ……！

そんな『努力で結果を出す神』がやらかしたのは、『クソ女神顔面殴打の刑』（意訳）。

アスト達だって、目が点になっただろうな。まさか、神が己の拳（と足）で『聖女』と女神を沈めるとは思うまい。

もうちょっと尊いバトルを期待してましたよ、創造主様……！　宗教関係者があの場に居たら、夢が木っ端微塵に砕け散る状況でしたよね⁉

「ところで、その……凪はどうだった？」

やや気まずげに聞いてくる縁に、ちょっと笑う。やっぱり、この子も凪のトラウマを心配していたらしい。

「大丈夫！　必要なことだって判ってるから、快く了承してくれたよ！」

「……本当に？」

ひらひらと手を振りながら答えるも、縁はまだ不安そうだ。……ああ、この子は本当に優しい。だからこそ、心配になる。アストに語った危惧は決して、あり得ないことではない。

「本人も『過去のこととして、区切りをつけなきゃならない』って言ってた。辛いことを思い出さないってわけじゃないけど、凪の中ではある程度、消化されたんじゃないかな」

これは私だけの見解じゃない。皆……特に凪と仲がいいエリクやルイも『凪は最近、穏やかな表情になった』と言っていたもの。

ダンジョンの子になった当初は憂い顔というか、思いつめたような表情が多く、私達も下手なことを言えなかったんだよねぇ……慰めの言葉さえ、『辛い過去』を思い出させてしまうから。

私達は凪の過去を殆ど知らないし、無理に聞き出すつもりもない。

だからこそ、迂闊に慰めてしまえば……凪自身がその表情の理由を語ることになってしまう。

一度だけ、そんな表情の理由を聞いた時、凪は『罪悪感が原因』と言っていた。今が幸せだからこそ、自分にとってどうしようもないことであっても、人生を狂わせてしまった者達への罪悪感が募るのだと。

こう言われてしまうと、『今が幸せなら、素直にそれを甘受しろ』なんて言えない。私達が凪に掛ける慰めの言葉でさえも、彼を苦しめることになってしまうから。

――そんな時に場を和ますのは、『空気の読めないアホの子』ことサモエド。

未だ、どう見ても大型犬――私が居た世界の大型犬・サモエドにそっくりだ――なのに、フェンリルの幼体のせいか、サモエドはシリアスな空気を全く読まずに凪へと突撃する。それはもう、『キュウ！』という嬉しそうな鳴き声と共に、白い毛玉が凪に勢いよく飛び掛かる。

あまりのことに、突撃された凪だけではなく周囲の皆も呆気に取られる事態となり、強制的にシリアスモードは終了だ。そういったこともあり、サモエドはダンジョンの皆から『愛すべきアホの子』として受け入れられているのであ～る！

……。

多分、フェンリル扱いすることに抵抗もあるんだろうな。威厳の欠片もないもの、サモちゃん。

そんなことを交えながら楽しく語ったら、縁も漸く、安心したようで笑みを浮かべた。

「そっか、それなら良かった。君達に興味津々なダンジョンマスターもいるから、ちょっと心配してたんだ。だけど、大丈夫そうだね」

「あ～……結構、エグい質問とか来そうな感じ？」

嫌な予感を感じて尋ねると、縁は当然とばかりに肩を竦めた。

「うん。この世界にとっても、他の創造主の降臨なんて初だったしね。それもあって、どうしても聖達は注目されちゃったんだ」

「まあ、それは仕方がないでしょ。こっちも隠す余裕なんてなかったし」

それどころか、あの『聖女』――最後まで名前が判らなかったので、すでに渾名扱いだ――が他のダンジョンを潰して回る可能性だってあったと思う。

凪が女神よりも私を選んだ時の様子を思い出す限り、ダンジョンを『女神様に盾突く者達の巣窟』とでも認定して、排除しかねなかったからね。

それほどに、『聖女』の女神への傾倒っぷりは凄まじかった。『聖女』が居るべき世界の人達からすれば、彼女はまさに『神に選ばれた女性』と呼ばれるに相応しかったんじゃないかな？

そんなことを考えていると、アストが凪を伴ってこちらにやって来た。

「創造主様、聖、そろそろ皆様がいらっしゃる頃合いですよ」

「もてなしの準備はすでにできている。問題があるとすれば……」

そこで言葉を切り、凪は少しの不安が混じった視線を私へと向けてきた。ああ、うん、その気持ちも判る。私だって、ちょっと不安だもの。

「一番の問題は、『私の世界の酒や料理が受け入れられるか』ってことだよねぇ……」

これなのよね、今の私達が抱える不安要素って。

「ルイやソアラとも相談して、酒好きの人達からも話を聞いて。『この世界の基準で【美味い】と思われるもの』は用意したから、多分、大丈夫のはず」

「私もできるだけのことはしたと思います。と言いますか……聖、貴女が『美味い酒と料理で場を乗り切ろう！』と言い出したからなのですが」

姑息なことを思い付きますね、とアストは呆れた眼差しを向けてきた。い……いいじゃん！　少しでも難しいお話と例の一件への追及から逃れたいんだもの！

だが、凪はアストとは違った反応を見せている。何だか、物凄く申し訳なさそうな表情だ。

「聖、俺のことなら気にしなくていいんだぞ？　どうせ、避けては通れない道だ。俺とて、いつまでも終わったことに囚われているつもりはないのだから」

「でも、私達は凪の古傷に触れようとは思わないし、触れさせることもしたくないよ。っていうかね、詳しい事情を聞きたいなら、うちの創造主様に話を聞いた方がいいと思うんだ。そんなわけで、先日、創造主様にメールしちゃった♪　お返事も来たよ！」

ほらほらー！　と、傍のテーブルに置いておいた紙を見せる。言うまでもなく、兄貴（私の創造主）からのメールをプリントしたものだ。

「は？」

思わずといった感じに、呆けた表情で声を上げるアスト。

「え？　えええぇぇぇ⁉　嘘でしょ、聖！　僕、何も聞いてないよ⁉」

「あ、大丈夫！　さすがに来られないけど、メールで事情説明してくれただけ。勿論、暈さなきゃいけないところは暈しているけど、神という立場・第三者視点って感じだから、凄く判りやすいよ」

盛大に驚き、予想外の事態にビビる縁。そんな縁を、私は背中を撫でながら落ち着かせて事情説明。大丈夫、大丈夫、相手は君の先輩創造主だから、おかしな真似はしないって！

「あの方、本当に面倒見が良いんだな。何度も助けて貰って、何だか申し訳ないよ」

『申し訳ない』と言いながらも、少し嬉しそうな凪。

神と神に連なる者達を憎んでいた凪にとって、今ある幸せを叶えてくれた縁と兄貴（私の世界の創造主）は『心から尊敬できる神』。元は神官だったこともあり、彼らへの敬愛は確実に根付いているのだろう。

勿論、あの一件で助けてくれた創造主様達全てに感謝はしている。だけど、割と身近な縁と、私達と会話までした兄貴（私の世界の創造主）はやっぱり別格なのだ。勿論、私にとってもね！

「聖……貴女、また勝手な真似を……！」

「ちょ、痛いって！　肩を掴むのはいいけど、あんまり力を込めないでってば！」

「お黙りなさい！」

きゃんきゃんと喚き合う私達。縁は何故か、疲れたような顔で、私達を眺めていた。

「聖の世界の創造主って……聖の性格にも影響を与えてない？」

「そういえば、どことなく似ているな」

そこの二人、それはどういう意味で言っているのかな？

第十七話　報告会　其の一

――ダンジョン内居住区・宴会会場にて

「……当ダンジョンはこのような状況となっております。また、ダンジョンマスターである聖の世界は、皆様がいらした世界とかなり異なった発展をしておりますので、実際に目にしていただいた方が理解しやすいと判断しました。よって、本日はこちらに滞在していただきたく思います」

アストの説明に、席に座ったダンジョンマスターやその補佐は興味深げな視線をこちらに向けている。その反応から、本当に全く違う文化が根付いた世界から来ていると理解できてしまう。

ってていうか、本当にダンジョンマスターと補佐達って様々なのね……！

サージュおじいちゃんとミアちゃんのことがあったから、年齢や性別──外見的なものも含む──といったものにそこまで驚きはしないけど、知らない人がこの集いを見たら、どんな共通点があって顔を合わせているのか判るまい。

私とサージュおじいちゃんみたく『特定の事柄──王位継承の儀式みたいなものに利用される時──以外は、割と平和』なダンジョン生活をしている人達はあまりいないと聞いている。一つの国につき、数個のダンジョンとは聞いていたけれど、国によっては本当に数に差があるのだろう。

三十人くらいのダンジョンマスターに加え、その補佐役達が集うと、中々に圧巻だ。見た目が様々なのは今更だけど、彼らはそれなりに『修羅場』を経験した人達らしく、どことなく冒険者達と似た空気を纏っているような気がする。

そもそも、私以外のダンジョンマスターは所謂『悪役・人の敵』という立場を選んでいるはず。

ただし、これは彼らが無暗やたらと好戦的なわけではない。

彼らの支配するダンジョンが属する国の問題なのだ。お国柄、というやつです。

中には本当に、『ダンジョン＝お宝の宝庫』のような認識をしている国もあるらしく、一獲千金狙いの無謀な人達が続々とやって来るそうな。

……もっとも、ダンジョンはそんなに甘い場所ではないわけで。

サクッとお亡くなりになった挙句、ダンジョンへと取り込まれてしまう人も多いらしい。結果として、彼らを取り込んだダンジョンが強化されていくのだから、挑戦者達の死亡率や難易度がガンガン上がっていく。

まさに『ダンジョンのご利用は計画的に』という状況。使い方を誤ると、地獄に一直線。

「質問してもいいだろうか」

落ち着いた雰囲気の男性が上げた声に、皆の視線がそちらへと集中する。外見年齢は四十代くらいかな？　見た感じ、学者とか教師が似合いそうな雰囲気の人だ。

ええと、これは私に対しての質問、だよね？　ちらりとアストへと視線を向けると、小さく頷いて返事を促してきた。

「はい、どうぞ」

「事前に貰った資料によると、君のダンジョンマスターとしての戦闘能力はほぼなきに等しい。そんな状況で、どうやって挑戦者達に立ち向かうのかね？」

男性は馬鹿にするでもなく、興味深そうにこちらを窺っている。なるほど、ダンジョンマスターとしての役割を知っているから、純粋に不思議だったってことか。

それに加えて、アストから『技術や文化に差があり過ぎる』と聞いたので、余計に不思議に思ったことだろう。『こいつがこの世界に居る意味ってある？』と。

「……それ以前に、チェックポイントまで到達してくる人が未だ、稀なんですよ」

『は？』

皆の声が綺麗にハモった。アストは思い当たることがあるらしく、遠い目になっている。

「先ほど説明したように、私のダンジョンは娯楽施設という形式を取っています。ただし、ダンジョン内の魔物達との戦闘は他のダンジョン同様に起こるので、死ななくても怪我はします」

「ふむ、それで？」

確認のために言ったことが判っているのか、男性は一つ頷いて先を促してきた。さて、問題……というか、私の言ったことの意味が判るのはここからだ。

「娯楽施設は私の世界にも様々な物があるのですが……ダンジョンのように『挑むもの』には大抵、先に進んだり、必要なアイテムを手に入れたりするための『謎解き』が仕掛けられているんです。うちのダンジョンもこれを採用しているのです、が！」

そこで一度言葉を切り、私もアスト同様、遠い目になった。私達の様子を不思議に思ったらしく、男性が首を傾げる。うん……まあ、そう思うよね。

「ん？　何か問題が？」

「『謎解き』ならば、珍しくはないと思うが」

「そうよねぇ」

質問してきた男性どころか、他のダンジョンマスター達も私達の様子に首を傾げている。縁は……あ、他人の振りしてる。

そだな、まさかこんな馬鹿な理由でチェックポイント到達者が少ないとは思うまい。

「文化の違い、教養の違い、就学率の違い……まあ、こういったことが多大に影響しているとは思いますが。……『解けない』以前に、『解き方が判らない』って人が予想以上に多くいらっしゃいましてね。その、『このダンジョン最大の敵は【謎解き】』とか言われちゃってます」

「……一つ言わせていただくならば、我々が最初に試してはいるのです。ですが、我々もダンジョンマスターの影響を受けている身。難易度の調整が一度では済まないのですよ」

「一部では、『賢さが身に着くダンジョン』とか言われていますね。進む毎に、知力向上が狙えるダンジョンですよ！　……他で役に立つかは別として」

『ああ……』

皆は再び綺麗にハモった。そういった苦労は他のダンジョンでもあるらしく、割と同情的な視線を向けられている。

なにせ、ダンジョンマスター達は基本的に異世界人。

彼らの知識や習慣の基準となるものは基本的に、『かつて自分が居た世界』！

まだまだ若いこの世界にとって、そういったものがどこまで理解されるかは謎。寧ろ、理解されない方が普通と思った方がいい。

実は一度、縁に聞いたことがあるのだ……『ダンジョンマスターって、全員が軍人とかの方が良くない？』と。ダンジョンマスターがラスボスならば、戦闘能力特化型の方が相応しいと思ったんだよね。

だけど、縁の答えは『否』だった。

『あのね、聖。確かに、この世界のダンジョンは【悪役】に相当する。僕がそうしたからね。だけど、同時に異世界の技術を伝える場という姿もあるんだ。戦闘に特化したダンジョンマスターも悪くはないけど、それだけでは困るんだ。それに、軍人とか戦闘のプロに任せると、どうもそちら方面ばかりに気を取られちゃうらしくてね……』

縁は言葉を濁したけれど、何となく想像がついてしまった。そして、私みたいな『変わり種なダンジョンマスターも有り』と思える理由も。

一言で言うなら『戦闘のみを重視する脳筋では困る』。もしくは『馬鹿では困る』だな。

確かに、構造その他の決定権があるダンジョンマスターが脳筋では、戦略も何もあったものではない。ダンジョンマスターはラスボス扱いなので、前に出ていくのもまずいだろう。

寧ろ、ダンジョンマスターを主軸にした戦闘では魔物共々、あっさり殺られる可能性すらある。

これは戦闘経験のない私の杞憂、というわけではない。


だって、ダンジョンマスターや魔物達って、『ダンジョンからは出られない』んだよ？


ダンジョンという閉鎖空間における戦闘は特殊だ。外のようにはいかない。最低限、魔物達の能力を活かせる場を整え、やって来る挑戦者との相性を考えた魔物の創造が必要だろう。

要は、戦闘に有利な状況を『ダンジョンマスター自身が作り出さなければならない』のだよ。

そういった環境での戦闘に慣れているダンジョンマスターならばともかく、普通の戦場しか知らないと、強い魔物を創造しても宝の持ち腐れだろう。

例を出すなら、『狭い場所に、機動力を活かした戦い方をする魔物を配置する』とか。

広い場所での戦闘なら『どこから敵の攻撃が来るか判らない』といった状況を作り出せるけど、狭い場所だと動きが制限されちゃうもの。そもそも一本道だと、正面から向き合うことになる。

まあ、ともかく。

そんな不慣れなダンジョンマスターに比べ、ダンジョンに挑む挑戦者達はそういった事態を想定して準備をしているはず。彼らの方が対処法を知っている可能性は高い。『ダンジョン＝外に比べて狭い・閉鎖空間』ですからね。挑む以上、心構えというか、対策は必須じゃないか。

「ふむ、それで何とかなっていると……」

ある程度の状況が想像できたのか、男性は納得したようだ。……が、うちのダンジョンの難易度が高い――三階層以降は極限られた人しか到達できていない――のは、それだけが理由じゃないんだな。

「あと、うちの魔物達に自我があるからですね。それに加え、私は魔物達が死ぬのが嫌なので、継続型を選んでいます。っていうか、うちの子達は私の家族扱い。その結果、戦闘能力皆無の主を見かねたのか、自主的に努力し、強くなっていくんですよ」

「な⁉　自主的にだと⁉」

さすがに驚いたのか、男性は驚愕の表情だ。他のダンジョンマスター達もざわめいている。

ですよねー！　多分、他のダンジョンとの一番の違いって、これだと思うんだ。

ダンジョンマスターにとって、己の創造した魔物は『創造物という物』でしかない。

私にとって、創造した魔物達は等しく『命を共にする運命共同体の家族』。

継続型を選んでいること、自我があること……それ以上に、『魔物達をどう扱っているか』。重要なのはそこだと思う。いくら自我があったとしても、大事にしなきゃ意味ないよね。

「聖は本当に、魔物達を大事にしてるよ。だから、魔物達は聖という『唯一』を失いたくないんだ。別に君達の遣り方が間違っているわけではない。『そういう関係も有り』というだけだよ」

声の主は縁。黙って私達の遣り取りを眺めていた縁は姿こそ子供だけど、今は不思議と威厳らしきものを感じる表情だ。自然と、ダンジョンマスター達は静まり、皆の背筋が伸びる。

「ダンジョンの在り方は、ダンジョンマスター次第。だから、僕は其々の運営に基本的に口を挟まない。聖にはそういった遣り方があっていただけだよ」

「……平和ボケした国に生まれた民間人なもので」

「それ以上に、貴女の性格が原因という気がしますがね」

さすがにそれを堂々と口に出す勇気はなく、こそこそとアストと交わす。いや、その、縁？　あんたが言うと物凄く凄いことのように聞こえるけど、実際はこれが原因だよね!?

第十八話　報告会　其の二

縁の言葉を受け、ダンジョンマスター達はそれなりに納得したようだ。中には『興味深い』と呟いている人もいるので、もしかしたら今後、他のダンジョンでも実践されるのかもしれない。

――だが、災難は忘れた頃にやって来る。

和やかな雰囲気になりかけた時、一人のダンジョンマスターが立ち上がりながら声を上げたのだ。

「それでは、次は私が。……先日の一件について聞きたいわ。私自身が魔女ということもあるけど、先日の『聖女』は異様だったもの」

「異様……？ ってことは、『聖女』の存在を感知できたんですね。私の世界には魔法がないので、よく判らないのですが……どんな風に感じたんです？」

面白そうなので尋ねると、魔女なダンジョンマスター（色っぽいお姉さん）は指を口元に当てながら首を傾げる。

「そうねぇ、……『大きな力を感じる』ってのは、共通の認識なのよね。どんな状況だったかは判らないけれど、貴女もそうだったんじゃない？」

「あ、そんな感じです。何て言うか、威圧感がある？ みたいな感じなんですよね」

素直に返せば、魔女なダンジョンマスターは満足そうに頷いた。

「そう、そうなのよ。人には過ぎる力を持っていることに驚いたというか、『あり得ない』って思っちゃったの」

「……？ 『あり得ない』、ですか？」

どういう意味だろう？ そんな疑問が顔に出たのか、『魔法がない世界だと、判らないわよね』と笑い、魔女なダンジョンマスターは話を続けてくれた。

「判りやすく言うとね、人の体って魔力の器なのよ。それが其々（それぞれ）、異なった許容量をしているの。勿論、人の体の大きさって意味じゃないわよ？ 魂に定められた魔力の許容量、とでも言えばいいのかしら？」

「へぇ」

なるほど、見た目では判らない許容量ってやつが設定されてるのか。うちの世界では兄貴（私の世界の創造主）の育成方針も有り、そこに収まるべき魔力がないか、あってもかなり少量だから、魔法が存在しないのかもしれない。

「それがね……明らかに超えていたのよ。あの『聖女』の許容量はそれなりにあったでしょうけど、それでも人間と言えるレベルだったわ。『器を超えた量の魔力を有していた』って言えば、異様さが判るかしら？　グラスに、許容量以上の水が入っているって想像してごらんなさい？」

「え……何それ、怖い！　魔力を圧縮してるわけじゃあるまいし」

思わず呟くと、魔女なダンジョンマスターも大きく頷いた。

「そう！　明らかにおかしいのよ！　『聖女』の許容量がそれなりに判ったのも、彼女が有していた力を感知しちゃったからなの。だから、私はこの一件がとても気になるのよ」

「でしょうねー……」

どうやら、あの『聖女』は魔女なダンジョンマスターから見ても、立派にオカルト案件だったようだ。彼女の説明はとても判り易かったから、魔法に関する知識——勿論、彼女の世界のもの——とて、豊富なのだろう。

そんな人からすれば、さっきの私じゃないけど『何あれ、怖い』となっても不思議はない。

なにせ、彼女の持つ『常識』からは考えられない事態が発生しているのだから。

私はアストと顔を見合わせた。とりあえずは素直に言うべきだろう。

ただ、ダンジョンマスター達の反応を見る限り、全部話すのはちょっと躊躇われる。他の創造主降臨、その詳細まで話していいんだろうか？　多分、異例中の異例だと思うんだけど。

——そんな雰囲気の中、不意に幼い声が響いた。

「話していいよ、聖。皆もそのことが気になっているだろうから。君の世界の創造工からも、メールを貰ってるでしょ」

「う……ま、まあ、貰ってますけど。この雰囲気の中、余計に驚かせることになるかなって」

私が危惧しているのは、ダンジョンマスター達の反応だ。だって、『聖女』でさえ、『あり得ない存在』と認識しているみたいなんだもの。これはちょっと予想外。

『他の世界の創造主様達も関わってました』とか言ったら、物凄く吃驚するんじゃないかな？

私達の反応から考えていることを察したのか、縁は微妙に納得した表情になった。

「ああ、そっちの問題ね。でも、話すしかないんじゃない？　それにさ、メールの内容程度なら話しても大丈夫ってことだよ。僕達だって決まりはあるけど、そこまで厳しく縛られているわけじゃない。多分だけど、君に話してもいい情報はすでに選別されていると思う」

縁は事件の詳細暴露に賛成らしい。じゃ……じゃあ、話してもいいのか、な？　ダンジョンマスターの皆様、心の準備は宜しいですか？

「ええと……それではお話ししますね。とりあえず、今、お話に出た『聖女』の異様さの理由ですが……元の世界の性悪女神……失礼、創造主と加護、もしくは祝福で繋がった状態だったようです。『聖女』自身の力がどれほどのものかは判りませんが、彼女は自分の世界の創造主の力をこの世界で揮っていたと思われます」

「何ですって⁉」

魔女なダンジョンマスターだけでなく、他のダンジョンマスター達も顔色を変えている。そりゃ、そうか。下手をすれば、この世界を壊しかねないことだったらしいからね。

「問題の創造主は非常に！　クズで自分のことしか考えない性格の方で、多くの創造主様達が〆る機会を狙っていたらしいんですよ。ただ、私の世界の創造主様が『勝てない相手からは逃げる』と言っていたので、中々機会に恵まれなかったようです」

「それは……まあ、普通は野放しにできないわね。危険過ぎるもの」

創造主様達の行動は妥当に思えるらしい。特に、『聖女』の異様さを感知していた人には納得できるらしく、頷いている人達が結構いる。

「それもあるんですが、その女神は創造主達の規定とか、よその世界への迷惑行為とか、全く考えない方だったらしく。自分の世界でも、お気に入りに無理矢理祝福やら加護を与え、周囲の人々を煽って感謝を要求していたんです。……で、そのお気に入りの一人が逃げ出しまして。与えられた神の力を自分のものにしながら、様々な世界を流れてこの世界に辿り着きました。それが――」

視線を後ろに走らせると、そこに控えていた凪が一歩前に出る。

「俺のことだ。あの女神は俺がこの地で聖に魔物化され、繋がりが切れたことを悟って、『聖女』を送り込んできたんだ。貴方達にも迷惑をかけた。すまない」

凪はそう言うなり、頭を下げる。……これは凪なりのけじめだと言っていた。心配する私達に、凪は『俺が迷惑をかけたのは事実。だけど、聖の傍に居たいと願ったことを後悔してないよ』と言い切って笑みを見せたのだ。

だから、私もここで凪を庇うような真似はしない。これも一つの『区切り』なのだから。

「あらあら……その子が切っ掛けだったのね？　確かに、綺麗な顔をしているわ」

「元は神官だったんだ。だが、俺に与えられた祝福によって人生を歪ませる人達を見ては、素直に慕えるはずもない。結局、俺は元の世界を逃げ出したんだ。……この世界に来るまでも色々あって、神と神に連なる者達を憎むようになっていた。そんな時間を終わらせてくれたのが聖と聖の世界の創造主、そしてこの世界の創造主だよ」

そう語る凪の表情は、嘘偽りなく穏やかだった。自己申告通り、彼の中ではそれなりに決着がついていたのだろう。もしくは、これまでの時間で折り合いをつけられたか。

私達の心配は『聖女』騒動の時の、凪の不安定さが前提になっている。だが、今の様子を見る限り、きちんと過去のことにできているらしい。

さて。じゃあ、ここで創造主様からのメールを使わせてもらおうか。

「ここに、私の世界の創造主様からの事情説明があります。人数分ありますから、各自、読んでみてはくれませんか？　創造主視点での、事件の概要です」

「……。どうして、そんなものがあるのかしら？」

当然の疑問を口にした魔女なダンジョンマスターは、こちらからのサプライズに顔を引き攣らせている。はは、ですよね。勿論、説明しますとも。

「面倒見の良い兄貴な創造主様なので、『どこまで話していいか？』と聞いたら、メール……連絡手段において、文章を戴きました。あの一件で、サージュおじいちゃんの世界の創造主様にもお会いしましたが、こちらも面倒見の良さそうな方でしたよ。努力する者を尊び、『求めた知識を使って何かを成し遂げることは、素晴らしい』と考える方でした」

「うむ、それは儂も思った。我が世界の創造主様は『聖女』の持つ神の力の片鱗を、一時とはいえ、抑え込んでみせた儂の術式を褒めてくださったからな！　努力する者、足掻く者には、大変お優しい方なのじゃろう。人の努力を認めてくださる、懐の広いお方じゃよ」

「……え？　え⁉」

予想外の言葉だったのか、魔女なダンジョンマスターは混乱しているらしい。とりあえず、アストに配ってもらっている兄貴（私の世界の創造主）からの文章を読んでくださいな。

……もっと驚くかもしれないけど。

第十九話　報告会　其の三

兄貴（私の世界の創造主）からのメールに目を通したダンジョンマスター達は——

「……。嘘、でしょう……？」

全員、目が死んでいた。想定していた以上に大事だったと知り、何と言っていいのか判らないのかもしれないね。

そうですねー、創造主様の降臨方法なんてものまで書かれていますからねー。（棒）

武闘派創造主のお説教（物理）なんて、初めて知ったでしょうしねー。（棒）

縁も割とフレンドリーだと思っていたけど、あそこまで気安いのは私達に対してだけらしい。私達への態度が『無邪気で健気なお子様』だとするなら、他のダンジョンマスター達への態度は『しっかり者のご子息』って感じなんだとか。

……。

確かに、そんな縁しか知らないと、『実録！　創造主様の真実！』とばかりにぶっちゃけられている言動の数々に、唖然とする他ないのかもしれない。私達だって、驚いたもの。

「うちの創造主様曰く『創造主ってのは、あんまりお前達と変わらねーぞ。普通に笑うし、当たり前のように怒る。勿論、自分達の役目や立場は忘れてねぇ。だから……今回みたいな場合は個人としても、創造主としても、許せないのさ。人の縄張りを荒らしておいて、謝罪の一つもないってのは駄目だろ』とのことでした。元凶の女神としては、各世界の人間のことなんて気にする必要はないとでも思っていたんでしょうけど、実際には創造主様方に喧嘩を売っていたらしいです」

それが女神の最大の敗因だと言っていた。創造主様の中には、規律や礼儀を重視する方もいるらしく、女神の所業にたいそうお怒りだったそうな。

まあ、普通に考えればその通りですね！　だって、世界は其々(それぞれ)の創造主様のものなんだから。

なお、その『規律や礼儀を重視する創造主様』の筆頭が、サージュおじいちゃんの世界の創造主様なんだって。人に対しての礼儀を忘れず、努力して結果を出すことを尊ぶ創造主様（インテリ系）は、それらを忘れた奴に対して、メチャメチャ厳しいらしい。

つまり、あの女神は完全にアウト。

……そういえば、あの創造主様は『馬鹿は嫌い』（意訳）とか言っていた気がする。

諦めることなく足掻き、『女神を捕らえる』ということにも協力した私達のことは好意的に見てくれているらしいので、真っ当に生きていれば怒られることなんてないのにね。

「詳細はそこに書かれているとおりなんですが、何か質問がありますか？」

一応とばかりに尋ねると、魔女なダンジョンマスターが首を傾げながらも手を上げた。

さすがだ、魔女様！　殆どのダンジョンマスターがビビっている中、その姿勢は素晴らしい！

最初に質問した責任感と魔女としての探求心からなのか、さらに突っ込んだことまでお望みか。

その心意気に感動していると、魔女なダンジョンマスターは困惑気味に口を開いた。

「私が聞きたかったことは、ほぼここに書かれているわ。だからこそ、聞いていいかしら？」

「はい、何でしょう？」

「その……貴女は一時的とはいえ、体を創造主様に貸したのよね？　それに直接、遣り取りさえしている。それほどに近くに居て、恐ろしくはなかったの？」

言い辛そうなのは、暗に『貴女の世界の創造主が怖い』という気持ちがあるからだろう。元々は私が存在していた世界の創造主なので、直球では言いにくいのかもしれない。

「ん～……特に怖いと思ったことはないですね。私の世界には魔法がないので……『これまで神の力を認識する機会がなかった』ってことも重要ですが、創造主様の人柄を知っているからでしょうか。言葉は多少荒いですけど、あの方、物凄く面倒見が良いんですよ。凪のことだって、心配してましたし。何て言うか、『頼れるお兄ちゃん』って感じです」

「お……お兄ちゃん⁉」

ドン引きされた。何故だ。

「聖……普通は創造主を『お兄ちゃん』とは思わないよ」

縁が溜息を吐きながら、呆れたような視線を向けてくる。……が、私にとっては『今、言ったこと』が紛れもない事実なんだよねぇ。

「そう？　『兄貴』って呼び方が気に入ったらしく、そっちで呼ぶと嬉しそうだよ？」

「僕が知らない間に、何、親交を深めているのさ⁉」

いいじゃん、縁。例の女神の一件に加え、兄貴（私の世界の創造主）は、私が戦闘能力皆無であることを知っている。私や凪を『うちの子』として可愛がってくれている兄貴（私の世界の創造主）としては、どうしても心配になるんだよ。

ちなみに、メル友の始まりは兄貴からであ～る！

……あくまでも『私と凪が心配』と言っている——勿論、これも本当——兄貴（私の世界の創造主）だが、本音は縁のことも案じているのだと思う。これには確信があった。

神の基準から見ると、縁は幼い。それに加えて、自分の影響を極力、世界に与えないようにしているから、世界に暮らす人々への干渉力も小さいのだろう。女神に対抗できなかったことで、それは知れた。

そんなこともあり、縁に好意的な創造主達はあの子を案じているらしい。

『ガキのくせに、難しい道を選びやがったからなぁ……俺なんて、色々あって、今の形に落ち着いたのによ。苦労してでも世界を慈しむなんて、応援してやりたいじゃねぇか』

以上、兄貴（私の世界の創造主）のメールより抜粋。やはり、縁は大変な道を選んでいた模様。

だけど、最初からそういった選択ができる縁を、創造主達は高く評価すると共に、期待しているらしい。『世界に在る命と共に歩む』――それが創造主としての最良の形なのだと。

なお、今現在、兄貴（私の世界の創造主）と私はオンラインゲームで共闘する仲である。

暇を持て余している創造主と引き籠もりダンジョンマスターは日々、キャッキャとはしゃぎながら友好を深めております。もう少しこちらの世界に余裕ができたら、縁を誘おうと話していたり。

素晴らしきかな、我が世界の文化！　こんなことに役立つとは思わなかったけど！

「貴女って……確か、戦闘方面での能力強化は皆無なのよね」

「そうですよー。戦闘能力皆無の、紙装甲マスターです」

素直に答えると、魔女なダンジョンマスターは呆れたように溜息を吐いた。

「……。貴女、十分に大物だわ。確かに、戦闘能力は皆無ということだったし、そういった意味では、作り出した魔物達頼みなのでしょう。だけど、それ以外の面は誰にも真似できない。随分と大らかで、様々な物を受け入れる懐の広い創造主様だと思ったけれど、貴女は間違いなく『彼の方の影響を受けた、あちらの世界の子』なのね」

「あの、それはどういうことで？」

意味が判らず首を傾げると、魔女なダンジョンマスターは苦笑する。

「気負うことなく、様々なものを受け入れられるってことよ。それはとても単純だけど、誰もができるほど簡単なものじゃないの。無理をしたり、嘘を吐いたりしても、相手からは判ってしまうものよ？　貴女は心の底からの言葉しか口にしないから、創造主様にも付き合えるのね」

「？」

意味が判らん。頭にクエスチョンマークが出ていることを察しただろうに、彼女は微笑ましそうに笑うばかり。

だけど、魔女なダンジョンマスターは、それ以上のことを言うつもりはないらしい。

「創造主様……いえ、巨大な魔力を持つ者への嘘は厳禁よ？　感情の揺れ、視線、鼓動……そういったもので判ってしまうもの。ふふ、貴女とは仲良くしたいわ。宜しくね？　新米ダンジョンマスターさん。私はルージュよ」

「こちらこそ、宜しくお願いします。私は聖といいます」

「ヒジリ、ね。うん、覚えたわ。私からの質問はこれで終わりよ」

頑張ったわね、と微笑んで、ルージュさんは席に着く。他のダンジョンマスター達も私達の遣り取りで聞きたいことがなくなったのか、新たに手が上がることはなかった。

「他の方、何かありませんか？」

一応聞いてみる。……ないようだ。

それでは、お楽しみ……もとい、異世界文化を楽しんでいただきましょうか！

「では、これ以降はご自由に我がダンジョンをお楽しみください。本日は閉鎖しておりますので、挑戦者の姿はございません。ダンジョンの構造を見るもよし、異世界の食を楽しむもよし、です！まずは、テーブルに置かれたお酒と軽食をお楽しみくださいませ！」

私の宣言と共に、一気に場が和む。どうやら、ダンジョンマスターさん達も気を張っていたようだ。例の一件に唯一、関与したこのダンジョン……もっと言うなら、元の世界の創造主と親しげなダンジョンマスターである私を警戒する気持ちも当然、あっただろうしね。

「何とかなりましたね、聖」

「そだね、アスト。凪についても突かれなかったし、まずまずの結果かな」

そう答えると、アストが何とも言えない表情になった。

「聖の世界の創造主様はそれを見越して、貴女にメールを送ったのかもしれませんね。あれが配られた途端、皆様の興味は彼の創造主様と聖に傾きました。聖が矢面に立つことになるとはいえ、凪を守られたのでしょう。……凪の抱える傷は、そう簡単に癒えないものですから」

……そうだね、アスト。私もそう思う。兄貴（私の世界の創造主）は凪が未だ、不安定になると知っているだろうから。あの人ならば、それくらいやるだろう。

過保護と言われようとも、兄貴（私の世界の創造主）には『何もできなかった』という後悔が根付いている。そして……多分、私達以上に凪の過去を知っているはずだ。

「当たり前じゃない！　兄貴は自称『全ての命達の兄』だし、私は凪の『お姉ちゃん』だもん。笑みを見せるようになった『弟』を守るのは、私達にとって『当然のこと』なんだよ」

だから、私達が凪のことを守ろうとするのは当たり前なのだ。漸（ようや）く、前向きになりかけている凪のためなら、話題の掏（す）り替え先にだってなってみせようじゃないの！　兄貴（私の世界の創造主）だって私がその程度で潰れることがないと知っているから、その役を背負わせたんだろうしね。

……視界の端に、顔を赤らめている凪が見えるけど、気にしないでいてあげよう。喜べ、凪。あんたが辿ってきた道があるからこそ、多くの人が君の味方だ。

第二十話　ダンジョンマスター達との交流　其の一

ダンジョンマスター達との交流は存外、上手くいったようだった。というか、私の世界の文化が娯楽方面に長じていることもあって、楽しんでくれているみたい。

中でも、温泉は大好評。……そういえば、元の世界でも『湯に浸かる』という国ばかりではなかった。異世界ならば尚更、水の豊富な国とか、温泉が湧いている地域にしか、そういった習慣はないのかもしれない。

「うふふ、お肌にも良いってのがいいわね！」

ルージュさんは温泉に浸かりながらご機嫌だ。何人かの女性ダンジョンマスター達も、其々(それぞれ)に楽しんでいる。私も案内を兼ね、温泉に同行している。

「『お湯に浸かる』って、特定の国しかやらないみたいですからね。衛生面では推奨されても、湯を沸かしたりする手間や使う水の量が問題で、中々浸透しないのかもしれません」

「そうねぇ……魔法がある世界だったら、『お湯を沸かす』ってのは簡単よ。ただ、問題は『綺麗な水が大量に使えるか』ってことでしょうね」

「やっぱり、そうなりますか」

首を傾げながら、ルージュさんは現実的なことを口にする。……やはり、色々と問題があるようだ。ダンジョンマスターがダンジョン内に浴室や温泉を作るならまだしも、それが民間レベルに浸透するのは無理があるらしい。

「元の世界の文化を伝えるにしても、前提になること……衛生面とか、文化とか、手に入る物なんかが違うと、無理がありますよね」

「そうなのよね。そこが一番の問題だと思うの！　私だって、薬学の知識を伝えたいと思った時があったのよ？　だけど、手に入る薬草が違うとねぇ……。精々が、ダンジョン内で手に入るアイテムに自作の薬を混ぜるくらいよ。ダンジョン内なら、私が薬草を育てられるもの」

効果は自信があるんだけどね、とルージュさんは苦笑した。彼女も自分なりにこの世界への貢献を考え、頑張っているのだろう。

そう、縁（ゆかり）の『異世界の知識や技術を取り入れる』という発想自体は悪くない。

ただ、『この世界にない物が多過ぎる』という欠点があるだけだ。

それ以前に、『この世界に根付くほど受け入れてもらえるか？』という問題もある。異世界文化というものは『異質』なのです。温泉はどう見ても湯に浸かっているだけなので、他のダンジョンマスター達にも受け入れやすかったのだろう。

「食に関しては、私は最初から諦めてますからね。もう『このダンジョンでは美味い物が食える！』っていう認識だけ持ってもらおうかと」

「あら、潔いのね？」

ルージュさんは意外そうだが、私としては別方向からのアピールを狙っているだけだ。

「味とか、調理方法なんかに興味を示してもらえれば、外の世界で再現しようとする人が出るかもしれないじゃないですか。人間、『知らない物は作れない』んです。だから、『ダンジョンで知ってもらう』。切っ掛けを与えることと割り切っているんですよ。だから、ここでの飲食は割と低価格に設定されているんです」

雨の日のサービスとか、ちょっとしたおやつなんかで、異世界料理やお菓子は割と配布されている。料金を払えば、食事だってできるのだ。

しかし！　そこには前述したような目論見があるわけですよ。

私が外に出られない以上、この世界の食事や食材を知ることは不可能だ。食材を入手したとしても、『元の世界では料理好きだった』程度でしかない私が、新たな料理を作り出したり、元の世界の料理を再現したりするのは不可能だろう。可能かもしれないが、全く自信がない。

そんなわけで。


Q・自分が遣り遂げるのは無理っぽい。どうする？

A・この世界の住人の向上心に期待する！

となったわけです。ザ・丸投げ。他力本願、上等です！　外でも食いたきゃ、頑張れ。

そんなことをつらつらと話したら、ルージュさんは微笑ましいものを見るような目を向けてきた。

「ふふ、貴女なりに考えているのね。そういった方向からのアピールも有りだと、私は思うわ。銀色の小さな創造主様はまだ、そういったことにまで気が回らないもの。だから、遣り方を考えるのは私達の仕事なのよ」

縁のことを話すルージュさんはまるで、弟を案じる姉のよう。敬意を示すべき対象という認識もあるだろうけど、それ以上に力になってやりたいと思っているみたい。

「まあ、人生終了してますからね。折角の時間なので、この世界に貢献するつもりです。うちの創造主様も言ってましたが、あの子は難しい道を選んだみたいですから」

「そうなの？　でも、そうね……だったら、私達みたいな存在が支えてあげればいいと思うわ。私は役目をもってこの世界に来たけれど、あの子の力になってあげたいとも思ったんですもの」

そう言って笑うルージュさんは慈愛に満ちていた。彼女は優しい人なのだろう。そう思うと同時に、元の世界での彼女の立場が気になった。

魔女がどんな職業……種族なのかは判らないけど、元の世界では『悪しき者』のように捉えられている場合がある。この外見年齢のまま亡くなったというのなら、彼女も相当、早死にしたはず。

……。

き……聞いてもいいかな？

「あの、ルージュさん。言いたくないなら構わないんですが、この世界に来た原因って何だったたんですか？」

暈した言い方だけど、ルージュさんには正確に伝わったのだろう。苦笑すると、ちょっと寂しそうな顔になった。

「私が居た世界では、魔女って異端なの。でもねぇ、それも仕方ないって思っちゃうのよ。だって、魔女は『世界から産まれて、世界に還る者』なんですもの。精霊に近いとも言われているわ」

「へぇ……！　あれ、でも精霊に近いなら、好意的になりそうな気が」

どうやら、根本的に人間とは違うらしい。ただ、ラノベやゲームの知識を持つ私からすると、ルージュさんは所謂『善き魔女』という印象だ。だが、ルージュさんは首を横に振った。

「私は人に近い姿をしているから、そう言ってもらえる。だけど、精霊というか、魔物に近い恐ろしい姿の魔女もいるのよ。聞いたことはない？　『精霊は残酷だ』って」

「ああ！　そういう設定の話も読んだことがあります。私が居た世界にある神話とかでも、神や精霊の残酷さが見え隠れするものがありますよ！　でも、基本的に人間よりも上位の存在として描かれているので、納得しちゃうというか」

神や精霊からすれば、人間なんて羽虫の如き存在だろう。『勝手に増えて、短い一生を送る、弱い生き物』。その程度の認識でも驚かない。そもそも、魔法がありませんからね！

兄貴（私の世界の創造主）はそんな認識などしないだろうが、世にある神話や伝承なんかに出てくる神は割と残酷だ。まあ、『人間如きが太刀打ちできない存在』のように書かれているから、それも仕方ないんだろうけどね。

「魔女は世界の味方なの。だから、人が世界に対して愚かなことをすれば怒るし、報復する。そういった事実が積み重なって、『魔女は邪悪な存在』みたいに思われちゃったのよ。まあ、死んでも世界に還るだけだから、魔女も特に訂正しなかったんでしょうけど」

「お、おう……何て言うか、魔女達は人間にどう思われても構わないんですね？」

あまりにもさらっと口にするルージュさんに、私の方が驚く。いやいや……訂正くらいしようよ？　その話を聞く限り、魔女って悪じゃないじゃん！

だが、当のルージュさんはそのことに対して悲観していないらしい。

「そう考える魔女が大半ね。私は人と接して生活していたから、追われた時は悲しかったわ。だけど、ちょっとだけ安心したの。どんな理由があっても、自分が助けてきた人達に牙を剥きたくはなかったんだもの。それくらいなら、私が居なくなった方がマシよ」

「……」

『悲しい』と言いながらも、ルージュさんは納得しているようだった。何と言っていいか判らず、黙ってしまった私に気付いた彼女は、悪戯っぽく笑って一つ伸びをする。

「ん～！　湿っぽい話はお終い！　私もね、こんな考えは魔女として異端だったと思うのよ。だから……今の生活もそれなりに楽しんでいるの。ある意味、望みは叶ったのよ？　貴女ほどじゃないけど、私もそれなりに人と関わるダンジョンマスターだもの」

だから、もう悲しくはないわ――そう続けたルージュさんは本当に、『今』を楽しんでいるのだろう。少なくとも、補佐役は彼女の味方だから孤独になることはない。それに、彼女がどんなダンジョンマスターであろうとも……どんな在り方をしようとも、創造主たる縁は咎めないのだから。

その中で人間達と縁を築けているのなら、きっと満足しているのだと思う。

「ところで、聖はどうして死んじゃったの？　貴女くらい若い子なら、ダンジョンマスター就任よりも生き返りたいって思う気がするけど」

「事故死しました。それはもう、逃げようがない大規模な事故だったので、諦めもつくと言いますか……まあ、一緒に居た子供を助けられたので満足しちゃいまして」

「あらあら……結構、悲惨だったのね。……。あら？　満足していたのに、ダンジョンマスターになっちゃったの？　何か叶えたい夢でもあった？」

意外、と言わんばかりのルージュさん。私は当時を思い出し、温～い目になった。

「拒否しましたが、拒否しきれませんでした！　って言うか、『元の世界からの通販とパソコンがなきゃ、行かない！』と言ったら、元の世界の創造主様全面協力の下、叶えられまして。そのまま言質を取られて、この世界にドナドナです」

「え」

「まあ、凪を助けたかった元の世界の創造主様の思惑も込みで、目を付けられたらしいので。それなりに楽しく暮らしているから、今は後悔してないんですけどね！　……あれ？」

あはは！　笑って済ませようとするも、ルージュさん……だけではなく、話を聞いていた女性ダンジョンマスター達から憐みの目を向けられていた。をや？　何か変なこと言った？

「拒否権なしって、初めて聞いたわよ」

「私の時も自分で選べたな」

「ちょっと待って、それ本当ですか⁉」

聞き捨てならないことを聞いたような。やっぱり、拒否権あるのかよ⁉

「元の世界の創造主様からの抜擢だったのね……道理で……」

……。妙な方向に考えている人もいるようだ。いや、それ違う！　絶対に違う！

「あ、あの～？　皆さんが考えているようなことはないかと。その、タイミングが悪かったというか、自業自得というか……少なくとも、期待されていたわけじゃないです！」

慌てて否定するも、彼女達の話は勝手に進んでいく。しかも、それを裏付けるような出来事がつい最近、あったばかりなのが災いした。

「先日の聖女騒動も、貴女だからこそ解決できたのかもしれないわね」

「いえ、創造主様達が元凶の女神と聖女を〆ましたからね⁉　私、お手伝いしかしてません！」

私のダンジョンマスター就任に凪が関係していることは確実だけど、兄貴（私の世界の創造主）はあの子が心配だったんです！　私としても、凪にトラウマを植え付けた責任があるから、ある意味では自業自得。

本当にそれだけですよ⁉　ねぇ、こっちの話を聞いてくれません⁉

第二十一話　ダンジョンマスター達との交流　其の二

温泉に浸かって体も温まると、次は食事とお酒の時間。本来、私達に食事は必要ない。だけど、そこは元人間と言うか、『食の楽しみ』を知る人々であって。

「いやぁ、ここまで上質な酒が飲めるとは思わなかった！」

「調味料も豊富なようですが、香辛料を惜しみなく使った料理が味わえるとは……贅沢な世界もあるものですね」

「こっちのケーキも可愛いわぁ……！　可愛いだけじゃなくて、美味しいのね」

という感じに、皆様には大好評。ただ、アストには予想された展開だったらしい。

「世界によっては、調味料はそれほど種類がありませんし、香辛料が非常に高価な場合もあります。聖は元の世界から通販していますし、そういった物があるのが当たり前の国で育っていますが、そこまで恵まれている世界は稀ですよ」

「あ、そっか。まず、そういった違いがあるんだね」

なるほど。確かに、そちら方面――娯楽とか、食――の技術が発達していないと、気軽に入手できる環境にはならないのかも。特に、私の居た国は食に拘る傾向にあるため、生産量の増加や生産技術の向上、果ては新たな料理の開発といった感じに日々、進化している。

……『進化』でいいんだよ、本当にそういう感じだし。なにせ、他国の料理を日本風にアレンジした『和洋食』といったものも存在するんだから。

こういったことは他の国ではあまり起こらない――基本的に、作るのは自国の料理オンリー。多国籍に作る傾向にある日本が珍しいらしい――と聞いたことがあるから、柔軟な発想に満ちたお国柄ではあるのだろう。

……納豆とかあるしな、我が故郷。あれは食に対するチャレンジ精神の賜(たまもの)というか、忌避感よりも興味が勝った結果ではあるまいか。

それが今では、広く馴染んだ健康食品。勿論、私も好きだったり。偉大なご先祖様達の勇気ある行動は、今日の食を豊かにしております。

「酒に関しては、技術の違いが大きいでしょうね。こう言っては何ですが、貴族や王族でさえ、不純物混じりの酒を嗜んでいる世界も多いのです」

「技術力の差ってやつかな」

酒を造る技術といったものはあっても、不純物混じりが当然という世界もある。私が居た世界とて、初めから今のような物が作れたわけじゃない。

そういえば、喜んでいる人達の言葉を聞く限り、『上等な酒』と言っている人が多かった。似た物はあっても、あまり上質ではないということなのか。

そんな疑問が顔に出たのか、アストが頷いて肯定する。

「ええ。聖の世界には魔法がありませんから、全ては人が努力し、常に技術の向上を目指した結果でしょう。……こんな一面を見てしまうと、魔法も考えものですね。魔法は限られた者しか使えず、新たな術式の考案は更に難易度が高い。それゆえに、他の手段で何とかするよりも、諦めてしまう場合が多い。自然と、人の持つ技術の停滞を招いてしまうのかもしれません」

「難しいねぇ」

私からすれば、魔法は万能のように見える。特に、医療方面。怪我で死ぬ可能性は、私が居た世界よりも低いだろう。毒への対処だって、魔法の方が上だ。

そういったものがある分、人は自分達で何とかしようとするよりも、確実な魔法に頼ってしまう。それが叶わないならば……諦める人も多いんだろうな。

「縁（ゆかり）の『様々な世界からダンジョンマスターを連れて来る』っていう発想は正しいのかもね。異世界とはいえ、人が持つ何らかの手段により解決に至った成功例を知ることができるもの。前例があれば、魔法なり、技術なり、諦めずに遣（や）り遂（と）げるかもしれない」

『成功するか判らない』ならば、途中で諦めたり、不安になったりするだろうけど、『成功例がある』ならば、それに準じた期間くらいは頑張ってみようと思うかもしれないじゃないか。

このダンジョンを楽しんでいるダンジョンマスター達とて、それは同じ。新たな可能性を見出したのか、うちの魔物達に熱心に話を聞いている人がいるもの。ある種の『成功例』を目の当たりにしたからこそ、自分の所でも可能か試してみる気なのだろう。

それはアストも感じていたらしく、表情が柔らかい。彼は創造主至上主義とも言えるので、自分の担当しているダンジョンが意外にも良い仕事をしそうな展開に、少々、浮かれているようだ。

そうだぞ、アスト。人生は長いんだから、気負わず気楽にいこう。

そのうちきっと、良いことがあるさ。未来なんて、誰にも判らないんだから！


「まずはダンジョンマスター同士が互いの異世界文化に触れると。その後、其々（それぞれ）のダンジョンでそれらが活かされれば、確かに、この世界に根付きやすくなりますね。元になった知識や技術の亜種といいますか、改良版といいますか……まあ、どれかは人に受け入れられるかもしれません」

「だよねー！　少なくとも、私の所から学び取るよりは難易度低そう」

アストの言葉に、思わず笑みが浮かぶ。アストは不可能なことははっきり言うタイプだから、こんな言い方をする以上、可能と判断したってことだからね。

良かった、良かった、花粉症対策以外にも、私がこの世界に貢献できる道が開けそう。さすがに、『この世界への貢献・花粉症対策オンリー』ってのは、どうかと思ってたのよね。そもそも、この国の人達にとってはあまり意味がないんだもの。


難しいことが判らない二十一歳児ですが、協力は惜しみません。同僚達よ、後は宜しくね？

他力本願、上等です。その分、我らは切っ掛けとお手伝いに勤しむ所存です。


「聖、アスト」

呼びかけられて視線を向けると、そこには縁が。手にした皿にはケーキ類が盛られているので、縁自身もおやつタイムを楽しんでいるのだろう。

「どうしたの？　何か問題でもあった？」

尋ねてはみたものの、その可能性は低いと思っている。何か問題が起きたならば、うちのスタッフ達が動くか、私やアストに伝えるはずだもの。

その予想は間違っていなかったらしく、縁はふるふると首を横に振った。

「問題は起きていないよ。君の世界の文化というか、おもてなしも好評だし」

「そっか、それは良かった」

「だけど、好評だからこそっていうか……興味を引いちゃったみたいなんだよねー……」

「「は？」」

縁は何だが、申し訳なさそうだ。思わず、私はアストと顔を見合わせた。

「え、えっとね、その、聖は戦闘能力が皆無でしょ？　だけど、人との付き合いは上手くいっているし、ダンジョンとしての体裁……所謂(いわゆる)『人が挑む場所』っていう名目は果たしている」

「うん、そうだね？」

事実なので、とりあえず頷いておく。そう、確かにうちは『殺さずのダンジョン』だけど、この世界におけるダンジョンの定義――『叡智(えいち)の宝庫』や『魔物達との戦闘が発生する』といった要素は満たしているのだから。

ただし、難易度はイージーモード。（比較対象・その他のダンジョン）

それもあって、余計に娯楽施設としての認識が浸透したけど、根本的なものは他のダンジョンと同じ。娯楽方面の仕様と、『死なない』という要素が追加されているだけだ。

「それでね、『是非とも、手合わせしたい』って人がいるんだ。今までに例がないからこそ、興味を引いたみたい」

「え」

「ああ、そういった方も出るでしょうねー……。ここは特殊ですから、戦闘特化方向のダンジョンマスター様にとっては理解できないと言いますか、成り立つことが不思議なのでしょう」

アストさん、遠い目にならないでくれるかな⁉　っていうか、ダンジョンマスター同士の手合わせなんてあるのね⁉

第二十二話　お祭り騒ぎは突然に

「は……？　ダンジョンマスター同士の手合わせ？　ってこと？　冗談キツイよ、絶対に無理！　戦闘能力皆無な紙装甲マスター相手に、何を血迷ったこと言ってるの⁉」

『手合わせをしたいと願っているダンジョンマスターがいる』と縁(ゆかり)から言われた私は当然、困惑した。いやいや……私は戦闘能力皆無なんですけど⁉

……だが、それは杞憂だったらしい。

私の全力の拒絶に、自分の言葉の足りなさを理解したらしい縁が、慌てて訂正してきたのだ。

「あ！　ち、違う！　違うからね⁉　そういう意味じゃないよ、『ダンジョン同士の手合わせ』って言えばいいのかな？　僕が用意した空間を、各ダンジョンマスターの采配で構築するんだ。勿論、使える魔力量は双方同じ量を設定してね。で、其々の知識や魔物達を使って進軍し、相手の最奥部まで進んだ方が勝ちになる」

「……陣地取りゲームのようなものだと思っていただければいいと思います。自分のテリトリーは都合よく構築できますが、攻め込んだ先は相手のテリトリーなのです。その中で、どういう風に勝ち進んでいくかが醍醐味ですね」

「あ、ああ、なるほど、そういう意味なのか」

縁とアストの補足に、とりあえずは納得する。要は、お遊び要素を兼ねた、ダンジョンマスター同士の勉強会のような扱いなのだろう。

こう言ってては何だけど、ダンジョンマスター達はダンジョン内での生活が全て。だから、外から来る脅威――『挑戦者』という一括りにされているけど、職業や種族は様々だ――に対して、練習する機会なんてものはない。チュートリアルなしで即本番、とも言える。

――そこを補うのが、『ダンジョンマスター同士の手合わせ』。

ダンジョンマスターの持つ知識や技術、戦い方は様々な上、さっき縁が言ったように『自分が構築した場所以外での戦闘』という、本来ならばあり得ない要素があるのだ。まさに『予想外の状況下での戦闘』になる。

そもそも、敗北は『自分の陣地の最奥部まで攻め込まれること』。これは本来のダンジョンと変わらないので、自分のダンジョンの欠点などを知る良い機会とも言えるだろう。

「仕方がないことなんだけど、全員、いきなりダンジョンマスターになってるからね。自分の采配の欠点とか、ダンジョンの構造を考え直す機会として、時々、行っているんだ」

「挑戦者よりも、他のダンジョンマスターを相手にした方が厄介だから？」

思わず尋ねると、縁はこっくりと頷いた。

「基本的に、ダンジョンマスターの兵は魔物だからね。創造していない魔物の能力や特性を見る意味でも、好意的に受け入れられているんだ。使い方次第、もしくは各魔物が持つ特性を活かした戦い方っていうのは、十分に学ぶ価値がある。手合わせで学んだことを、自分のダンジョンに取り入れる人もいるんだよ」

「へぇ……」

ダンジョンマスター達は随分と勤勉な模様。ただ、そうしなければならない理由にも納得できてしまった。

ダンジョンが脅威として認識されている以上、挑む側とて対策を考える。ダンジョンマスター達もそれを見越した対応をしなければ、即、命の危機だ。

いくら強い魔物達を配備していたとしても、ダンジョンはこの世界のためにあるもの――つまり、『対抗策がある』んだよ。

そもそも、ダンジョンに使える魔力量はいきなり増えないので、そう簡単にダンジョンの改装や新たな魔物の創造が行えるわけがない。うちのダンジョンだって、初期以降に創造された魔物はエリクと凪、そしてサモエドだけ。

ただ、エリクと凪はゼロから創造したわけじゃないから、本当にゼロから生み出された魔物はサモエドオンリー。そのサモエドも幼体なので、使われた魔力量はお察しだ。

「ちなみに、手合わせを望んでいるのはどんな人？」

興味本位で聞けば、縁は思い出すように首を傾げながらも答えてくれた。

「えっとね……元軍人、魔術師、学者の三人。ちなみに全員、皇国のダンジョンマスター」

「へ？　同じ国のダンジョンマスターなんだ？　しかも皇国なんてあったんだね」

これはちょっと意外だった。食や温泉といったものに興味を示す人が多い中、戦闘方面に目が行くなんて。それも、全員が『皇国』なんて名が付く国に在籍しているのか。

だが、私の反応に何か思うところがあったのか、縁は気まずげに視線を泳がせた。んん？　その反応は一体、どういうこと？

「あ～……その、実はね。皇国は積極的にダンジョン攻略を行っていて、騎士団の遠征も頻繁にある国なんだ。だから、この世界で一番ダンジョンが多い国なんだよ」

「ふんふん、それで？」

「でね？　そんな国だから、在籍するダンジョンマスター達は割と好戦的な性格の人を選んでるんだ。本人達も『退屈しなくていい』って言ってるから、彼らにも合っていたと思う」

「適材適所ってやつだね」

そんな性格の人達なら、ダンジョンマスター生活はさぞ楽しかろう。しかも、定期的に大規模なお客さん――ダンジョンマスター討伐が目的の騎士団の皆さん――がやって来るんだもの。

……だからこそ、疑問に思う。

『戦闘を好み、遊び相手がいるダンジョンマスターが、平和ボケ思考のダンジョンを相手にして楽しめるのか？』と。


勿論、こちらのダンジョンから学ぶこともあるだろうし、自分達とは違った異世界文化に興味が湧いても不思議はない。だが、問題は『戦闘を好む性格』という点だ。

「あのさ、縁。確かに、私達のダンジョンは珍しいと思うけど、それだけだよ？　娯楽要素が強いし、『戦闘を楽しむ』っていう視点から見ると、物足りないと思う」

「そうですね、私もそう思います。勿論、戦闘に秀でた者達もおりますが、そういった存在は他のダンジョンにも居るのでは？」

アストも私と同じことを思ったのか、やや困惑気味だ。ただ、縁もそれは判っていたらしい。

「僕もそう言ったんだけどね、『このように変わった文化を持つ世界出身のダンジョンマスターの戦いぶりを見てみたい』って言われちゃったんだ」

「ああ……もしかして『異世界の知識込みの戦い方』ってやつを期待されてる？」

「多分ね」

なるほど、さっきの報告会で『様々な面に差があり過ぎて、謎解きの遣り方の時点で悩む』って言ったことも影響してるのか。

「つまり、異世界通販を駆使した戦い方をしろと」

「……それもどうかと思うけど、期待はしていると思う」

「別にいいけどさぁ」

それって、『暇潰しの娯楽』って言わない？　アストも呆れてるよ？

第二十三話　忍び寄る悪意

――皇国・とある場所にて
――時は暫し、遡る。

そこは下町に近い寂れた店だった。住まうのは一人の老婆であり、生業とするものは占いである。『占い』などという不確かなものに、人はあまり興味を抱かない。……が、この老婆の店だけはそれなりに人が訪れている。

皇帝のお膝元とも言える町であろうとも、所詮は下町。貧しい者達が住む場所とあって、その周辺も含めた地域は治安があまりよろしくない。

そんな場所にも拘らず、老婆が一人で生活できているのだ……彼女にはそれなりの『後見人』が付いていると噂されていた。

現に、老婆の持つ財産――あるかは不明だが、生活できる程度の蓄えはあると思われていた――

に目を付けていた乱暴者は、ある日、死体となって見つかった。男はそれなりに立派な体躯をしており、か弱い老婆が返り討ちにしたとは考えにくい。

——だからこそ、人々は噂した。

『あの老婆には貴族の顧客がいる』

『老婆は元貴族であり、その縁が今でも活きている』

『老婆の傍には護衛役がおり、危険が迫れば容赦なく鉄槌を下す』

勿論、全ては憶測に過ぎない。だが、こういった噂を増長させた理由の一端は老婆が日々の生活を送るための財と、死体となった男の件がろくに捜査もされないまま、いつの間にか人々の口に上ることがなくなってしまったからだった。

下町という場所、それも犯罪者が死体になろうとも、騎士は『よくあること』という一言で済ませ、そこまで熱心に捜査などしない。だが、『犯人さえも不明なまま』というのは、あまりにも奇妙だった。

言い方は悪いが、一度は事件として扱った以上、『犯人がいる』のである。

それが事実か、冤罪かは別として、疑わしい輩の名は挙げられるのだ。形ばかりであろうとも、犯人は捕縛され、事件は終息するのだ。

それが『ない』。そういった展開が意味するものは、『身分が高い者からの圧力』。

これが決定打となり、老婆に手を出す者はいなくなった。老婆は基本的に礼儀正しく、進んでトラブルを起こすような性格でもなかったため、危機感を抱く必要がなかったことも一因だ。

——そう、表向きは。

あくまでも『老婆に害を成そうとする者』がいないだけであり、得体の知れない不気味さを感じ取る者はいたのである。

一言で言えば『恐怖』。後ろ盾となっているだろう存在ではなく、老婆自身に抱く『それ』。か弱い老婆のどこに恐れる要素があろうか。そう自分に言い聞かせてみても、感じ取ってしまった『得体の知れない【何か】』の幻影は消えてくれない。

じわじわと染み渡っていくそれを感じ取ったのは、魔力が高かったり、勘が鋭いと言われる者ばかり。だが、明確に言葉に表すことができない——言葉に困るというか、『異様さを感じ取る』というものだった——ため、大半が口を噤んだまま。

そういった者達は黙したまま、徐々にこの地から離れていくため、表立って噂になることはなかった。抗う術がなければ逃亡する——それもまた、賢い生き方なのだから。

そんな状況であっても老婆の店が成り立っているのは、客足が途絶えないからだった。

得体の知れない老婆ではあったが、生業とする占いの腕は本物だったらしく。その評判は徐々に広まっており、特に、冒険者達からは『格安で不運を回避できる』と評判だった。料金が安い割によく当たる、と。

……そして。

今日も一人の冒険者が老婆の店のドアを潜ったのだった。

「あらあら……貴女は大事な存在を失くしましたのね」

「っ」

開口一番、この台詞。まだ何も言っていないにも拘らず、老婆は新しい客——アイシャの顔を見るなり、そう告げた。

対するアイシャは動揺のあまり、挙動不審になっている。何せ、彼女には老婆の言葉に心当たりがあったのだ……その『失くした大切な存在』とやらに。

「相方とは性格の不一致で別れたの。ギルドにも手続きをしたし、トラブルにはなっていない。だから、『失くした』という表現は間違いね」

そう、表向きは言葉の通り。己の正しさを信じているアイシャからすれば、それは事実なのだ。実際には、相方……リリィに愛想を尽かされたと言った方が正しいのだが。

それでもアイシャは頑なに認めようとはしなかった。リリィとは仲違いに近い別れ方をしたけれど、あの子が周囲の声に脅えて、先輩冒険者に媚びた結果だと！

そうでなければ、自分が悪者になってしまう。……『間違っていた』と認めたことになってしまうではないか！

そんなこと、認められるはずがない……！

それが非常に自分勝手な言い分だと気付きもせず、アイシャは己の『正しさ』を信じていた。如何なる理由があろうとも、己を貫く――それが彼女の矜持でもあったから。

アイシャという少女は、良く言えば『正義感が強く、強固な意志を持つ』性格だ。ただし、その『正義』は時に独り善がりなものであり、他者の意見を聞かない頑なさは、『人の意見を認めようとしない傲慢な性格』と思われることもしばしばである。

そもそも、常に彼女の意見が正しいとは限らない。それを認めようとはしないどころか、諫めようとした先輩冒険者達にも噛み付く始末。

そういったことが重なり、相方だったリリィはアイシャから離れることにしたのだが……残念ながら、何の変化もないようである。『私が離れることが切っ掛けとなって、自分を見つめ直してほしい』と願ったリリィの想いが届くことはなかったらしい。

「まあ、そうですの。それでは、何をお望みですか？」

アイシャの態度を全く気にしない老婆は、穏やかに問い掛ける。アイシャは暫し、俯き……やがて、覚悟を決めたように願い事を言った。

「私は力が欲しいの。功績を得て、先輩達に意見できるほどの冒険者になりたい。そのためには、ダンジョンで叡智（えいち）を得るか、多くの人に認められるような……誰もが凄いと思うような功績が必要だわ。どうすればいいか、貴女に見える？」

普通ならば、アイシャの言い分に呆れ果てることだろう。そんなものがたやすく手に入るならば、誰だって英雄になれているはずなのだから。

アイシャの言い分は正しく『現実を知らない小娘の戯言』であり、彼女の傲慢さの表れである。

自分にその実力があると思っていなければ、そのような願いを口にできるはずがない。

だが、老婆はその願いを聞くと、にっこりと微笑んだのだ。

「まあ……それは壮大な夢ですわね。ですが、貴女はその代償を払う覚悟がありますの？」

「勿論！　私だって、覚悟を持って冒険者になったもの。命の危険くらい覚悟してるわ」

胸を張って言い切るアイシャに、一切の憂いはない。彼女は信じているのだ……老婆の言う『代償』とやらを支払おうとも、自分が後悔などしないと。


それは若さゆえの傲慢さ……無謀としか言いようのない『根拠のない自信』。


それが判っているだろうに、老婆は微笑んだ。覚悟を認められたと思ったのか、アイシャも強張った顔に笑みを浮かべる。

「宜しいですわ。その方法をお教えいたしましょう」

――もしも。もしも、アイシャがベテランと呼ばれる冒険者だったならば。

その老婆の笑みが、『獲物を見つけた者の歓喜』だと理解したことだろう。老婆はアイシャの覚悟を認めたわけでも、彼女の応援をしてやりたかったわけでもない。ただ、『自分にとって都合の良い者』の存在を喜んだだけなのだ。

そこにアイシャは気付かない。……いつの間にか、老婆を無条件に信頼してしまっている自分に気付くことは、ない。

普通に考えれば、これはかなりおかしいことだった。いくら自分から頼ったとはいえ、会ったばかりの老婆を無条件に信じるなど！

アイシャが未熟者であろうとも、彼女にも冒険者として生きてきた時間がある。その経験があるならば、会ったばかりの相手を無条件に信じることなどあり得ない。

「では、お話ししましょう――」

その老婆の目を見た時……いや、老婆の噂を聞き、興味本位で老婆の下を訪れた時。

――アイシャの運命は決まったのだ。

第二十四話　二十一歳児、煽られて怒る

縁から『手合わせの要請が来てるよ！』と聞いた直後。

「というわけで、久しぶりに手合わせが行われることになった。希望者は三人いるから、一人ずつの対戦になるよ」

皆が一堂に会する夕食の場にて、それは告知されたのだった。

「おお！　この変わったダンジョンマスターの戦い方が見られるのかぁ！」

「私達も観戦させていただいて宜しいでしょうか？」

「そうね、興味がありますもの」

ダンジョンマスター達もそれが命の遣り取りではなく、『お祭り』（意訳）と判っているせいか、会場は盛大に沸いている。

……。

うん、その気持ちも判るよ。娯楽の少ない世界だもんね？　ダンジョンマスターに至っては、挑戦者達との一戦こそ、娯楽扱いだもんね!?

私達のように挑戦者達と『キャッキャ♪　ウフフ♪』と戯れ合っているダンジョンなど存在しない。特定の人達との交流はあるのかもしれないが、基本的には孤独です。

だが、ふと何かに気付いたらしい人から声が上がった。

「あら……そう言えば皇国って……」

「確か、継承権争いが激化して、今はダンジョン攻略どころではなかった気がするね」

「ああ、なるほど。つまり、手合わせを願い出た者達は……」

皆の視線が一気に、該当者達へと突き刺さる。

「軍人の血が騒ぐのだよ。少しくらい、羽目を外してもよかろう！」

軍人らしきダンジョンマスターは、開き直って堂々と言い切り。

「これほどの技術、そして文化の違いを見せつけられたのです。魔術師としては、どのように戦い抜くのか気になって仕方ありません」

見た目からして魔術師なダンジョンマスターは、知的好奇心であると強く主張し。

「実に興味深いのですよ。私は植物学者として、植物型の魔物に拘っているのですが……それなりに強いと自負しておりますからねぇ」

学者なダンジョンマスターは『うちの子の強さを証明してみせる！』とばかりに意気込む。

……。

私はあんた達の玩具じゃないんだが？

「おやおや、自信がないのですか？」

ジトッとした目を向けていると、学者なダンジョンマスターが見下した表情で煽ってくる。どうやら、こちらを煽る目的とかではなく、これが彼本来の性格らしい。

ならば、応えねばなるまい。私が一番大事なのは運命共同体の魔物達であり、彼らを馬鹿にされて黙っていられるほど大人しくはないのだから……！

「え、別に？　こちらの手の内を知らないうちから見下す傲慢な人だなって、呆れているだけですよ？　それとも、嫌味を言わなきゃ死ぬ病にでもかかっているんですか？」

ピシッと場の空気が凍る。アストでさえ、顔を引き攣らせて硬直した。

「な⁉」

「だったら、謝りますよ。無条件に見下すってアホにしか見えないけど、理由があるなら仕方ないですよね！」

あはは！　と笑って続けると、『アホにしか見えない』という言葉にプライドが傷ついたのか、学者なダンジョンマスターは判りやすく表情を変えた。そんな彼の姿に、私は得意げに笑う。

やだなぁ、私だってダンジョンマスターの一人ですよ？　確かに、うちは『殺さずのダンジョン』だけど、『戦うのが怖い』とは言ってない。それは皆も同じ。

しいて言うなら『面倒だし、適当に仲良く、緩～くやれればいいよね』という方針だ。

そもそも、異界の創造主たる女神とその子飼いの聖女を相手にして、一歩も引かなかった気概の持ち主です。交戦、上等。どうして、気が強いと思わないかね？

「ほ、ほう？　随分と自信があるようですね……？」

「自信というより、負けないと思うことが大前提では？　いくらお遊びであっても、戦闘ですよ？　私達、外から攻め込まれて倒されれば、今度こそ人生終了じゃないですか。手を抜いたり、必要以上に煽ったりするなんて、自分の立場を理解していないと思われて当然です」

負ける＝第二の人生……もとい、ボーナスステージの終了です。特に、うちはアスト以外が私に巻き込まれる形で自我を失うことが予想されるので、まさに共倒れ状態になる。

個々に自我があることを許している以上、その際に感じるのは『彼らの死』。

ダンジョンの魔物という意味では、『新しい同個体』が作られれば復活したことになるだろうけど、今在る彼らは二度と戻って来ない。正真正銘、私と共に居なくなってしまう。

だからね、安易に敗北は口にしないの。

言霊という言葉があるように、現実になってしまうかもしれないから。


勿論、冗談であろうとも、それを口にした輩を許す気はない。嫌味に嫌味を返すなんて同レベルとか言われそうだが、私にだって許せないことはある。

そもそも、私は二十一歳児の聖ちゃん。感情のままに振る舞って、何が悪い？

目が笑っていない笑顔の私と、睨み付けてくる植物学者。一触即発と言わんばかりの空気を察したのか、周囲は自然と見守る態勢になっていく。

……が、そんな空気を破ったのは、軍人らしきダンジョンマスターだった。

「おいおい、ここで揉めることはなかろう？」

「しかしですねぇ……っ」

「先に煽ったのはお前だろうが。そもそも、そちらのお嬢さんの言っていることは間違っていない。我々は『如何なる状況においても、負けないことが前提』だろうが。戦闘を安易に捉えた発言をしたお前の方こそ、私は不快に思ったぞ」

「ぐ……」

余裕のある態度ながら、軍人なダンジョンマスターは僅かに凄む。その鋭い視線を受け、植物学者は押し黙った。

同じ国に在籍し、それなりに交流があるっぽいけど、力関係は軍人なダンジョンマスターの方が上らしい。納得していなくとも、植物学者は完全に気圧されてしまっている。

……この人はきっと強いのだろう。その強さに自信があるだけでなく、敵となる者への敬意も忘れないような感じがする。まさに誇り高い武人とか、そんな印象だ。

彼は植物学者を黙らせると、今度は私へと向き直った。

「すまないね、お嬢さん。こちらが無理を言ったにも拘らず、不快にさせて」

「貴方に対して思うところはないので、お気遣いなく」

暗に『私、そいつ嫌い。でも、嫌いなのはそいつだけですよ』と言ったことに気付いたのか、軍人なダンジョンマスターは僅かに口角を上げた。

「ふ……ははは！　中々に豪胆な子だな。さすが、戦闘能力が皆無と自覚していながら、我々に勝つ気でいるだけはある」

「な⁉　ウォルター殿、それはっ」

声を上げる植物学者。だが、軍人——ウォルターさんは、彼に呆れた目を向けた。

「貴殿は気付かなかったのかね？　彼女はその自覚がありながら、我々に応じたのだ。特殊なダンジョンマスターである以上、拒否されても、文句は言えん。そこに気付かず、一方的に見下す貴殿の方が小者ぞ」

「そうですね、私もそう思います。それとも……貴方は『必ず勝てる相手』と理解していたからこそ、あのような発言を？　そちらの方がよほど恥ずかしいでしょうに」

「そんなことはありません！」

「では、黙れ」

ウォルターさんに続き、魔術師なダンジョンマスターまでもが植物学者に呆れた目を向ける。同僚二人に諫められ、植物学者は悔しそうだ。

「対戦は了承されているのだから、今騒ぐ必要はあるまい」

「誤解を招く発言は控えた方がいいですよ。……では、こうしましょう。彼女に思うところがおありのようですから、一番手は貴方がどうぞ」

「勿論だ！」

魔術師なダンジョンマスターの提案を、即座に了承する植物学者。自分だけが叱られたことが気に入らないのか、やる気十分な模様。

ただ……彼らは完全に私の味方をしてくれたわけではない。


だって、明らかに面白がってますからね！

植物学者が気付いているかどうかは判らないけど、この二人は植物学者を誘導したよね？


「……一番手になるよう、誘導しましたよね？　あの植物学者で様子見するつもりですか？」

こっそり尋ねると、ウォルターさんは軽く目を見開き。

「ふっ、これは楽しめそうだ。……お嬢さん、単に強いばかりでは皇国で長くダンジョンマスターなど務めていられんよ」

楽しそうに笑った。

……。

やはり、一筋縄ではいかない模様。やだなぁ、この人は簡単に勝たせてはくれない気がする。

第二十五話　お祭りの準備は念入りに　其の一

『手合わせの初日は十日後にするね』

そんな言葉と共に、とりあえずは解散になった。なお、各ダンジョンマスター達はこちらが用意したお土産を嬉々として持ち帰っている。

これらは概ね、好評だった。縁が許可するかどうかにかかっているけど、少量の酒やお菓子程度の物なら、今後もお土産として譲渡しようと思う。

娯楽や嗜好品がほぼない状況なのだ。ダンジョンマスター生活に彩りを添える意味でも、こういった楽しみの一つや二つあってもいいと思うの。

……ということを縁に相談していたら、どこからかその話が漏れたらしく、今回の手合わせは私の応援をするという人々が増殖した。

美味い物に釣られたなどと言ってはいけない。世界共通の感覚は貴重なのです！

まあ、ルージュさんを始めとした何人かのダンジョンマスターは、純粋に私を案じてくれたのだけど。戦闘能力皆無が事実である以上、後輩を放っておけなかったらしい。

あれから数日、ルージュさんは再び私のダンジョンを訪れていた。彼女曰く、『今回のことは、ちょっと意地悪ね』だそうな。正直なところ、私が戦闘能力皆無と公言しているため、手合わせを申し込む輩が出るとは思わなかったらしい。

「あの植物学者……ニコラスっていうんだけどね。あいつは選民意識が強いところがあるのよ。だから、聖が創造主様と親しげなのが気に食わなかったんじゃないかしら？」

「ああ、『何でこんな奴が～』って感じ？」

「言い方は悪いけれど、その通り。あいつだって皇国のダンジョンマスターなんてやってるんだもの、相応しい腕と役目に対する責任感はあるわよ？　だからこそ……という想いもあるんでしょうね。戦闘能力皆無のダンジョンマスターなんて、前代未聞だから」

「なるほどー」

私を心配して、様子を見に来てくれたルージュさん発の情報に、さすがに煽り過ぎたかと反省する。要は、嫉妬じみた感情からああいった態度と言葉になったけれど、植物学者……ニコラスさんは基本的に真面目な性格をしているのだろう。

そういや、他の二人から弄られていた気がする。あれでも親しい友人同士なんじゃないか？

「真面目な方から見れば、聖に思うところがあっても不思議ではありません。確かに、ニコラス様の言い方にも問題があったでしょうが、一番の問題は聖がダンジョンマスターとしての自覚があるところを見せなかった点ですよ」

「いや、私なりに頑張ってるよ⁉」

アストさん、酷（ひど）いです！　優秀なヘルパーと仲間達に支えられているけれど、ちゃんとこの世界に貢献してますからね⁉

抗議するも、アストは呆れたような目を向けてくる。

「それも事実ではありますが、他のダンジョンマスター様方から見た場合、貴女はあまりにも娯楽方面に力を入れ過ぎなのですよ。そうですね……長い目で見れば、花粉症対策のように根付くものもあると思います。ですが、現時点でのダンジョンは完全に娯楽施設でしょうが」

「……」

「……」

「否定はしないよ？　今後も変える気はないけど」

「少しは真面目な姿を見せなさい！　それだけでも、皆様からの評価は変わるのですから！」

いーじゃん、いーじゃん、『娯楽施設・殺さずのダンジョン』で。というか、この『緩（ゆる）さ』があるから、挑戦者達だって気軽に希望を言ってくれるんだしさ。

そんな感じでアストと会話していると、不意に楽しげな笑い声が聞こえた。

「貴女達って、仲が良いのねぇ……それに、『ダンジョンマスターとその補佐役』っていうより、補佐役が保護者みたいよ。私だって、それなりに補佐役とは良い関係を築いているけど、貴女達みたいにはならないわ」

「補佐というより、頼れるヘルパーさんです」

「誰がヘルパーですか！」

「アスト。皆が頼る保護者、纏め役、そして私のお守り」

「く……！　否定できないとは……！」

アストは悔しそうだが、このダンジョンではそれが常識だ。だって、『ダンジョン』とか『魔物』とか『冒険者』なんて、私の世界では馴染みがないんだもの……！

これで『適切な意見を出せ』という方が無理なのです。そもそも、世界の在り方に差があり過ぎて、元の世界の知識が役立つかも怪しい。

なお、その失敗例の一つが『サモエド』であ〜る。『フェンリル』という名は知っているし、ゲームなどでは非常に馴染み深いため、『狼の姿をしたモンスター』ということならば判るのだ。

……が、『フェンリルの幼体』と言われてしまうと、全く判らない。親の姿が狼だから、子供も通常の狼同様に、親とよく似た姿という発想はある。そこまでは良かった。

しかし！　狼にしろ、その他の肉食獣にしろ、お子様の頃はぬいぐるみの如き愛らしい姿をしているじゃないか。はっきり言って、成体の持つ迫力や威圧感なんてものは皆無。

その結果が、『どう見ても、平和な顔をした大型犬にしか見えない』と評判のサモエド。真っ白でふわふわな毛並みの、サモエド（犬）にそっくりなフェンリルの幼体だ。

まさか、こんなところに世界の差が現れるとは思わず、アスト共々、固まったのも良い思い出ですよ。今はこれでいいと思ってるんだけどねー、サモちゃん。

そこまで考えて、ふと『あること』が気になった。

「そういや、ルージュさんの補佐役って……どなたです？」

あの報告会にも居たとは思う。ただし、補佐役は創造主である縁が作り出した魔人であり、その姿も様々だ。成人男性のアストはかなり判りやすいけど、性別のない少女（少年）姿のミアちゃんのような子だっている。他の人が連れていた補佐役達とて、性別・年齢が様々だった。

「あら……聖は会っていると思うわよ？」

「へ？」

意外な言葉に首を傾げて思い出すも、どう頑張ってもルージュさんが一人だった姿しか思い浮かばない。ええ？　私はルージュさんの補佐役に会っている、の？

「アスト、知ってる？」

困った時のヘルパーさん！　とばかりにアストに話を振れば、アストはやや視線を泳がせながらも頷いた。

「聖も会っています。……ですが、『あれ』は悪戯好きな面があると言いますか……その、聖が騙されているのを楽しんでいた節がありまして」

「はい？」

『騙されている』？　一体、どういうことだろう？

「普通に会ってくれれば良かったのに」

補佐役とはいえ、ちゃんと自我がある。悪戯好きな性格であっても、私は受け入れますよ？

益々、首を傾げてしまった私を見かねたのか、ルージュさんは笑いを堪えながら己の補佐役を呼んだ。

「ミラ！　ミラ、ちょっと来て！」

「え、『今日は補佐役を置いてきた』って言ってませんでした？」

それ以前に、ここはルイ達が経営するバーの一角。店内には私達しか客がいないので、呼んでも聞こえるはずはない。店の外に居たとしても、声が聞こえるかどうか。

「うちの子はちょっと特殊なのよ。私の能力を模しているから、私ができることなら可能だわ。それに、いくら何でも私の単独行動は許さないわよ。私の声と気配をずっと追ってくれていたから、この声も聞こえているはずよ。……ああ、来たわね」

その途端、ルージュさんの傍に一人の女性が現れる。その姿は……姿、は⁉

「どうしたの？　ルージュ」

「いきなり呼んで、ごめんなさいね。聖に紹介しようと思って」

「……え？」

私は目の前の光景に混乱中。私の目の前、ルージュさんが座っているすぐ傍に立っていたのは、どう見ても『もう一人のルージュさん』なんだもの。

「……聖。ミラの能力は、対象のあらゆるものをコピーすることなのですよ。ですから、聖は

『ルージュ様の姿をしたミラ』には会っているのです。ただ、姿どころか声もそっくりですから、ルージュ様とこれまで面識のなかった聖には判らなかったのかと」

呆気に取られる私を見かねたのか、アストが溜息を吐きながら解説してくれる。

「ああ、そういうこと……だから『悪戯好きな面がある』って言ったの」

「ええ」

思わず、温～い目を向けてしまう。対して、もう一人のルージュさん……もとい、補佐役のミラさんは機嫌よさげに微笑んで、小さく手を振っている。

「うふふ！　いいわね、この反応！　バレちゃったから、自己紹介するわね。私はミラ。ルージュの補佐役を務めているわ。能力は貴女が目にした通り、『あらゆるものを写し取ることができる』ってやつよ」

「改めて、初めまして。ここのダンジョンマスターをやってる聖です。補佐役って、能力とか姿に随分と個人差があるんですねぇ」

ミアちゃんが普通だから、基本的にアストと同じだと思っていたけれど……あれは単に、ミアちゃんの能力を見る機会がなかっただけだったんだな。

そんな考えを見透かしたのか、ミラさんは軽く肩を竦めた。

「どうしても、自分の補佐役を基準に考えちゃうものね。貴女の所に居るアストは所謂、万能型ってやつで、独自の能力を持たない代わり、全体的に高い能力を持つの。身体能力とか、魔法とか、武器の扱いといった感じにね」

「ああ、よく判ります。日々、お世話になってるヘルパーさんです。ちなみに、ダンジョンマスターを訪ねて来た人達の大半が、アストをダンジョンマスターと勘違いしますよ」

「「ああ……」」

ルージュさんとミラさんが綺麗にハモった。そして、アストへと向ける視線や表情もそっくり。

「憐みの目で見ないでくださいませんか⁉　聖！　貴女も何か言ったらどうです⁉」

「事実じゃん」

やや顔を赤らめたアストが助けを求めてくるが、私にもどうにもならん。私とて、『この人がダンジョンマスターです』なんて言ってないんだし。

「貴女達って、仲が良いのねぇ……！」

そんな私達の姿がおかしかったのか、ミラさんが楽しげに笑う。……ええ、仲良しですよ。だけど、貴女達だって相当だ。現に、ルージュさんと同じことを言ってるもの。

「私達はともかく、貴女達は仲が良い双子みたいですね」

思わずそう言えば、二人は顔を見合わせて。

「「そのつもりなの」」

……楽しそうだな、この人達。それ以外に言葉がない。アストも反論すれば二倍で返って来ると思っているのか、微妙な表情のまま沈黙を選んでいる。

——だけど、温泉でルージュさんの過去を聞いたせいか、私はちょっとだけ安心していた。

これなら魔物達に自我がなくても、ルージュさんは寂しくない、かな？　補佐とはいえ、仲の良い双子の姉妹として生活できているなら、最期まで笑っていられそうだもの。

第二十六話　お祭りの準備は念入りに　其の二

衝撃の事実――ルージュさんと補佐役のミラさんのこと――に驚くも、とりあえず落ち着いた。っていうかね、アストさん……知ってたなら、教えてよ。

「実は口止めをされておりまして」

「ミラさんに？」

ルージュさんは自分の補佐役が私と会ったことを知らなかったから、該当者はミラさんだ。

……が、アストは視線を泳がせた後、微妙に目を逸らしながらこう言った。

「いえ、創造主様です」

「縁ちゃーん⁉　何してんの、あの子はぁぁぁぁ⁉」

おいおい……それでいいのかよ、創造主様？　私達以外には『良い子』（意訳）じゃなかったかー？　なんで『悪戯好きのお子様』になってるのさ⁉

「ず……随分と、お茶目な性格におなりで」

素直に驚けば、アストは深々と溜息を吐いた。

「おそらくですが、聖の影響ですよ。創造主様はこのダンジョン内に限り、人の子のように振る舞っていらっしゃいますから」

「つまり、内面もお子様になる、と」

「……。まあ、そういうことです。事実、あの方は神としては幼い。他の創造主様方には見た目通りの扱いを受けていらっしゃいますが、あの方とて創造主の一人。ダンジョンマスターや我々は配下なのです。これまではそれなりに見えるよう、幼さを押し込めていらしたのでしょう。ですが、子供らしく振る舞うことが許される環境、子供として扱う聖や聖の世界の創造主様の存在……そういったことに慣れてきた結果、少々、悪戯心が湧いたのだと思います」

「おう……原因は私か！」

心当たりがあるだけに、否定できん！

……。

そういや、縁はサモエドとよく戯れている。あれもそういった『子供らしさ』の表れだったのかな。お子様らしく、もふもふな生き物にはしゃいでいるだけだと思っていたんだけど。

「あら、私は良いことだと思うわよ？」

言い出したのは、ミラさん。ルージュさんも同意するように頷いている。

「だって、創造主様は頑張っているじゃない？　ちょっとくらい息抜きは必要だと思うわ」

「ミラ！　貴女はまた、いい加減なことを」

「いいじゃない。アストだって、私と似たようなことを思ったからこそ、聖ちゃんに教えなかったんでしょ？　いつもの貴方なら、そもそも創造主様の可愛らしい悪戯に付き合ったりしないわ。職務に忠実な者として意見を言って、止めさせちゃうでしょ」

「そうよねぇ……。最近の創造主の変化は良いことよ。そうは言っても、私達には素直に甘えてくれないでしょうし、聖なら大丈夫と思ったんでしょうね」

顔を見合わせて頷き合う二人はまさに、双子の姉妹のよう。そんな姿に、先ほどのルージュさんの発言を思い出す。

……。

『貴女達みたいにはならない』って言っていたけど、あれは『言いたいことを言い合う主従ではない』っていう意味だったんだな。自分達は『仲良し双子の姉妹』というスタイルだから、言い争うようなことにはならない、と。

確かに、私達とは違うだろう。うちは『主従逆転傾向にある、苦労人のヘルパーとアホの子』だから、ルージュさん達のように振る舞うことはない。

……いいんだよ、アホの子で。ダンジョンマスターとしてはあまりにも緊張感や存在感がないと、日々、言われてますからねー。

「貴女達の言い分も否定しませんが、聖に余計なことは言わないでください！　これ以上、緊張感のないお馬鹿になったら、どうしてくれるんです！」

「いいじゃない、楽しくて」

「私は歓迎するわよ」

「『ねー』」

「く……！」

仲良し姉妹（仮）に言い負かされ、アストは何だか悔しそうだ。私達にとっては頼れる保護者でも、他の補佐役達からの印象は違うのかも。

前も思ったけれど、アストは補佐役としてはかなり若い部類なのかもしれないんだよね。ミアちゃんも年上だし、真面目な性格と見た目で誤魔化されてる感じ。

そもそも、私はアストがミラさんとルージュさんの入れ替わりを黙っていたことを怒っていない。今なら、私にも二人の区別がつくもの。

これは目の前で会話をしてくれたから気付けた。ルージュさんは私のことを『聖』と呼ぶけど、ミラさんは『聖ちゃん』と言っているからね。

ダンジョンマスターと補佐役との間に身分差めいたものがあるかは判らないが、基本的に彼らが呼び捨てにしているのは己の担当するダンジョンマスターのみ。そういった点も、親しさというか、主従の絆的なものなのかもしれない。

「と……とにかく！　あと数日で初戦になってしまうのです。聖、貴女には何か考えがあるのですか？　手駒として動いてもらう魔物達を決めた以外に、何かをしているようには見えないのですが」

半ば無理矢理話題を変えた感がありありだが、アストの言葉に、ルージュさん達も姉妹のじゃれ合いを止めて私へと心配そうな目を向ける。

「聖、大丈夫？　あいつの所の魔物って、それなりに強いと思うわよ？」

「そうそう！　ダンジョンマスターが植物学者というだけあって、植物系の魔物が殆どなんだけど……言い換えれば、特性とかを十分に理解しているのよ。自分の陣地の構造は勿論、魔物達の能力が阻害されるような采配ミスはほぼないと思った方がいいわ」

あら、やっぱりニコラスさんは優秀な人らしい。植物学者が作る、植物系魔物で構成されたダンジョンかぁ……人にとっては、中々に厄介だろう。

……しかし、私にもダンジョンマスターとしての意地がある。

「一応、考えているよ、アスト。今回はお互い、ダンジョンの情報を事前に通達されているからね。ダンジョンの扱いこそ違うけど、私とウォルターさんの所が似たような印象を受けた」

「ウォルター様はご本人も軍人でしたからね。人型の魔物を主軸にして、残りは補う能力を持つ魔物達での構成でしょう。残るお一人は確か……アンデッドを好んで使う方でしたね。これはご自身が死霊術師――所謂（いわゆる）、ネクロマンサーと言われる存在に近いことが原因でしょう」

「私はそれが一番吃驚（びっくり）だったけどね！　それだけ聞くと、三人の中で一番ヤバそうなんだもん！」

……そう、一見、穏やかというか、知的に見えた魔術師っぽい人は。

実際には、一番ヤバそうな職業に就いておいででした！　植物学者なニコラスさんが割と素直に口を噤んだのも、過去に何かあったからではあるまいか。

「勿論、そっちも考えているよ。私の考えが正しければ、二人とも何とかなる。明日あたりに頼んだ品も届くだろうし」

対策はバッチリです。後は『異世界から通販した物』の到着を待って、皆に説明です。

「異世界の？　聖、貴女はまた勝手に通販をしたんですか」

「いいじゃない、アスト。今回は『必要な物』なんだからさ！」

アストは呆れながらも、無駄とは言わない。ここ一年ほどの間に『異世界の物は侮れない』と知ったこと、そしてその知識がこの世界でも活かせると実感したせいだろう。

「聖の世界って魔法がないいんじゃなかった？」

「ニコラスはともかく、あの死霊術師は厄介だと思うけど……」

対して、ルージュさん達は不安そうだ。魔女という職業柄、魔法がない世界での対抗手段というものが思いつかないのだろう。


そだね、確かに『魔法に対抗する魔法』というものは存在しない。

だけど、『魔法が成した事態に対抗する手段』なら思いつけるんだよねぇ。


「まあ、何とかなりますって！　当日、宜しければここで観戦します？　お酒なり、お菓子なり、用意しますよ？」

「「是非！」」

綺麗にハモって、即承諾。……アスト、呆れた顔しないの！　ルージュさん達は私を案じてくれているんだからさ！

第二十七話　お祭り開催　～聖VS植物学者～

——とある空間にて

私達が居るのは広い一室。モニタールームになっているらしく、空間には今回使われるダンジョン内が映し出されていた。

「じゃあ、打ち合わせ通りお願いね」

にこりと笑って、今回のメンバーへと激励を。なお、面子はアスト、凪（なぎ）、ルイという構成だ。それに加え、私の護衛というか癒やしとして、ネリアが膝に居る。

「聖（ひじり）……貴女という人は……」

今回の作戦を伝えたせいか、アストは呆れた様を隠さない。苦笑しているルイも、どちらかと言えばアスト寄りの心境だろう。

ただ、凪だけは納得の表情で頷いている。凪は私と同じ世界の住人だったことがあるので、私が立てた作戦にも理解がある模様。

「大丈夫！　ゼノさん達に外から植物系の魔物を連れて来てもらって、実験したかったから！」

「ほう？　効果は？」

アストの言葉に、私はにやりと笑うだけ。それで察したのか、アストは何も言わなかった。

「じゃあ、手順の確認ね。こちらの陣地はある程度敵を引き込んだら、仕掛けが動く。それまでは『それ』の使用は禁止。使うのはあちらの陣地に乗り込んでからだよ」

指差した先にあるのは、三人に持ってもらう大きな袋。中には『とある物』が大量に入っているため、そのまま持つと結構重い。

それを解決したのが、凪だった。

『重力を弄ればいいい。袋に入っている間だけ、軽くなればいいんだろう？』

そんな言葉と共に、元の世界の知識を駆使し、術を組み立ててくれたのだ。だから、正確には中身の重さが変わったというよりも、『重さを感じなくなる袋』という不思議アイテムになっている。

私自身に魔法の知識がないから、原理とかはよく判らないんだけどね。

「こちらの陣地の仕掛けである程度の戦力を削いだら、僕達が動くんですよね」

「そう。役割的には凪が二人への攻撃を牽制し、アストとルイが攻撃って感じかな」

「ふふ、何だか楽しみです。こんな時は僕も魔物なのだと、痛感しますね。やはり、戦闘には心躍ってしまいます」

「了解した」

楽しげな、いつもは見られない表情のルイに頷き、役割分担を確認。頷くルイと凪も望まれた役目が判っているため、特に疑問はないみたい。

「私まで組み込まれたのは何故かと思っていたのですが、その作戦を聞くと納得です。確かに、植物系の魔物は攻撃範囲が広い者もおり、暴れられれば厄介です。少数精鋭という点も、理解できます。しかし、まさかこんなことが可能とは……！」

アストは未だ、苦悩中。自分の常識が覆る事態に、心が付いて行かないのだろう。放っておけば、がっくりと膝を突きそうな雰囲気だ。楽しめばいいのに、真面目な奴である。

――そこに響く縁(ゆかり)の声。

『二人とも、準備はできた？』

「うん、準備完了してる」

『こちらもです』

『そっか……え？』

其々(それぞれ)が返すも、縁が戸惑ったような声を上げた。

『聖達、本当にこれでいいの？』

……どうやら、縁を困惑させてしまったようだ。ま、まあ、縁にはこちらの面子どころか、『仕掛け』が全て見えているだろうから、理由を知らなければその反応も仕方ないのかも。

しかも、攻め込むのは三人。三人とも戦闘能力が高いとはいえ、少数精鋭にも程があるだろう。

「大丈夫、意味があるから」

『そ、そう？　それならいいんだけど』

そう言いつつも、縁は納得していないようだ。ただ、これればかりは結果を見てもらうしかないんだよね。ここでネタをばらしたら、向こうにも聞こえちゃうだろうし。

『それじゃあ、ルールをもう一度説明するね。今、君達のいる部屋がダンジョンの最奥という扱いになっている。そこまで攻め込んだ方が勝ちだよ』

「ダンジョンマスター討伐はいいの？」

『あくまでも【お遊び】だからね。それに、これはダンジョンマスターの采配というか、戦い方を確認するためのものでもあるんだ。だから、ダンジョンマスター自身が戦闘に参加したければ、攻め込めばいいんだよ。勿論、途中で討伐されたとしても敗北にはならない』

なるほど、特殊ルールでのお遊びってやつなのか。本来ならばダンジョンマスター討伐がダンジョンの死に繋がるけど、これはダンジョンマスター自身も駒に組み込まれた『ゲーム』。

『お遊び』と言っても、怪我はする。だから、戦闘が苦手なダンジョンマスターは攻め込まれないような采配をし、逆に戦闘が得意なダンジョンマスターは自分を最強の駒に見立てて、特攻してくることもある、と。

「了解、説明ありがと」

『じゃあ、始めるね！』

縁がそういった途端、ガラスのような『何か』が砕ける音が響き、不思議な感覚が襲う。

「双方のダンジョンが繋がったのでしょう。当初、モニターは自軍の兵とダンジョンしか映しません。よって、相手のダンジョンを知るためには、自軍の兵を敵陣営に送り込む必要があるのです。まあ、後半になれば自由に見ることができるのですが……これは混戦になった際の状況把握や、兵の生き残りを見つけるためであって、今回のようなケースでは我々三人に視点が絞られるかと」

「こっちにとって、それは好都合ね。仕掛けが発動するまでバレたくないもの」

パチン！　と指を鳴らせば、三人の口元にも笑みが浮かぶ。私達は負ける気がない。だからこそ、のんびりと会話をしているのだ。

——だって、敵をこちら側に引き込まなきゃならないんだもの。


『随分とのんびりしているようですが、こちらの魔物はそろそろそちらに攻め込みますよ？』

どこか得意げなニコラスさんの声に、モニターを確認する。そこには——

あからさまに禍々しい雰囲気の植物系魔物達が、こちらの陣営に押し寄せてきていた。これがニコラスさんご自慢の魔物達であり、彼のダンジョンを守っている『守護者』なのだろう。

だが、私はモニター越しに見た彼らの姿に首を傾げる。

「……あれ？　植物系の魔物だってことは判るけど、うちの子達と随分違うね？」

うちの子達、こんなに禍々しくないもの。戦闘状態でなければ迷子を保護したり、こっそりおやつ——甘い実が生るのだ——を提供したりと、大変優しい子達です。

なお、彼らに一番世話になっているのはサモエドだ。

サモエド、ネリアの子供達の後を追って、木に登りたがるんだけど……まあ、種族差というか、体の構造上、それは儚き夢『だった』。可能にしたのは、植物系の魔物達。

彼らは蔦を動かし、さりげなくサモエドを支えてサポートしてくれたのだ。時には枝を足場代わりにさせ、蔦で落ちかけた体を吊り上げたりと、保護者も安心の気遣いっぷりです。

それはアスト達も知っている。だからこそ、私はモニターに映った禍々しい植物系魔物達がちょっと信じられない。見た目からして、違うんだもん！

「それが普通なのですよ、聖。うちのがおかしいだけです」

「優しい子達じゃない！」

「魔物が犬や人間の友となって、どうします！　本来のダンジョンの意味を考えれば、あちらこそが正しい姿なのですよ。貴女の影響で平和ボケどころか、平和な見た目の者達と一緒にするのではありません！」

「ええ……いいじゃん、平和で」

ねー？　と膝のネリアに同意を求めれば、可愛く鳴いて同意する。アストへと向ける目が、どことなく批難に満ちているのは気のせいではあるまい。

……このネリア、サモエドと一番仲良しの子ネリアの親だもの。その縁で植物系魔物達と仲が良く、一緒に子供達を見守っていたりする。

子供達を見守ってくれる優しい存在に感謝し、仲良くなるのは自然なことでしょ？　アストもそれ以上は言わない！　ネリアに引っ掻かれても知らないよ？

第二十八話　お祭り開催　～聖ＶＳ植物学者の決着～

植物系の魔物達は勢いよくダンジョンを進んでいく。その光景を私は――いや、『私達』はモニター越しに眺めていた。

「……。こちらが全く動かないことを奇妙に思わないのかな？」

普通は警戒すると思う。だって、いかにも『誘い込んでます！』って感じに見えるもの。だが、ルイは首を横に振った。

「自分の兵……魔物達の強さを信じているのだと思います。創造された魔物である僕が言うのも何ですが、植物系の魔物はある程度育ってしまえば、その生命力や攻撃範囲、そして力強さは脅威ですからね。通常、ダンジョンのような暗い場所では、それほど大きく育たない。だけど、創造された魔物ならば、その常識は通じませんよ」

「ああ……普通の魔物だと光合成ができないもんね。十分な水もないから、ダンジョンでは成長しにくいのか。だけど、最初から成体である上、主が強化していたら……」

「脅威でしょうね。いくら武芸に秀でた英雄であろうとも、侮れませんよ」

魔物と言えども植物。奴らの成長にはダンジョンマスターの愛が必須らしい。

「植物学者って言ってたけど、伊達じゃないんだね。自分の配下の植物達を可愛がっているから、あそこまで成長してるのか」

そりゃ、自信をもって送り込むだろう。見るからに強そうだし、機動力も十分だ。狭い通路があったとしても、蔦や胞子——あるかわからないけど、一応——を使えば、戦闘は有利にできる。

凄いな、植物（魔物）！　育ててくれた恩は、行動で返すのかい！

……もっとも、向こうの魔物達に自我なんて存在しないけど。

ただし。

それは『現時点では存在しない』というだけであって、今後は判らないけどね。

「怖いな！　あっちの植物達に自我があったら、絶対に意地でも勝とうとするでしょ。あそこまで成長できたのがダンジョンマスターの功績なら、相当可愛がられてるってことだもの。従うべき支配者という以上に、親を慕うように恩返しするでしょうよ」

「そうですね、今の僕達がまさにその状態ですから……確かに厄介です」

その状況にある魔物として共感できるのか、ルイが何度も頷いた。そんな私達を見て、アストは目を眇める。

「聖の行動は、ダンジョンマスター様方に影響を与えそうですね」

「そうは言っても、自我があれば割と当然のことじゃないか？　狭い世界と言ってしまえばそれまでだが、創造主という絶対的な存在が手をかけ、慈しんでくれるんだ。俺だって、聖でなければダンジョンに括られようとは思わなかった」

「凪が言うと説得力がありますね」

呆れたように、けれど微笑ましげにアストが目を細める。そんなアストに凪は珍しく小さな笑みを浮かべた。

「俺はこれまでのことがあるから、今の幸せがどれほど得がたいものか理解できているんだ。ルイ達だって、初めて手を差し伸べられた時は戸惑ったと言っていた。……ダンジョンの魔物達にとって聖が向けてくれる好意は、本当に馴染みのない感情なんだ。それを与え続けてもらえるのなら、今度は自分が守ろうとするだろう？　聖も大概だが、俺達だって自分勝手なんだよ」

「……。そう、ですね」

凪の言葉に、アストはそれだけを返す。それで十分なのか、二人の話を聞いていたルイも微笑んで見守っていた。アストも丸くなったものである。

そんなことを考えつつモニターへと視線を向けたら、予想以上のスピードで魔物達が進軍していることが判った。フェイクとしてバリケード擬きを各所に設置していたけれど、盛大にぶち壊して進軍してきたらしい。

「三人とも、そろそろ出番かも」

私の声に、三人は視線をモニターへと向けた。

「進軍してきた奴らは全て、こちらの陣地に入ったようだな」

「フェイクとして設置したバリケードを全部壊しているから、『そちらに進まれたくない』って思ったんだろうね。まあ、これはニコラスさんの判断だろうけど」

学者というだけあって、そういったことはたやすく察するだろう。ただし、ダンジョンマスター相手の実戦慣れしていないニコラスさんだからこそ、それが罠という可能性に気付きにくい。

「ニコラス様が警戒しているのは、我々が未だに出て行かないことかもしれませんね。そのため、あのようになっているのでしょう」

アストの指摘したもの——それは『こちらのダンジョン内を侵食している植物達』。戦闘担当と分かれているのか、その植物達は壁の至る所に張り付き、進路と退路を確保しているようだ。
まさに『侵食』。植物達はこちら側の陣地を、自分達のテリトリーにしようとしているよう。

「まあ、それも構わないんだけどね。じゃあ、そろそろやろっか」

言い終わった直後、ダンジョンを操作する。今回、こちらの陣地には頭を悩ませる謎解きも、怪我をするような仕掛けもない。あるのはたった一つ。

「さて、これに耐えられるかな？」

その直後、ダンジョン内に幾つかの魔法陣が出現する。あちらの陣地との境目にも設置したので、植物達は逃げられまい。

魔法陣が輝くと同時に、大量の水が溢れだす。まさに、植物達を押し流さんばかりの勢いだ。

『おやおや……ですが、貴女は甘い。植物達は根を張る生き物なのですよ？　いくら水圧が強かろうとも、植物達は通路を埋め尽くす勢いで広がっています！　押し流すのは無理がありますね』

「そうねぇ、『押し流す』のはね？　でもね、私の目的はそれじゃないの」

『何ですって？』

意味深なことを告げた私に、ニコラスさんが訝しげな声を上げる。対して、私は黙ったまま。

『いい加減なことを言うのではありません。ご存じないようですが、植物系の魔物達は特に水に強いのです』

「植物系の魔物達は水のある所に群生し、その数を増やします。その水を吸い上げ、糧とするのです。人々が彼らの住処となった水源を取り戻そうとする場合もありますが、非常に難しいと言われていますね。豊富な水によって成長した彼らは脅威なのですよ」

「まあ、水と光ですくすく成長するだろうしね」

アストの解説も納得だ。普通の植物ならば水の遣り過ぎは良くないだろうが、彼らは『植物系の魔物』。魔物なのですよ、ま・も・の！

たっぷりのご飯を得て、元気一杯です。成長だって、著しいことだろう。

「でもねぇ……今回はその特性が仇になるのよ」

にやりと笑って、そう返す。ニコラスさんからの返事は期待していない。だって、もうすぐ効果が出て、それどころじゃなくなるもの。

『何ですって……な、これは！』

訝しげな声を上げかけたニコラスさんだが、直後に私の言った意味が判ったのだろう。私もモニターを眺め、期待通りの効果を確認し、満足げに笑った。

「どお？　異世界産の『超強力・除草剤』の威力は！」

私が元の世界から取り寄せた物、それは『除草剤』！　『植物系魔物は水を吸い上げる特性がある』と聞き、除草剤入りの水による『こちらの陣地の水没』を狙ったのだ。

たかが除草剤と言うなかれ。その威力は本物……間違いなく『殺草剤』とも言うべき効果があるのだよ。
その原因は、この世界にこういった物がなかったせいだったりする。
「この世界には、元から除草剤みたいなものがない。だから、『全く耐性がない』！　特に、植物系の魔物達は『生きている』から、普通の植物の何倍も威力があるんでしょうね」
……冷静に言っているが、これを試した時は心底驚いた。ゼノさん達に捕まえて来てもらった植物系魔物をケースに閉じ込め、『魔物だから、原液でいってみるかー』などと安易に思い、実行した直後。

ケース内の植物系魔物は壮絶に苦しみ出し、あっという間に枯れた。猛毒かよ、これは！

冗談のようだが、これは事実だったり。好奇心いっぱいに眺めていたサモエド共々、盛大にビビり、興味深げに眺めていたルイへと抱き付いたもの。
あまりのことにルイも顔を引き攣らせていたけれど、私達の反応にも納得してしまったのだろう。抱き付いている私とサモエドを邪険に扱ったりせず、暫くそのままでいてくれた。

——ちなみに、これは私達三人だけの秘密である。

まさか瞬殺とは思わなかったので、他の人に見せる時間がなかったとも言う。

哀れな植物系魔物はそのまま枯れ果ててしまったので、謝罪と感謝の意味を込めて、このダンジョンの魔物として復活していただいた。悲惨な最期を迎えてしまったので、今後は幸せに過ごしてくれればいい。

モニターから見るダンジョン内は阿鼻叫喚の地獄絵図。もとい、水が退き始めた今、力尽きて変色した植物達が力なく流されて行っている。

「……。聖？　貴女、この威力を知っていたから、『大丈夫』と言ったのですか？」

「あ〜……う、うん、まあね。ここまで一斉に全滅すると、壮観だわぁ……」

それしか言えん。元の世界の宗教で申し訳ないが、ＢＧＭにお経でも流した方がいいのだろうか？　もしくは聖歌とか。

……。

だって、それくらい盛大に全滅してるんだよー！　何これ、怖い！　超怖い！

自分でやっておいてなんだけど、特例のゲームじゃなければ絶対にやらん！

「……これ、俺達の出番はあるのか？」

言いながら凪が視線を向けたのは、各自に持って行ってもらう予定の袋。中身は小瓶に入れた強力除草剤の原液だ。

「いやぁ……その、もうちょっとしぶといと思ってたからさ？　生き残りや、あちらの陣地に残ってる奴相手に使ってもらおうと思ってたんだよね。敵に向かって投げた後、アストやルイに瓶を割ってもらえば、原液が命中するかなって」

今回、必要だったのは『遠距離攻撃ができる者』。アストは銃を使うし、ルイも魔法主体で戦える。凪は個人の戦闘能力が特出しているので、二人への攻撃を防ぐ役だった。

『ば、馬鹿な……私の植物達が一瞬で、それも水によって全滅だと……？』

ニコラスさんは自分の見た光景が信じられないのか、呆然としているようだ。そんな彼の様子が容易に想像できてしまい、私の胸には何かがザクザクと突き刺さる。

「えっと……とりあえず、生き残りもいると思うから、三人はあちらに向かって。ゲームも終わらせなきゃならないし、予定通りの行動でいこう」

「鬼ですか、貴女は」

「アスト、煩(うるさ)い。だって、ゲームを終わらせなきゃならないでしょ!?　仕方ないじゃない！」

アストの突っ込みに条件反射で言葉を返すも、心の中では深く同意する。そうだね、人としてこれ以上の追い打ちはどうかと思うもの。

……。

ニコラスさん、本当にごめんなさい。ちょっと、遣り過ぎました。

本当に、本当にすまんかった……！

第二十九話　お祭り開催　～聖VS植物学者　その後～

その後、物凄くあっさりと勝利を収め。私達は全員が無傷のまま、ダンジョンに戻った。

「えーと……お帰りなさい。お疲れ様でした」

エリクはそう言ってくれたけど、その顔は引き攣っていた。思わず、『その反応も当然か』と思ってしまう。明らかに、異様だったものね。

「この世界には除草剤がないから効くとは思っていたけれど、あそこまで効くのは予想外だった」

「ああ……やっぱり、元の世界の物を使ったんですね」

「うん。魔法がない代わり、技術が発達した世界だからね。雑草は放っておくと物凄い繁殖力をみせたりするから、こういった物の開発にも力を入れたんだと思う」

「技術力の勝利ってやつかぁ」

「それと、人が努力した歴史の重みってやつかな。人の可能性は侮れないってことだよ」

エリクは素直に感心しているようだ。他の魔物達とて、この展開に驚きはしたものの、私や私の世界の技術に対する畏怖は感じられない。

「私達は魔物だもの。それにねぇ、聖ちゃんが私達に酷いことをするはずがないって知ってるわ。だから、怖がることなんてないわよぉ」

「ありがと、ソアラ」

それを言葉にしてくれる優しさが身に染みる。そう思うと同時に、ニコラスさんへの申し訳なさが募った。あの人、絶対に自分が創造した魔物……植物を大事にしていたよね。私のように家族という扱いじゃないけれど、可愛がっていたことは確実だと思う。

「今回は手合わせですから、死亡した魔物達も今頃、復活していることでしょう」

「良かった！　本当に良かった……！」

頼れるヘルパー、もとい、アストが言うなら確実だろう。凪（なぎ）やルイも私と同じ心境だったのか、どこかほっとした様が見受けられる。

「でも、ちょっとお詫びの品を贈っておこうか。丁度、通販した物もあるし」

「おや、何を贈るつもりで？」

意外、と言わんばかりに尋ねてくるアストへと、私は笑顔を向ける。

「私の世界の肥料一式。うちの子達にも効果があるから、植物学者としては興味を示すと思う。あ、そうだ。折角だから、うちの子達に持って行ってもらおうかな。今なら、直接渡せるよね？」

「手合わせ終了直後ですから、このダンジョンにいらっしゃいますよ。……まあ、いいでしょう。かなり憔悴していらしたようですから、多少は慰めになるかもしれません」

「僕達があちらに行っても、無反応でしたからね」

「ええ……それはまずいんじゃ」

おいおい、大丈夫なのかニコラスさん。ルイの言葉が正しいのなら、相当ショックを受けてやしないだろうか？

「手合わせを言い出したのは向こうだからな。聖が罪悪感を抱くことはない」

凪がきっぱりと言い切ると、アスト達も頷いた。う、うん、今回は割り切ろう。

そんなことを話している間にも、私の指示通りに肥料が持ち出されていく。並んで運んでいるのは、私の創造した植物系魔物達。その先頭の一体が、私がこのダンジョンの魔物として蘇らせた植物君（仮）である。

「植物君、ニコラスさんに宜しくね」

『わかった！』

声なき声が頭の中で響き、植物君の頭？　らしき場所にある葉っぱがざわざわと揺れた。

「聖さんが植物にも慕われているって、理解してもらえればいいですね」

私の心境を察したのか、エリクが慰めるように言葉をかけてくれる。ただ、私は苦笑して肩を竦めるにとどめた。

「うーん……どうだろ？　ニコラスさんが植物に優しい人なら、私への態度も軟化するかもね」

そうは言っても、私は今回、盛大にやらかしたけど。

どう見ても、全植物――魔物含む――の敵です。本当に申し訳ございませんでしたっ！

――その後、帰って来た植物君達は、帰還したニコラスさんからの手紙を持っていた。

『あの所業は許せないが、貴女の世界の技術には感動した！』

そんな言葉から始まる手紙には、『ゲームだし、実際の被害もないから、気にするな』（意訳）ということが書かれている。彼は植物達を案じて即ダンジョンに戻ったため、手紙になった模様。

どうやら、植物君達は身振り手振り……えっと、蔦振り枝振り……かな？　まあ、とにかく！　私が気にしていたことを伝えてくれたらしい。

植物学者なニコラスさんとしては、そこまで植物系魔物達と良い関係を築けている私を見直したんだそうな。何より、お詫びの品にいたく感動していらっしゃった。

『あの』超強力・除草剤の威力を見た以上、その逆……所謂『育てる薬』とも言うべき肥料には大いに期待できると。あと、植物君達も気に入った模様。

『たまには、そちらの植物を見に行ってもいいか？』と書かれていたので、快く了承しておいた。うちにも植物系魔物が居る以上、植物学者と縁が築けるのは心強い。

「うちの子達は定期健診やってるし、定期的に虫が付かないようにしてるから、ちょっと違うかもしれないけど。でも、植物を可愛がる学者さんなら、相談に乗ってくれそうだよね」

魔物と言っても植物なので、外から人が来るダンジョンという環境では安心できない。外から葉や根を食い荒らす虫が来たり、挑戦者経由で病気になったりしても嫌だもの。

「そういえば、あの虫よけの薬は平気でしたね。あれは大丈夫なのでしょうか？」

「枯れさせるような成分でなければ、大丈夫とか？　多分、『虫や病気という、植物にとって脅威となるものの駆除』って感じなんだと思う」

「なるほど」

「その分がっつり育って、強靭な体になったりして」

「え」

可能性としてはあるよね？　少なくとも、薬物耐性はついてそう。

※※※※※※※※

――某所にて
「ほう！　これが魔法がない世界の技術か！」

「なんと興味深い……人の努力とは、侮れないものなのですね」

聖との対戦を控えている二人のダンジョンマスターも当然、この手合わせを観戦していた。ニコラスと違い、沈黙し続けた聖の采配に警戒心を募らせていたのだが。

「まさか、一気に全滅近くまでもっていくとはな。これでは従えている魔物の強さが判らん」

そう呟き、残念そうな顔をするウォルター。彼は自身が軍人だったからこそ、純粋に強者との手合わせが好きなのだ。

「貴方にとってはそうなのでしょうね。ですが、私にとっては喜ぶべきことですよ」

「ほお……あの一方的な蹂躙（じゅうりん）を見て、興味を覚えたか？」

「ええ。薬は私が主に使う手駒達には効きませんが、彼女は無力ではないのです。そもそも、戦闘能力がないのは、元の世界との繋がりを欲したゆえ。あれもまた、彼女の強さなのですよ」

「確かにな」

彼ら二人は皇国のダンジョンマスターを務めるだけあって、中々に好戦的な性格をしている。ゆえに、聖とニコラスの手合わせを見た後に感じるのは『恐怖』ではなく『歓喜』！

「異界の技術を使うのか、それとも己の手駒達を頼るのか……。彼女の遣(や)り方は全く読めなくて、だからこそ楽しみなのですよ」

上機嫌を隠そうともしない同僚に、ウォルターは苦笑した。

「それでは、次は貴殿がいくかね？」

「宜しいので？」

「無論。それにな、順番など意味がなかろう？　我らが其々(それぞれ)異なった戦い方をする以上、誰の手合わせも参考にならんよ。おそらく、手を変えてくるだろうからな」

「ふふ、確かに。では、二番手は私が参ります」

一見、知的で優しげに見える男の職業は『死霊術師』。アンデッドを駆使する術に長け、一般的には忌み嫌われるその職を誇る『異端』。

その男の興味を、聖は見事に引いたようだった。

第三十話　お祭り開催　～聖VS死霊術師　其の一～

初戦をめでたく勝利した私達。次の相手は、死霊術師なダンジョンマスターとなった模様。

「あれだけのものを見せたんだもの。きっと、興味を引いたわよ」

とルージュさんが言っていたので、死霊術師なダンジョンマスターは『あの』植物系魔物全滅未遂事件を目にし、異世界の技術に興味を持ったのだろう。

……。

除草剤で死霊術師の興味が引けてしまったようです。恐ろしや、我が世界の技術。

先の一件と合わせて兄貴（私の世界の創造主）に伝えたところ、盛大に笑われてしまった。まさか、そこまで劇的な効果があるとは思わなかったらしい。

『いやいや……俺の世界の奴らもやるじゃねぇか！』

どこか誇らしげなのは、気のせいではあるまい。人の努力の勝利ですよ、兄貴……！で。

次のお相手は死霊術師。ということで、こちらも色々と通販済み。参考資料として、各種ホラー映画のＤＶＤも購入し、我がダンジョンの皆で観賞会を開いたりもした。

「……。えっと、聖さんの居た世界って、魔法がないんですよ、ね？」

ホラー映画鑑賞後、顔を引き攣らせながら問うエリクに、勿論！　と頷いておく。

「うん、そうだよー。だから、こういったものは人の想像力と、演出技術の賜だ」

「魔物もいないのに、凄過ぎますよ！　ちゃんと化け物になっているというか、人の脅威として描かれていますし、絶望的な状況からの巻き返しも圧巻です！」

「まあ、ラストは『爆破して終了！』とか、絶望しかない、救いのないエンディングも存在するけどね。『恐怖』ってのを、様々な意味で捉えているんだと思うよ」

私の世界のホラー映画って、本当にそう思う。『化け物が怖い』『パニックが怖い』『元凶になった技術が怖い』『極限状態で裏切る、人の心理が怖い』……といった感じに、複数の『恐怖』が散りばめられているじゃないか。

「化け物だけが恐怖の対象だったら、ホラー映画は何種類も作られないだろうね。こう言っては何だけど、人の心にじわじわ来るものがあるから、何作も作られるんじゃないかな？」

単純に『化け物が怖い』で終わらない。作中では立ち向かう人の強さも描かれているから、ハッピーエンド――と言うには、犠牲者が多いけど――を迎えた時、安堵するのだろう。

「貴女のいた世界への認識が変わりそうですよ……何故、魔物が存在しないのに、わざわざこのような物を作るのか」

「一応、伝承とか、神話とか、言い伝えみたいなものの中には、魔物も存在するよ？　証拠がないというか、存在を証明されていないから、『魔物はいない』って言ったけど」

感心半分、呆れ半分のアストには悪いが、それが現実なのだ。確実な存在証明がない限り、『魔物』や『魔法』は『現実には存在しない』ということにされてしまう。

「ただ、解明できない事件とかもあるから、もしかしたら、存在するのかもね」

そう締め括ると、アストは改めてＤＶＤのパッケージに視線を落とした。

「そういった曖昧な情報から想像力を働かせ、このような物を作り上げるのです。その情熱と技術には感心しますよ」

呆れるべきなのか、認める部分は褒めるべきなのか、アストは迷っている模様。だが、そんなアストの戸惑いも当然のことだと思えてしまう。

……。

そだな、この世界からすれば『娯楽目的で、恐怖を感じ取れる物を作っちゃった♪』という発想が信じられまい。魔法を使うことなく、それを可能にする人の技術も同様に。

「まあ、いいじゃん？　こういった物が溢れる世界で育ったからこそ、対策ができるんだし」

「ですが、あの方はアンデッドだけではないのでしょう？」

「う……！　そ、そっちも対策は万全だけど、あんまり思い出したくはないかな……」

アストの指摘に、思わず顔を強張らせる。それは勿論、『アンデッドが怖い』といったものではなく、今回の相手が使う『もう一つのもの』が原因だった。

「何で、死霊術師が『虫系魔物』も使うかな⁉」

「仕方ないでしょう。ダンジョンの魔物として、創造できるようになっているのですから」

「だからって、ジャイアント・コックローチなんて選ばないで欲しい……！」

ええ、名の通り『巨大ゴキブリ』です。見た目も、動きも、元の世界そのままだったさ。それに加えて、でかいのだ……『人を襲う魔物』なので、仕方ないのかもしれないけど。

この情報を知った女性陣は固まり、男性でさえも顔を引き攣らせる人が出る始末。これは私の影響とか、ジャイアント・コックローチの見た目が問題というだけでなく、その凶暴性が原因だった。


えぐいのよ、殺し方が！　間違いなく、年齢制限が入るグロ映像ですよ……！


「アンデッドを使うからこそ、その元になる『素材』が欲しいのでしょう。虫、それも大型の虫系魔物達は攻撃力が強く、その見た目からも嫌悪される存在です。ジャイアント・コックローチは動きも速く、その勢いのまま人に突進します。壁との間に挟まれ、絶命する者とているのですよ。食い殺されるのと、どちらがマシかは判りませんが……狭い場所においては脅威でしょう」

「言いたいことは判る！　十分に判るけど！　何か、デメリットとかないの？」

そんなに強力ならば、どのダンジョンマスターも使いそうな気がする。ただ、それならば人の側とて、何らかの対策を取れてしまうような。多くの経験は人を育てるもの。

だが、そんな対策はないらしい。未だにジャイアント・コックローチが『脅威扱い』ということは、好んで使うダンジョンマスター自体が少ないのではなかろうか。

私の素朴な疑問に、アストは一つ頷いた。

「虫系の魔物達は知能が低いと言いますか、本能に左右されがちのところがあるのです。ダンジョンマスターの命令よりも、目の前の生き物を食い殺すという『本能』が優先されてしまう場合もあります。よって、基本的に該当エリアに放置、という使い方をしますね」

「ああ、そういうオチがあるのかぁ……確かに、作戦も何もあったものじゃないわ。今回の死霊術師なダンジョンマスターみたく『アンデッドの材料が欲しい』とかじゃない限り、指示に従ってくれない魔物は自軍を不利な状況にしかねないものね」

「そういうことです。まあ、見た目も主な理由の一つでしょうね」

納得する私に満足したのか、アストはそう締め括った。ちょ、やっぱり、見た目の問題か。

「ん～……でもさ、うちにも蜘蛛達が居るじゃない？　アラクネは半分女性の体だけど、アラクネとセットで、配下の子蜘蛛達だっている。アラクネは勿論、子蜘蛛達だって凶暴じゃないよ。しかも、子蜘蛛達は見た目が真っ白でふかふかだ。種が違うけど、水晶みたいに綺麗な体の個体もいるから、挑戦者達の中には密かにファンもいるくらい」

うちにも何種類か蜘蛛達が居るけれど、意思の疎通ができるせいか、嫌悪感はない。

そもそも、アラクネ配下の子蜘蛛達は見た目からして、どう見ても蜘蛛型ぬいぐるみ。……たまにいるよね、妙に見た目が愛らしい危険生物達。まさに、あんな感じなのだ。しかも、掌サイズであ～る。

「それは貴女の影響でしょうが……！」

青筋を立てたアストが睨んでくるけど、綺麗にシカト。気持ち悪がられるよりはいいじゃん！

そんな子蜘蛛達の趣味は、自作の糸を使ったレース編みである。先日はシアさんが結婚式を挙げていない——ゼノさんとシアさんは夫婦だそうな——と聞き、皆でベールを編み上げていた。

シアさん用と言うだけあって、解毒と治癒の魔法が組み込まれた、アラクネ配下の子蜘蛛達の力作ですよ。見た目だけでなく、実用性も兼ねた一品です。

そんなベールをプレゼントされたシアさんは、嬉しそうに頬を染めていた。『ちょっとしたお守り』と言って渡したけれど、どう見ても花嫁用のショートベールだもの。

ジェイズさんとカッツェさん曰く、『シアの姉御だって、ああいった物への憧れはあるのさ』とのこと。若い頃はそれどころじゃなく、余裕ができた頃には後輩達の面倒を見るようになっていたため、結婚式をする機会がなかったらしい。

シアさん本人も『もう若くないし、あたしには白いドレスとか似合わないだろ』と口にしていたため、ずるずるとここまで来てしまったそうな。

『いい機会だから、教会で俺達パーティだけの結婚式でもしてくるよ。子蜘蛛達の心尽くしのベールだけなら、シアの姉御も了承するだろうさ』

そう言って、計画を立てるジェイズさんとカッツェさんは楽しそう……いや、嬉しそうだった。

きっと、『シアさんが面倒を見てきた後輩』の中に、彼らも含まれていたんだろう。シアさんが密かに結婚式とかに憧れを持っていることを知っていたなら……何とかしたいと思っていたのかも。

そんなことを思い出しながら、死霊術師なダンジョンマスターの資料へと目を向ける。

……。

うん、やっぱりうちの子達とは別物。アラクネは美人だし、子蜘蛛達は可愛いもの。

「ま、今回ばかりは嫌悪感が先に立つ人達も多いからね。サクッと片付けるよ」

と言うか、延々と巨大ゴキブリなんて見ていたくない。その後にアンデッド戦が控えているだろうし、どちらも早期決着にしてしまうつもりだ。

「やる気になっているのは良いことですが、この手合わせを観戦していらっしゃる方も多いのです。くれぐれも！　ダンジョンを、そして我らを率いる者として、恥じない言動をお願いします」

……。

煩いですよ、アストさん。それにさ、今回ばかりは私の味方が多いと思うんだ。

『巨大ゴキブリとアンデッドによる蹂躙』なんてグロい映像、誰が見たいと思うのさ？

少なくとも、女性ダンジョンマスター達は悲鳴を上げてると思うぞー？

第三十一話　お祭り開催　～聖VS死霊術師　其の二～

『じゃあ、始めていいよ！』

そんな縁の声と共に、二戦目が開始された。私達は前回同様、ダンジョン内の映像を見ながら動くことはない。

「今回も『待ち』の姿勢ですか？」

前回のこともあり、ある程度は信頼できると判断したのか、アストは落ち着いている。そんなアストに一つ頷くと、私はモニターに視線を向けた。

「今回はダンジョンの構造が重要って感じかな。それを活かした『罠』が明暗を分ける」

「……で、本音は？」

「アンデッドや巨大ゴキブリとエンカウントしたくないし、させたくない！」

アストは呆れたように溜息を吐く。だが、それだけだ。さすがにここで『ダンジョンマスターが魔物に脅えてどうするんです！』とは言えないのだろう。

いーじゃん、いーじゃん、勝てばいいんだよ、勝てば！

今回とて、元の世界の技術をフルに活かした策を立ててみた。よって、『ダンジョンVSダンジョン』ではなく、どちらかと言えば『異世界の技術VSダンジョン』という感じ。

アンデッドに関しては、ホラー映画が大いに役に立っている。元の世界では色々見ていた上、ゲームなどもやっていた私にとって、『ホラー的要素』は身近なものだったしね。

と、いうか。

私は生前、『聖（ひじり）とホラー映画を見ると、あまり怖くない』とよく言われていた。理由は簡単、『第三者としての突っ込み』が原因なのである。

ホラー映画は『物語の当事者だからこそ、登場人物達はあれほどに脅え、パニックになる』。対して、映画を見ている客にはその原因や舞台裏的なものが見えているため、割と冷静だ。

私は怖がるよりも、こういった『突っ込まないのがお約束・ホラー映画の粗（あら）』的なことをズバッと口にしてしまうので、下手をすると、開始三十分で『最適な対策』が判る場合もあった。

ホラー映画だろうとも、物理攻撃が効く相手ならば絶対に何とかなると思う。

今回はそういった発想が大いに役立ったというか、『実践してみればいいよね☆』という認識だ。

アンデッドの皆さんには申し訳ないが、私の好奇心の餌食になっていただこう。

「仕掛けというか、物凄くシンプルなんだよ。見れば一発で、何をしているか判る」

「ほう？」

アストは僅（わず）かに片眉を上げた。好奇心が半分、ダンジョンマスターの補佐という職務としての意識が半分といったところだろうか？　どうやら、それなりに期待はしているらしい。

「まあ、見てて。『待ち』の姿勢は前回と変わらないけど、今回はちょっと違うから」

モニターにはアンデッドの皆さん——所謂（いわゆる）、ゾンビやスケルトンといった類のもの——が、大挙して押し寄せる姿が映し出されている。どうやら、あちらは数で圧倒する戦法らしく、上位種の姿は見られない。

また、先にアンデッドを向かわせるあたり、こちらの勢力を潰す役目を担っているのはアンデッド達なのだろう。それなりの規模の混戦になったとしても、『勢いが全てのジャイアント・コックローチ』を後続として向かわせれば、敵味方関係なく吹っ飛ばして、ゴールを目指すものね。

『アンデッド達の利点と役目』
・倒されにくい性質を利用し、数でこちら側の勢力を抑え込む。

『ジャイアント・コックローチの利点と役目』
・圧倒的な勢いのまま、ひたすらにゴールを目指す。

単純だけど、どちらも対処しにくいだろう。特に、ジャイアント・コックローチは単純だからこそ、何らかの要素で気を引かない限り、主の命令に従ってゴールまで止まるまい。

どちらも上位種こそ参戦していないが、立派に脅威じゃないか。ただ、上位種が参戦しない方がいい理由もあったらしい。

「上位種は個体としてみれば脅威ですが、その分、弱点や対策なども研究される傾向にあります。まして、今回の相手はダンジョンを創造できるダンジョンマスター。人間相手の時のようにいくとは限りません。上位種が出ても我々は対抗できるでしょうし、リスクの方が大きいです」

アストは相手の編成に納得している模様。『強い敵＝有利に立てる』というわけではなく、条件に合った魔物の方がいいみたい。

「だから、今回は数で圧倒するって？」

「はい。そもそも、勝利条件はこの部屋に乗り込むこと。アンデッドでなくとも、数で攻め込むことは有効な一手ではあるのですよ」

なるほど、『敵将の討伐』が勝利条件じゃないから、そこまで数が居ない強い配下を向かわせることが有効とは限らないのか。

確かに、うちには神の力を取り込んでいる凪がいる。エリクもアンデッドだから倒しにくいし、補佐役であるアストも参加させられるなら、数で攻めてしまった方が勝てそうだ。あちらも中々に考えているらしい。

でもね、『数で攻める』ってのは、ゾンビ映画ではよくある光景なのですよ。

『おや、随分と広い場所に出ましたね。攻撃範囲の広い魔法や大型の魔物を使うつもりなのでしょうか？　……まあ、そうであったとしても、アンデッド達の勢いは止まりませんが』
「数で攻めたのは、『全滅させることが難しいから』でしょう？　アンデッドは生死の見極めが難しいし、見逃しそうだもの。それ以前に、倒れた敵に気を回す余裕なんてないだろうしね」
『ふふ。それだけでなく、どのような状況でもそれなりに対処できるのが利点ですよ。個人としては強者であろうとも、多くの敵に囲まれれば敗北する――英雄が戦場で迎える死は大抵、善良さを逆手に取られた騙し討ちか、対処できないほどの敵兵に囲まれた末の死ですから』
「……。そうね、それは同意するわ」

傷を癒やすことも、休むこともできずに戦い続ければ、普通は死ぬわな。無限の体力を持つと言われようとも、それはあくまでも喩えであり、現実にはダメージが蓄積していくのだから。

ま、今回は『そんな心配など不要』なんですけどね！　それじゃあ、いってみようかぁ！

『じゃあ、こちらも仕掛けさせてもらうよ』

言うなり、私はダンジョン――もっと言うなら、アンデッドが押し寄せている広い場所の仕掛けを作動させる。その途端、部屋から『床』が消えた。足場を失ったアンデッド達は当然の如く、一斉に落下していく。これには死霊術師なダンジョンマスターも驚いたらしかった。

『な⁉　床ごと落とす、しかも随分と深い……いいや、まだ終わりませんよ！　この程度のダメージで、アンデッドは滅びません。生ける屍達はともかく、スケルトン達は骨がばらされた程度では再生が可能なのですから！　そもそも、数が居るのです。この後に控えるジャイアント・コックローチは壁を登れますし、アンデッド達も仲間を踏み台にして……っ⁉』

「あはは！　普通ならね！　でも、さすがにこれじゃぁ、無理でしょー？」

あまりの光景に、死霊術師が再度、驚きの声を上げた。予想通りの反応に、ついつい、私の口元に笑みが浮かぶ。

本日の罠は非常にシンプルだ。というか、この『罠』――アンデッド用とジャイアント・コックローチ用の二個――に使える魔力の大半を割り振ったため、他のことができなかったとも言う。

「聖、これは……」

「驚いた？　アスト。これはね、『パンジステーク』っていう、私の世界にある戦法なんだ。落とし穴の底に、切っ先が鋭くて長い物を何本も仕掛けるの。今回は這い上がってくることや、数が居ることを想定して、穴の深さは十メートルくらいに設定。そして、底に突き立てられている『針』はその半分程度の長さを持っている。一度引っ掛かったら、中々抜けないぞぅ」

貫かれた人の体を支えられる太さの『針』――先端が鋭い、鋼の棒――は勿論、鋭い切っ先を持っている。これはダンジョンの一部という扱いなので、壊せない。しかも、先端は遥か上の方にあるため、抜け出すことも困難だろう。

これが無駄に広い部屋全体に仕掛けられている。次々にアンデッド達が落ちようとも、そう簡単には埋まるまい。しかも、それだけじゃないんだな。

「ちなみに、針の間……床を満たしているのは強力な『とりもち』だよ。粘性が高くて、ネズミなんかを捕獲する時に使うから、体が埋まりでもしたら、逃げられないだろうね」

映像の中は阿鼻叫喚の地獄絵図。体を貫かれたままもがく個体に、とりもちに埋もれて身動きすらできない個体、果ては落ちた衝撃で体がバラバラになった挙句、とりもちに埋まって再生もままならない個体と、様々だ。

「そうそう、硬めの泥でも身動きが取れなくなると思うよ？　動けないアンデッドなんて、ただのオブジェだ。骨格標本だ。ダンジョン内を弄れるダンジョンマスターの敵じゃない」

アンデッドの脅威＝不死身・体への負荷を無視した怪力・機動力。

だけど、私はいつも思っていたんだ……『泥とかセメントとか接着剤を使って、とにかく動きを封じろよ。銃で撃って、肉片が飛び散ったりしたら、二次感染を引き起こしそうじゃん！』と。

「聖……策自体はお見事だと思いますが、その言い方はどうかと思いますよ」

「真面目に打ち合うだけが戦いじゃないよね。好奇心の勝利だ」

「貴女はもう少し真面目におやりなさい！」

煩いですよ、アストさん。『薬品で溶かしちゃえ♪』とか言い出さない分、『ダンジョン内の罠』という範囲に留めたからね⁉　溜息吐かないでよ、平和的な作戦でしょ⁉

第三十二話　お祭り開催　～聖VS死霊術師　其の三～

さて、アンデッド達への対応はこれで十分だろう。壁を登ろうにも、その壁自体がツルツルの鏡面仕上げ、しかもワックスで磨き上げられているから、登れまい。

なお、ワックス掛けはゴースト達が頑張ってくれた。ライナ曰く『物凄くピカピカになっていくのが面白い！』。……今は、壁をコントの如く滑り落ちていくスケルトン達が楽しいが。

そんな骨達へ私は生温かい目を向けながらも、心の中で労った。

無理すんな？　いくら体が軽くても、今の君達には装備品の重さもあるんだから！

装備品を全て捨て、滑り止め仕様の手袋と靴だけでチャレンジすれば登れるのかもしれないけど、この場にそんなものはない。あったとしても、私が元居た世界のように軽いとは限らない。

そもそも、所詮は自我なきアンデッド。彼らが自主的に『装備を外して、体を軽くする』という行動を取るなんてあり得ませんからね！　哀れです！

「何だか、弱い者虐めのようになってますけど」

「言うな、エリク。相手も滑り止めが必要なんて思ってなかっただろうし、仕方のないことだよ」

もがくアンデッド達に対し、エリクは本気で同情しているようだ。ま、まあ、あれも元人間ということを考えれば、気の毒かもしれないね。

「だが、聖。アンデッドは今後、警戒だけで十分として。ジャイアント・コックローチはどうする？　奴らは飛ぶ以上、同じ手は通じないと思うぞ？」

「大丈夫だよ、凪。誘導さえできれば、私達の勝ちは確定だ」

そう、重要なのは『ジャイアント・コックローチが、こちらの陣地に入ること』。隔離される予定のエリアは決まっている上、アンデッド達の方に行かないならば、誘導は確実に行える。

そんなことを考えていると、エリクが不思議そうに尋ねてきた。

「あれ、そういえば……何で、聖さんにはあいつらが選ぶルートが判ったんです？　ここに到達できるルートって、二通りありましたよね？　逆を選ぶ可能性もあったんじゃ？」

「ん？　ああ、アンデッドは人型でしょ？　だから『最低限、動き回れるか、武器を振り回せる広さが必要』。逆に、ジャイアント・コックローチは勢いで押し切れるから、一体ずつしか通れないような通路の方が有利なんだよ。敵が逃げられないからね」

「へぇ……つまり、相手のダンジョンマスターが自軍の長所を理解しているからこそ、『有利に戦えるルート』に行くと思ってたんですね」

「まあね。あの人、死霊術師らしいから……見るからに賢そうだったし、単純な力押しでは来ないんじゃないかなって。今回、それだけが賭けだった」

エリクは感心しているが、相手の魔物達の長所を理解していれば誘導は可能だ。というか、ここに到達するまでにはアンデッド達用の罠があった広い部屋を通るか、狭い通路を通るしかない。

私がダンジョンを好きに創造できるからこそ、『あちらは罠に嵌まるしかない』のだよ。

あちらにとって真の敵、もとい最も厄介な存在とは『敵方のダンジョンマスター』なのだ。今回はまさに、ダンジョンマスター同士の戦いとも言える。

「……で、今回も隔離エリアに追い込み、通販した薬剤を使うのですか」

「うん」

素直に頷くと、アストは難しい顔をした。

「植物は根本的な構造が共通している以上、効き目が期待できました。ですが、ジャイアント・コックローチの生命力を甘く見てはいけません。防御力の高さも一因ですが、そういった点も脅威として認識されているのですよ」

「まあ、あの勢いと凶暴性を持つ魔物がしぶといって、確かに脅威よね。ダンジョンみたいに逃げ場がない場所だと、倒すしかないだろうし」

元の世界でも、それは同じ。というか、『だからこそ、確実に仕留められるものが開発された』と言える。雑食の害虫達に食料を食い荒らされて困るのは、人間達なのだから。

『一般人にも可能な、仕留める方法』が考え出されている以上、『私にとっては』脅威ではない。問題はその効き目だけど……多分、効くだろう。

効かずとも、隔離スペースに閉じ込めてしまえばいいだけだ。時間稼ぎができれば十分。

「それじゃ、そろそろやろうかね」

モニターには物凄いスピードで狭い通路を進むジャイアント・コックローチの姿が映し出されている。その先はアンデッド達の時同様、かなり広い部屋に繋がっていた。

ただし、今回の罠はパンジステークに非ず！

隔離予定の部屋から私達が居る部屋に続く通路は、すでに分厚い扉によって閉ざされ、行き止まりだ。かと言って、今来た通路も現在は続々とお仲間がやって来ているため、戻ることも不可能だろう。しかも、そのうち封鎖される。

結果として、広い部屋にジャイアント・コックローチ達が溜まっていく。……あまり見ていたい光景ではない。早く、全部入ってくれないかな。

『ふむ、行き止まりですか……。ですが、戻ればいいだけのこと。ああ、今は元来た道が閉ざされているんですね。ですが、閉じ込めても無駄だと思いますよ？　力の強い種ですから、体当たりを繰り返せば、閉ざした扉も壊せます』

死霊術師なダンジョンマスターは全く慌てていない。当初は罠の存在を警戒していたようだが、私がジャイアント・コックローチを隔離しただけと知り、余裕が出たのだろう。

『扉』で通路を封鎖し、閉じ込めている以上、隔離は一時のもの。出したり消したりできる以上、障害物には強度が定められているからだ。当然、相手もそれを知っている。

勿論、私もそれは理解できているから、ここからは時間が勝負だ。


さあ、ご覧あれ！　この『期間限定の閉鎖空間』こそ、私が用意した最強の罠だよ！


「さて、どれほど生き残れるかな？　異世界の技術をとくとご覧あれ♪」

『何ですって？』

死霊術師なダンジョンマスターが怪訝そうな声を上げるけど、綺麗にスルー。これればかりは見た方が早いというか、納得してもらえるもの。

私がダンジョンを操作するなり、閉鎖空間と化していた部屋のあちこちから霧状の『あるもの』が噴出された。その途端、ジャイアント・コックローチ達は狂ったように動き回り、やがて苦しそうにもがいた挙句、次々と死んでいく。

いくら巨大なGといえども、全く耐性がない状態では効くだろう。魔物であろうとも、『コックローチ』という種である以上、あれは即効性の劇薬に等しいに違いあるまい。南無。

『な、毒⁉　ばかな、ジャイアント・コックローチ相手に、ここまで即効性のある毒なんて聞いたことがない！』

「随分、あちらは驚いてるみたいだね。いやぁ、効いて良かった！」

聞こえてくる驚愕の声をＢＧＭに笑えば、アストが顔を引き攣らせて肩を掴んできた。ちょ、アストさん！　痛いから、力加減をしてってば！

「聖？　貴女、何てものを持ち込んでいるんです⁉」

「は？」

「あれは生命力が強いジャイアント・コックローチが即死するほどの、劇薬でしょうがっ！」

「あ？　あ～……『生き物に効く毒』っていう捉え方をすると、そう見えちゃうのか」

なるほど、それならばアストが慌てても仕方ない。だけど、それは誤解だ。いや、人体に良いものであるはずはないけれど、生物全てに効く劇薬とかではないからね⁉

「あのね、アスト。あれ、私の世界のゴキブリ……あれよりももっと小さいけど、同種専用に作られた殺虫剤。つまり、コックローチ系にしかあの効果はないと思う」

「はい……？」

『特定の種にしか効きません』といった物に馴染みがないのか、アストは訝しげな顔になる。

「だからね、私の世界では『特定の種専用の殺虫剤』とかが作られてるの。普通に売られてるの。私の世界にも数センチくらいの大きさだけど、『コックローチ』と言われる種が居て、一般家庭の害虫扱い。あれはその『異世界のコックローチ』を瞬殺する殺虫剤なんだよ」

そうは言っても、あれだけ体が大きいと吹き掛けるだけでも一苦労。そのため『閉鎖空間に閉じ込める』という前提が必要だった。ま、まあ、あまり見たい光景ではないんだけど。

「……。一般家庭に出る、のですか？　あれが？」

「いやいや、さすがにあの大きさの奴は存在しないから！　大昔に存在した原種は大きかったらしいけど、環境に適応していった結果、徐々に小さくなったらしいよ？　しぶとさは健在だけど。でも、物凄く寒い地域には住めなかったりするし、ジャイアント・コックローチほどの強度はないんじゃないかな。魔物どころか、あくまでも害虫扱いだし」

「なんと……それでよくあそこまでの効果がありましたね？」

「こういった物に対する耐性は、元の世界に居る種の方があると思うよ？　まあ、ジャイアント・コックローチと基本的には同じだからね。それで、こちらでもそれなりに効くと思ったんだ」

私が告げた内容に、アストは絶句している。この世界の常識が前提になっているアストからすれば、『ジャイアント・コックローチを瞬殺する毒が作られる世界だと⁉』といった感じなのだろう。

私が日々、平和に通販していることも一因なのかもしれないけどさ。

『馬鹿な……魔法のない世界の技術が、これほどに脅威になるとは……』

あまりのことに、死霊術師なダンジョンマスターも言葉がないらしい。だが、私も何と言っていいか判らない。だって、あれは本当に対G用の強力殺虫剤だもの！

そんな微妙な空気を壊したのは、『キュウ！』というどこかで聞いたような声と、伸し掛かられただろう『誰か』の苦しげな声。

「あ、忘れてた！　おーい、サモちゃん！　そっちの人に迷惑をかけちゃいけませんよ～」

『ぐぅ⁉　な、一体、何が……っ』

「すみません！　それ、うちの子です！　ジャイアント・コックローチに皆の意識が向いている間に、勝利条件を狙ってみました」

なお、サモエドを運んだのは翼を持つルイだったり。一人と一匹はずっと出番を待って待機していたので、これまで会話に加わらなかったんだよね……存在がバレてもまずいし。

……ちなみに、辿ったルートは先ほどアンデッド達が通った道だ。

翼を持つルイが飛べば、アンデッド達が落ちている場所も通過可能なので、サモエドを抱えて飛んでもらった。ジャイアント・コックローチの隔離が済み次第、動く手筈になっていたんだよねぇ。

サモエド、フェンリルだけあって運動能力が物凄い。だから、『お散歩に行っておいで』とばかりに放せば、嬉々として見慣れぬ道だろうとも突き進んでいく。ルイは運び屋兼お目付け役である。

サモエドは見事に役目を果たすと、その勢いのまま、死霊術師なダンジョンマスターに『遊んで！』とばかりに飛び掛かったのだろう。ルイが止められなかったのは偏に、サモエドの足に付いていけなかったからと推測。

『聖さん。サモエド共々、無事にこちらに到着しました。これで僕達の勝利ですよね？』

「うん、そのはず。お疲れー！　あと、状況によっては、そちらのダンジョンマスターを助けてあげて。多分だけど、サモエドに伸し掛かられて、身動き取れない状態じゃない……？」

『……』

ルイを労りつつ、念のためとばかりに尋ねると……何故か、ルイは無言だった。その珍しい態度に、私の懸念が現実になっていることを知る。

「サモエちゃん。良い子だから、その人を離してあげなさい。その人は玩具じゃないの」

『キュウ？　キュウ！　キュウ！』

溜息を吐いて促すも、返って来るのは『ヤダ』と言わんばかりの鳴き声ばかり。

「可愛く訴えても駄目！　涎塗れになっちゃうでしょ⁉」

『あの、聖さん。もうすでに手遅れかと……』

『ちょ、お前はいい加減にっ……だから！　顔を舐めるな！　毛を付けるな！』

控えめなルイの声に、死霊術師なダンジョンマスターのもがく声が重なる。アストは……ああ、先ほどの表情から一転、額に手を当てて天井を仰いでいた。

ごめん、死霊術師なダンジョンマスターさん。飼い主として、謝らせていただきます。うちの子が迷惑をかけて、本っ当にすみませんでしたっ！

第三十三話　お祭り開催　～聖VS死霊術師　その後～

微妙な空気のまま、手合わせは終了し。現在は、疲れを癒やしていただくため、死霊術師なダンジョンマスターさんは温泉に入ってもらっています。

……。

すみません、嘘吐きました。実際はサモエドの涎でベトベトになってしまったため、お風呂に直行です。迷惑をかけちゃ駄目でしょ！　サモちゃん！

「サーモちゃーん？　人に飛び掛かっちゃ駄目って、いつも言ってるでしょー？」

「キュゥー、キュゥー」

「サモエド、ちょっと反省しようか」

ルイによって後ろから拘束されたサモエド――後ろ足で立ち上がっている状態なので、逃げられない――が悲痛な声を上げる。……が、私とルイは笑顔でサクッと無視。

「駄目でしょー？　ほれ、反省なさい！」

ぐにぐにと頬を引っ張る私に、サモエドはされるがままだ。逃げたくとも、自分を拘束しているルイが怖いのだろう。震える姿は庇護欲を誘うが、そんなことでルイは離してくれないもの。

「サモエドとルイを使うところまでは良かったんですけどねぇ……」

死霊術師なダンジョンマスターの惨状――あれは惨状でいいと思う――を見たせいか、アストも呆れ顔。アストの言葉に共感できるのか、皆もしきりに頷いていたり。

……。


そだな、アスト。手合わせの勝敗以前に、あれは気の毒だったもの。


手合わせで負け、平和な顔した巨大ワンコに涎塗(まみ)れにされた彼は哀れだった。しかも、サモエドが勢いよく飛び付いたらしく、腰を痛めていたようにも思う。

もうね、こっちは素直に土下座しましたよ。飼い主として、あまりにも申し訳ないんだもの！

そんなことを考えていると、死霊術師なダンジョンマスターが戻ってきた。漸(よう)く人心地ついたらしく、穏やかな表情になっている。

「大変、申し訳ございませんでした！」

「いや、あれは勝負ですから。手合わせの勝敗に、謝罪は必要ないですよ」

「いえ、勝敗以前に飼い主として申し訳なく……！」

頭を下げる私に、死霊術師なダンジョンマスターは視線をサモエドへと向ける。……そして。

「自我があると、あのようなことも起きるんですね」

生温かい目になりながら、ぽつりと零した。思わず、視線を逸らす。

「……。個々の自我がある影響はあるでしょうが、責任の大半は聖にあるかと」

「は？」

「このアホ娘、サモエドを作る時に幼体……子狼を、愛らしい生き物として思い浮かべたようなのです。ですから、子犬のような無邪気さが反映されてしまった可能性もあります」

アストの言葉に、死霊術師なダンジョンマスターは私へと訝しげな視線を向けた。

「幼体とはいえ、フェンリルが愛らしい生き物……？」

「その、私の世界には魔物とか居なくてですね。ただ、伝承とか神話には登場するので、フェンリルが灰色狼ってことは知ってたんです。その幼体だから、モフモフな毛玉かと」

「……」

おおぅ……死霊術師なダンジョンマスターの呆れた視線が突き刺さる……！　し……仕方ないじゃん！　フェンリルの幼体なんて、見たことないんだし！

「世界の差と言ってしまえば、それまでですが……何と言いますか、このダンジョンの特異性には大いに影響しているようですね」

　そんな言葉で纏めてくれる先輩ダンジョンマスターに、私は胸中で感謝を述べた。ありがとう、先輩。さらっと流そうとしてくれる貴方の優しさが身に染みる。

「ところで。不思議に思っていたのですが、貴女の世界には魔法がなく、魔物も存在しない……ああ、これは『存在を認められていない』という意味ですよ。そのような状況なのに、何故、貴女は対策を思いついたのですか？」

「へ？　あ、ああ、これですよ」

　唐突な話題の変更に驚くも、予想された問い掛けだ。私はあらかじめ用意しておいたホラー映画のＤＶＤ数枚を差し出す。なお、ジャンルはホラー……所謂ゾンビものである。

「娯楽として、こういったジャンルの小説や映像、ゲームなんかが広く親しまれているんですよ。あくまでも人間が想像した内容ですけど、危険のない第三者視点で楽しめますからね。対策というか、対処方法なんかも考えられるんです」

「ほう……！」

『何故、そんなことを考える？』と突っ込まれたらどうしようかと思っていたけれど、死霊術師なダンジョンマスターの興味は差し出したＤＶＤに向いたようだ。目を輝かせ、異世界産のＤＶＤを見つめている。こういった物が珍しいというより、内容に興味があるらしい。

　……あれ？　貴方は本物の死霊術師なのに、作り物にも興味がおありなのですか？

「聖。こういったものが存在する世界は珍しいのですよ。魔法がある世界には当然、魔物がおります。ですから、あえてこのような物を製作する必要はない。まして、娯楽としての認識は皆無です。アンデッドは『脅威』として認識されるのが常ですよ」

「ああ、なるほど。そういった事情があると、ホラー映画なんて作られないのか」

そりゃ、本物があるなら。わざわざ作りませんね！

私達が会話をしている間も、死霊術師なダンジョンマスターは興味津々にＤＶＤのパッケージを眺めている。だが、書かれている文章は日本語だ。いくら興味があろうとも、こればかりはどうしようもないため、ピックアップされた画像を眺めているに過ぎないのだろう。

「ええと……宜しければ、上映会をします？　言葉として聞くなら、何を言っているか判りますしね。元々、慰労会をしようと思っていましたし」

そう、『言葉として聞く』なら、理解できるんだよね。他にも、この世界の言葉や文章なら全て判る。学んだ覚えがなくとも、『当たり前のように知っている』のだ。

これはダンジョンマスターとしての特権の一つなのだろう。言葉が通じなきゃ、困るもの。

ただ、日本語は私の居た世界――『縁（ゆかり）の管轄外である、異世界の言葉』になるため、判らないのだろう。私も他の世界の言葉は判らない。

報告会で提示した兄貴（私の世界の創造主）からのメールは『この世界の言葉』に変換されていたため、読めただけである。日本語のままだったら、他のダンジョンマスターや補佐達は全く読めなかっただろう。

「いいんですか⁉」

私の提案に、勢いよくこちらを振り向く死霊術師なダンジョンマスター。その勢いにビビりつつ、私は勿論と頷いた。

「映画は映画館……スクリーンという大画面に投影される仕様なので、普通は暗い場所で見ます。ですが、これは普通に部屋で見られますよ。少しでも雰囲気を味わいたければ、大勢で鑑賞できる部屋で上映会をしましょうか？」

「お願いします！　是非、異世界の恐怖とやらを堪能したいのです！」

「うわっ！」

大喜びで私の手を取り、ブンブンと上下に振る死霊術師の姿に、私は生温かい目を向けた。


それでいいのか、本物よ。映画は所詮、偽物ぞ？　いくらリアルでも、作り物ぞ？


ちらりと視線を向けた先にいるアストとて、死霊術師なダンジョンマスターを残念な生き物を見る目で眺めていた。どう見ても、尊敬とは程遠い眼差しだ。

そんなアストの姿に、ふと、一つの疑問が湧き上がった。

「あの、貴方の補佐はどうしました？　姿を見かけないのですが」

姿を見てないぞ、どこ行った？　まあ、ルージュさんの補佐のミラさんのように、居城でダンジョンマスターの留守を守っているのかもしれないけど。

「ああ、あいつですか。彼なら『お前の悪趣味全開の手合わせなんて見たくない』と言って、うちに居ますよ。日頃から『もう少し真っ当な感性を身に付けろ！』と煩いですし……何故、聖職者モドキがダンジョンマスターの補佐なんてしてるんでしょうね？　浄化魔法が得意ですし」

『え』

皆の心の声がハモったような気がした。思わず、アストを振り返ると……アストは何やら思い出すような顔をした後、何かに気付いたようだった。

「そういえば、軌道修正の必要がありそうなダンジョンマスターの補佐には、抑止力としての役目が与えられると聞いたことがあります。死霊術師という職業柄、その知識の取り扱いには注意が必要と判断されたのでしょう」

「あ～……本人だけじゃなく、『ダンジョンの叡智を得ようとする人達への対策』って意味でも、そういった人が必要なのか」

この世界に魔法がある以上、ダンジョンから得た知識を魔法に活かそうとする人もいるだろう。だが、その叡智が『死霊術』というものだったら、大参事に発展する可能性がある。

その抑止力として宛てがわれたのが、聖職者モドキの補佐役。

『彼』と言っていたし、その言動も割と荒っぽいみたいなので、時には実力行使してマスターを諫めることもあるに違いない。

おおぅ……！　私以外にも『優秀なお守り』（意訳）が必要な人が居ましたか！

ようこそ、同類♪　初めまして、同類♪　何だか、一気に親近感が湧きましたよ……！


「聖以外にも、問題児がいたとは……！」

煩いぞ、アスト。だから、私達を拾ってきたのは、この世界の創造主様なんだってば！


――その後。


死霊術師なダンジョンマスターは酒とおつまみを片手に、ホラー映画を大いに楽しんだ。あまりにも楽しそうだったので、後日、ホームシアターとホラー映画数本を贈ることを約束。……勿論、縁の許可済みだ。

『今、皇国のダンジョンは暇なんだよね。それに、彼なら学ぶことも多そうだ』

とは、縁の言葉である。今回の手合わせの提案もそれが原因らしいので、暫し、異世界の娯楽に浸ってもいいだろう、と。

そして、私は。

「ああ、実に興味深い！　今後も仲良くしてくださると嬉しいです」

「こちらこそ、宜しくお願いします」

植物学者に続き、死霊術師という知り合いを得た。今後、何かあった時は大いに頼らせてもらおうと思っている。
いやぁ、ダンジョンマスターには色んな人達が居ますね！

第三十四話　力を手に入れた『彼女』

——ダンジョンマスター・ウォルターのダンジョンにて
「ほう！　死霊術師までも敗北したか。これは期待してしまうな」
二人の友人の敗北に怒るどころか、ウォルターは大いに喜んだ。この手合わせ自体が暇潰しなのである。予想外の番狂わせなど、観覧している者達を楽しませるだけだろう。
——そもそも、強者と戦うことを至上の喜びとするウォルターにとって、強敵であることは喜ばしきことなのだ。

生前は、戦場に居場所を定め、祖国に貢献した『英雄』。
現在は、創造主の望むままに悪役を演じる『ダンジョンマスター』。

自身が英雄ともてはやされる度、ウォルターは不思議で仕方なかった。『何故、無差別殺人鬼に等しい働きをした者が尊ばれるのか？』と。
ウォルターは善人ではない。ただ、『人を殺すこと』が好きなだけだ。勿論、それは『弱者を虐げる』という意味ではなく、『強者と命を懸けて戦うことを好む』という意味だが。

強さを求めるからこそ、そして命を懸けて強者に挑む者に敬意を持つからこそ、最終的には命の遣り取りになってしまう。手加減や安っぽい同情など、相手に対する侮辱と考えるのが、ウォルターという男なのだ。

……まあ、そんな彼に戦いを挑んでおきながら命乞いなどをすれば、一発で怒らせることは確実なのだが。そういった意味で彼の不興を買い、命を散らした者も少なくはない。

己に挑む者へと真剣に向き合っているゆえに、ウォルターは誰よりも厳しい存在と化すのだ。

ある意味、ダンジョンマスターとしては最適な人材と言えるだろう。身分、性別、種族を問わず、拘るのは『強さ』のみ……彼にとってダンジョンへの挑戦者とは、等しく歓迎すべき者なのだ。

生前、そんなウォルターを面白がり、己の配下としたのが当時の王である。

『お前、面白いなぁ……！　功績に見合った褒美として望むものが【新たな戦場】なんて！』

……こんなことを平然と口にする王とて、それなりに心が歪んでいたのだろう。

だが、王を責めることは誰にもできまい。『王』とは個人であることを捨て、誰よりも国に尽くさねばならないのだから。それ以前に、『当時、彼のような王が求められたこと』は事実なのだ。

ウォルターは善人ではないが、受けた恩は忘れない。結果として、彼は己を認めてくれた王が在位する間、様々な勝利を国にもたらした。

――そして。

今現在、彼は新たな戦場……ダンジョンを得るに至ったのである。皇国はダンジョン攻略が他国に比べて盛んであるため、ウォルターは充実した日々を送っていたのだ。

「ああ、なんと待ち遠しい……！　私の持つ『強さ』とは明らかに質が違えど、聖とて間違いなく『強者』であった！　楽しみで仕方ない」

ウォルターは個人的な強さに拘っているわけではない。この手合わせはダンジョン毎のもの……所謂『団体戦』のようなものなのだから。

創造主によって定められた魔力量の中で、己が創造した魔物を配置し、ダンジョンに仕掛ける罠を作る。はっきり言ってしまえば、ダンジョンマスター自身の力量次第。


強い魔物が配下に居るならば、力押しに全力投球するもよし。

戦力不足を自覚するならば、ダンジョンに罠を仕掛けて補えばいい。


聖はよく判っていないようだが、『手合わせ』とはそういった点が試される場なのである。普段はあまり自覚しないダンジョンマスターの個性というか、戦法が浮き彫りにされるのだ。

「……そういえば、新しく創造した奴がいたな」

ふと思い立ち、指を一つ鳴らすウォルター。即座に、一人の少女が姿を現す。

「無謀な挑戦の果ての死……いや、仲間を見誤ったゆえの死か。若い者にはよくあることだが、己の力量を過信するとは愚かだな」

少女の体には傷一つない。ただ、その首には包帯が巻かれていた。また、彼女の表情からは感情というものが抜け落ちている。

……いや、生気すら感じられはしない。見た目はともかく、彼女はすでに死者であり、ダンジョンの魔物——デュラハンとして、新たに創造された存在なのだ。

「まあ、そのような末路を辿ったのは、こいつ自身にも大いに問題がありそうだったが」

ウォルターは彼女——アイシャ達がダンジョンにやって来た時のことを思い出す。訪れる者が少ないこともあり、興味本位で他国からやって来た挑戦者達を眺めていたのだ。

……こう言っては何だが、アイシャ達のパーティは集団行動ができていなかった。

初めはともかく、奥に向かうにつれて口論が多くなり、パーティ内の空気は悪くなっていったのだ。あれでは助け合えるはずもない。

「他の奴らも自分勝手だが、この娘もなぁ……」

アイシャは常に自分が正しいと思っているのか、年上だろうパーティメンバー達への上から目線の言動が目立っていた。そんな彼女の態度は当然の如く反感を買い、最終的には見捨てられたのだ。

ウォルターが顔を顰めるのも当然である。ただし、それはアイシャを見捨てたパーティメンバーに対してだけでなく、身勝手なアイシャにも呆れていたからだった。

——皇国のダンジョンは基本的に脅威として認識されているため、挑む者は万全の準備を整えることが常識なのだから。

そこには当然、仲間達への信頼というものも含まれている。どのダンジョンにも言えることだが、助け合わずに生き残れるような、甘い場所ではない。

遠回しにダンジョンを見縊られたような状態であったため、ウォルターは盛大に呆れ。その結果、非業の死を遂げた哀れな挑戦者はダンジョンの魔物となり、この場所に括られた。

「聖の所にいたデュラハンは非常に仲間想いであった。それどころか、己を死に至らしめた者達の事情を察し、『忠誠心を恨むことはできない』と口にしていたというのに。あれならば自我を与えようとも、問題はなかろう。だが、そのような者は稀よな」

『……』

ウォルターが視線を向けるも、アイシャは無反応のまま。自我を認められていない今の彼女は、生前のように騒々しく囀ることはない。

ウォルターとて、期待できるような性格の者ならば自我を残そうとは思っていたのだ。そう思う程度には、聖のダンジョンは彼の興味を引いていた。

だが、現実は甘くない。自我が残せるような……ダンジョンマスターの助けとなるような『忠臣』など、そう簡単に得られるはずはなかった。

「まあ、いい。性能を試す意味でも、連れて行くか」

そう言うなり、ウォルターはアイシャへの興味をなくした。ダンジョンマスターが命じない限り、彼女は人形同然だ。挑戦者への対応を任せたことがないのも事実だが、最低限、主たる者の命が必要なのである。

何も命じていない状態では、その存在を気にする必要などないのだろう。それが創造された魔物の『常識』であり、ダンジョンマスターにとっては日常なのだ。

——だからこそ、ウォルターは気付かなかった。

『……』


アイシャの瞳がほんの僅かに、感情を浮かべたことに。

ほんの一時、その表情に生気が戻ったことに。

そして……その口角が僅かに吊り上がったことに。


『力が欲しい』

かつて、少女はそう願った。今の彼女はある意味、その願いを叶えたと言えるのだ。

第三十五話　進軍開始

さて。本日は最終戦。もとい、『ラスボス・ウォルターさん』と手合わせだ。なお、全く勝てる気がしない。

……。

いや、マジで。これは死霊術師&植物学者の二人から聞いた話で確信した。

『ウォルター殿は生前、英雄と呼ばれるほどの騎士だったらしいです。ただ、ご本人は【強い者と戦うのが好きだった】そうですよ。まあ、こう言っては何ですが、ウォルター殿自身が最強と言ってもいい。間違いなく、本人が仕掛けてくるでしょう』

『あの方は、その……良く言えば【強さを尊ぶ】という方でしてねぇ。正直なところ、生半可な罠など通じません。最高の戦力で打ち合うしかないかと』

簡単に言えば『対策なし。できる限り強者を集めて、迎え撃て。健闘を祈る』。どうやら、完全に軍人気質のダンジョンマスターらしく、従えてくる魔物達も戦力重視という状態だ。

「魔物はともかく、ダンジョンマスター本人が特攻してくるのか……。潔くアスト達全員で迎え撃ってもらって、それ以外の面子に護衛してもらうかな」

「アスト様は護衛として、聖(ひじり)さんの傍に残しておいた方が良くないですか？」

「アスト、凪(なぎ)、エリク、ルイあたりにダンジョンマスター＋αの相手を頼もうかと。接近戦と遠距離攻撃、魔法全てに対応できそうだし、特にアストの銃や凪は興味を引きそう。あと、『殆どの世界に魔法がある』って聞いたから、魔法を使う可能性も考慮してる」

「ああ、そういう意味ですか。確かに興味は引けそうですし、警戒が必要そうだ」

私の答えに納得したらしく、エリクは同意するように頷いた。エリクの心配も判るけど、どちらかと言えば、私の所に到達する前に倒してもらった方がいい。私が戦闘に巻き込まれたりしたら、彼らの足手纏(あしでまと)いもいいところだもの。

「現実的に考えて、それが確実そうですね。我々が撃ち漏らしたあちらの手勢は無傷とは言いがたいでしょうし、獣人とアラクネあたりを組ませれば大丈夫かと」

「姉さんも聖さんの傍に控えると言っていましたから、魔法への対処も大丈夫だと思います」

アストとルイも文句はなさそう。ソアラが私の傍に残っていることも、彼らを納得させる要素になっているのだろう。

「まあ、うちのダンジョンの強者……所謂『上位種』に該当する人達をぶち当てる以上、それ以外はあまり呼べないのは仕方ないよね」

手合わせは『使える魔力量があらかじめ設定されている』。これ、『参戦させられる魔物達にも限りがある』ということとイコールなのだ。あれですよ、『召喚には魔力が必要』ってやつ。そうでなければ、際限なく呼び出せてしまうから。

これはダンジョンマスターの在任期間の違いが大きく影響している。どう頑張っても在任期間が長い方が有利になってしまうため、『下級の魔物達を使って数で攻めるか、上級の魔物で少数精鋭を組むか』という選択になるのだ。下級の魔物といえども、相性や数で有利な状況に持っていくことはできるからね。

そうは言っても、私のダンジョンの魔物達は自主鍛錬による成長があるため、かなり特殊だ。アストが使う銃なんて見たことがないだろうし、魔人になった凪の能力も未知数――凪は女神の力の幾らかを自分のものにしている――、ルイに至っては魔法全般が得意というイレギュラーっぷり！

エリク曰く『淫魔は精神系の魔法を得意とするとは聞いていますが、逆に言えばそれ以外はあまり聞いたことがありません。ルイみたいな奴が多数存在してたら、脅威でしょうね』とのこと。

要は、魔力はあっても享楽的な性格が災いし、己の欲に忠実な方面にしか活かそうとしないのだろう。『やればできる子だけど、興味がないからやらない』って感じ。

アストに聞いたところ、『魔物は本能で生きている部分もあるため、知能が低ければ行動パターンが割と単純です』という答えが返ってきた。

その時は深く考えなかったけれど、この手合わせを踏まえると、アストの言葉に隠された意味がよく判る。

つまり、『下級の魔物だろうとも、生まれ持った能力自体はそれなりに高い』。

数で押すタイプは勿論、優秀な司令塔を中核にして戦えば、『たかが下級』なんて言えない。

ダンジョンマスターが外に出られないのって、これが原因じゃあるまいか？　命令に従ってくれる魔物達がいるなら、国を乗っ取るくらいできそうな人達だっていそうだもの。

『二人共、始めていいかな？』

縁の声が響く。皆の顔を見渡し、頷いたのを確認してから私は了承の言葉を口にした。

「うん、いいよ」

『私も構わない』

『それじゃ、始めて！』

縁の声が響き、手合わせが始まった。モニターの中、進軍してくるのは――

「ああ、うん。やっぱりそう来たかぁ……」

剣を携えたウォルターさんだった。ま、まあ、ダンジョンマスターの討伐が敗北に繋がるわけじゃないから、そういう戦法であってもいいんだけど！

「よほどご自分の強さに自信がおありなのでしょう。無様に負ける気がないからこそ、このような方法が取れるのだと思います」

「いや、でも元は人間だよね⁉」

「聖、ダンジョンマスターは基本的に強化された器に魂が宿っているのですよ？　戦闘能力皆無の貴女とて、人より遥かに強度があるでしょうが。創造主様の器になれる体だということをお忘れですか？」

「あ……そうだった」

呆れたようなアストの指摘に、私は思わず兄貴（私の世界の創造主）に体を貸したことを思い出していた。

そっか、創造主の器になることが可能なくらい『強度がある体』なんだよね、私達。私自身はあまり変わった気がしていないけれど、身体能力だって高い気がする。

ならば、自分の強さに自信があるウォルターさんの判断は間違っていないのかもしれない。元から強い人が、更に強化された体を持っているなら……間違いなく最強の駒じゃないか。

「引き連れているのは、アンデッド系の上位種のようですね。ヴァンパイアやデュラハンの他に、魔法対策としてリッチですか……さすがは皇国のダンジョンマスターといったところでしょう」

「凄いですね。上位種ばかりの少数精鋭ですが、バランスも良い気がします。そこまで揃えられたら、通常の冒険者達は生存を諦めますよ」

「うぇ、マジか！　同種のデュラハンだけでも押さえられればと思っていたけど、厳しそうだな」

アストの解説に、ルイが感心したような声を上げた。同時に、エリクが悔しそうに呟いて顔を顰める。皆もエリクの呟きの意味を判っているのか、慰めの言葉はない。

『デュラハン』という種族自体はエリクと同じ。ただし、エリクはデュラハンになってからそう時間が経っていない。

成長があると言っても、今のエリクは人間だった時の強さとあまり変わらないはずだ。『不死』という要素こそ、ついているんだけどね。

その時、モニターを眺めていた凪が意外そうな声を上げた。

「ん……？　仮面を付けてはいるが、あちらのデュラハンらしき一体は女なんだな？」

「デュラハン『らしき』？」

「ああ。エリク同様に、首を固定しているようだ。元はダンジョンで死んだ挑戦者なんだろう」

つられてモニターに視線を向けると、確かに一人だけ小柄な気がする。シアさんのように大柄というか鍛えられた体ではなく、新人冒険者くらいの頼りない体躯だ。

「数合わせで入れたかもしれませんね。あれだけ上位種を入れていたら、数は望めないでしょうし。それにアンデッドになっている以上、元が貧弱な冒険者であっても油断はできません」

「アストはそう思うんだ？」

「はい。死者である以上、その腕力は脅威です。体が壊れても問題ありませんから」

「ああ、所謂『リミッターがない状態』なのか！」

人間は体に強度がないからこそ、無意識に力をセーブしていると聞いたことがある。だからこそ、精神に異常をきたして暴れた時の力は物凄い——体への負担、周囲への影響といったものを全く考えないから——とも。

ならば、アンデッドであるだけでも十分に脅威なのだろう。少なくとも『貧弱な挑戦者の成れの果て』と侮っていい相手ではない。

「じゃあ、予定通り頑張って来て。ただし、無理はしないように！　私自身、力の差は歴然って判ってるから、敗北は怖くない！」

「聖ちゃんの護衛は任せて。私が優先するのは『聖ちゃんの安全』だから、気にしなくて大丈夫よぉ？　危なくなったら、逃げるもの」

ソアラがひらひらと手を振りながら告げると、皆の顔に安堵が広がる。

……そだね、私は戦闘能力皆無なだけじゃなく、戦闘慣れしてないもの。うっかり攻撃してくる魔物がいても不思議ではない以上、心配になるわな。

「それでは行って参ります。ソアラ、任せましたよ。聖に危険が及んだら、さっさとお逃げなさい。この部屋に相手勢力が到達した段階で、敗北は決まっているのですから」

「勿論よぉ。だから『私が優先するのは【聖ちゃんの安全】』って言ったんだもの」

心得たと言わんばかりに笑うソアラに頷き返すと、アスト達は部屋を出ていった。今回ばかりは下手な小細工が通用しそうにない相手であるため、彼らの強さに頼るしかない。

「あ～……こういった状況になると、戦闘能力が欲しいって思っちゃうね。皆に任せるしかないいんだもん。普段はそんな風に思わないんだけどさ」

「いいのよぉ、聖ちゃん。こういった状況になることだって、彼らにとっては成長の機会ですもの。素直に頼ってもらった方が、ルイ達も喜ぶわ」

「そういうもの？」

「そうよぉ！　だぁって、私達は『主を守るために創造された魔物』なんだもの。いつもは平和に暮らしているけど、聖ちゃんに危険が迫れば、死力を尽くすのが『当たり前』なんだから」

「そっか、ありがと」

　ソアラの言葉に慰められつつも、私はモニターへと視線を向ける。アスト達とのエンカウントの時は近そうだった。

第三十六話　決着と芽生える悪意

　モニターの中では、アスト達がウォルターさん達と対峙していた。

『ほう……己の補佐役まで戦力に回すか』

『【最高のおもてなしを】と、聖（ひじり）より命じられておりますので』

『ふ……はは！　なるほど、確かに【最高のもてなし】だな！　これは期待に応えねばなるまい』

　怒るどころか、ウォルターさんは上機嫌だ。だけど、その『上機嫌』は『殺（や）る気満々』とイコールであることは言うまでもない。本当に、強者と戦うのが好きなのだろう。

なお、こちらも呑気にモニターを眺めているだけではなく。

「……聖ちゃん、あんなこと言ったのぉ？」

「言ってない！　言ってないよ、アストさん⁉　何を言ってるの⁉　『最高の戦力で挑む』とは言ったけど、【最高のおもてなしを】なんて煽るような言葉は使ってない！」

あちらに聞こえないよう、ひそひそと会話をしつつも盛大に突っ込んでいた。ヘルパーさん、勝手に私の言葉を捏造して煽るんじゃありません！

私達がこそこそと会話を交わす間にも、戦闘は始まっていた。ウォルターさんの相手はアストとルイ。――最強人物を牽制して、凪とエリクが他の魔物達を先に倒す作戦かな。

『おや、新たに魔人となった……凪、だったか？　彼が私の相手を務めると思っていたのだが』

『私達では務まりませんか？』

『まさか！　見たことがない武器に加え、数多の魔法を使いこなす淫魔とは、なんと珍しい！　そのような者達と戦えるとは思わなかったぞ！　やはり、手合わせを望んで正解だった』

『……っ、お褒め戴き光栄ですね。どうせなら、僕の魔法に当たってはくれませんか』

『いやいや、君の魔法は当たれば痛そうだから、な！』

会話をしながらも、二人の攻撃をぎりぎりで避けては反撃するウォルターさん。アストとルイを『評価している』強さは伊達ではないらしく、その表情はとても楽しげで余裕があった。

『評価する』って上から目線の言い方だけど、ウォルターさんは間違いなく二人よりも強い。他を気にする余裕こそないが、アストとルイの二人を一手に引き受けているもの。

アストとルイが弱いのではない。ウォルターさんが『強過ぎる』のだ。

「アスト様とルイはウォルター様の足止めが役目なんでしょうねぇ。少なくとも、ウォルター様以外なら倒せそうだもの」

「……ソアラから見てもそう思う？」

「ええ。確かに、ウォルター様が引き連れているのは上位種ばかりだけど……彼らには成長がないもの。聖ちゃんも言っていたじゃなぁい？『ダンジョンの魔物達は挑戦者が倒せるようになっている』って。それが致命的なのよ」

……確かに、そうだ。ダンジョンマスターであるウォルターさんはともかく、他の魔物達には弱点と言えるものが存在する。そうでなければ、挑戦者が倒せないもの。

ただ……その『弱点』に該当するものを、こちらの面子が持っているかは不明だ。

そもそも、今回の相手はアンデッド系で固められているはず。リッチやヴァンパイアといった者達の弱点は例外なく浄化系の魔法だろうが、そう簡単に倒せるとは思えない。

「ルイやアストが浄化系の魔法を使えたとしても、上位種を倒せるだけの威力ってあるのかな？」

「そこなのよねぇ……一度も試したことがないでしょうし」

尋ねるも、ソアラは困った顔で首を傾げるばかり。これればかりは答えようがないのだろう。

こちらは迎え撃つ側なのです。アンデッドが攻め込んでくることだって、ないだろう。

ぶっちゃけて言うと『試す機会がない』。外に出ることもできないから、ダンジョンマスター同士の手合わせでもない限り、魔物と対峙することなんてあるまいよ。

まあ、何らかの事情があったか、偶然が重なって、魔物がダンジョンに迷い込んでくることもあるのかもしれないが……知能が高い上位種ではまずあり得ない。

ダンジョンにはダンジョンマスターというラスボスが控えているので、喧嘩を売るような真似はしないだろうしね。

その時――

『何だと⁉』

初めて、ウォルターさんの驚愕したような声が聞こえてきた。慌ててモニターに視線を向けると、リッチとヴァンパイアが灰となって崩れゆく姿が映し出されている。

「へ？　え、ええ⁉　誰がやった、の？」

状況からして、二体を纏めて葬ったと思われる。ちょ、そこまで強力な浄化魔法を使ったの、誰よ⁉　そんなに簡単に滅びてくれるような種族じゃないだろー⁉

『悪いな、俺は元神官だ。異界の神の力も幾ばくか取り込んでいる。浄化魔法を使えても不思議じゃないだろう？　……まあ、ここまでの威力は想定外だったが』

そう言って、凪はどこか気まずそうに視線を泳がせた。ああ、凪だったのか……そりゃ、超強力な浄化魔法だろうよ、元本職だもん！

「あらあら、凪だったのねぇ。もしかすると、最初からこれを狙っていたのかもしれないわぁ」

ソアラは感心しているようだが、私的には『手合わせで使っても可能か？』という疑問が思い浮かぶ。凪が気まずそうなのも、自分が『僅かなりとも異界の神の力を取り込んでいる』という、一種のチートを自覚しているからだろうしね。

「ええと、凪があの女神の力を取り込んでいるのは良いとして。これ、手合わせのルール的に大丈夫なの？　縁」

縁ちゃーん！　お返事プリーズ！

『えっと、元になった人が持っていた能力なら問題ないよ。エリクだって、剣の腕は生前からの引き継ぎでしょ？　それを他の人達にも許していた以上、凪のことも許さざるを得ない』

「……実はちょっと迷った？」

『う……！　だ、だって、凪みたいに異界の神の力を取り込んでいる人なんて、居なかったんだもの！　でも、それを自分のものにしたのは凪の努力だから、今は凪自身の力だよ』

なるほど、そういう見方をするならありなのか。意図してチート的な能力を発揮したわけじゃないけど、取り込んでいるのが『異界の神の力』ってのが心配だった。他の世界とはいえ、創造主の力の片鱗だものね。

『馬鹿な！　ここまで強力な浄化魔法だと!?』

『これまで受け入れがたかったが、漸く、俺はこの力に感謝できそうだ。長い苦難の旅だったが、

【今】に活かせるものを得るためだったと思えば、悪くない』

驚愕するウォルターさんをよそに、凪は次々とアンデッド達を倒していく。ウォルターさんは何とか凪を止めたいようだが、アストとルイに邪魔されて身動きが取れない模様。

浄化魔法の対象以外はエリクが相手をしているため、凪の邪魔はできそうにない。やはり、彼らは役割分担ができていたらしい。

――そして、最後に残ったのはウォルターさんと小柄なデュラハン（?）の二人だけになった。

小柄な子は『推定・デュラハン？』という状態なので、浄化魔法の対象から外れた模様。

なお、こちらの面子は軽い怪我こそしているようだけど、重傷者はいない。

「良かったー！　皆が無事で終わりそう！」

喜べば、ソアラは軽く目を見開いた後、嬉しそうに笑った。

「ふふ、だから聖ちゃんが好きなのよ」

「へ？」

「手合わせに勝利したことよりも、皆が無事だったことを喜んでくれる……そんなマスターなんて、私達は知らないもの」

そうかー？　私は皆を家族と思ってるし、キャッキャウフフと日々を楽しく過ごしているから、当たり前なんだけどなぁ？

『ふ……ここまで追いつめられるとはなぁ。だが、残った奴はともかく、私は強いぞ？』

そう言って、不敵に笑うウォルターさん。皆もその言い分に納得しているのか、意識はウォルターさんに集中しているようだ。

小柄な子はウォルターさんの邪魔にならないように指示されているのか、彼のすぐ後ろに控えている。言い方は悪いけれど、やはりこの子は戦力というよりも数合わせ要員だったっぽい。

『さあ、決着をつけようではないか。君達が勝てば、最愛たる【彼女】は守られるぞ。君達が負ければ、そちらの陣営には敗北が待つのみだろうがな』

『そうですね。その時はさっさと投降するよう、求めますよ。ご存じの通り、聖には戦闘能力がありませんし、仲間達が無理をしてまで自分を庇うことなど望まないでしょうから』

少々、茶化して言っているが、四人が負ければ、私達に打つ手はない。アストもそれが判っているからこそ、『ヤバいと思ったら、負けを宣言なさい』（意訳）とわざわざ口にしたのだろう。

『おやおや、君達は本当に仲間想いなのだな。ふむ、そういった姿は好ましいよ。だが、手は抜かん！　さあ、いざ――』

『いいえ、貴方は邪魔よ』

『何⁉　ぐ……！』

「え……？　ちょ、どういうこと⁉」

仕掛けようとしたウォルターさんが、驚愕の表情で振り返っている。彼の背後に居た小柄な子……デュラハンっぽい彼女は、手にした剣で背後からウォルターさんを刺していた。

この状況に驚いているのは、攻撃されたウォルターさんだけではない。その場にいた全員が『裏切者』へと視線を向け、驚愕を露(あらわ)にしている。

だって、おかしいじゃない。どうして、『創造された魔物が、主に反逆できる』の？

自我だって、創造者たるマスターが望まない限り、存在しないはずなのに！

『お、前……一体、何を……っ……何故……！』

『とりあえず、こちらに！』

言いながらも体を引き抜き、距離を取るウォルターさん。アスト達も突然の事態に混乱しているようだけど、とりあえずウォルターさんを守る方に動いたようだ。

皆の視線を受けながらも、どこか余裕のある態度で小柄な子は顔の仮面を外す。その顔を見た途端、アストとルイが驚愕の声を上げた。

『貴女は……！』

『アイシャさん……？』

二人の言葉に、私とソアラも顔を見合わせた。

「アイシャって、リリィの元相方じゃなかったっけ？」

「そのはずよぉ。だけど、ちょっとおかしいわね……？　ウォルター様の手勢になっている以上、あの子はウォルター様のダンジョンで死んでいるはずなのよねぇ。自我を持つことだって、許されていないでしょうし」

「だよねぇ。それなら、さっきまで居た魔物達だって自我がありそうだもの」

言い方は悪いが、アイシャは弱い。それに加え、つい最近までこちらに居て『生きていた』。つまり、死にたて&創造したてという状況なのですよ。

はっきり言って、自我を残すメリットはない。彼女の意思に任せた戦闘をさせるよりも、的確な指示を出せるウォルターさんが動かした方が使えるだろう。

それ以前に、彼女はおかしい。何故、主であるウォルターさんを傷つけられたんだ？　創造された魔物達は主に対し、絶対に逆らわない。攻撃なんて、不可能なはずでしょう？

『うふふ……もう以前の私とは違うわ。力を得たのよ』

そう言って、嫌な笑みを浮かべるアイシャ。彼女に何があったかは判らない。だが、もはや手合わせどころじゃなくなったことだけは確かだった。

第三十七話　悪意は芽吹き、世界を揺らす　～ただし、恐れられるとは限らない～

『聖っ！　とりあえず、皆を君のダンジョンに転移させるよ！』

これまでのことを見ていたらしく、縁の決断は早かった。勿論、私もそれに同意だ。

「アイシャはどうするの？」

『一時的にその場を閉じて、隔離する。だけど……彼女は存在が歪んでいる。僕の干渉を受け付けないんだ。だから、破られる可能性もある』

「何それ？　アイシャは確かにこの世界の人間だったはずだけど」

『とにかく、転移させるね！』

困惑する私に答えることなく、縁は転移することを優先させた。縁がここまで焦っているところを見ると、アイシャは私の想像以上にヤバい存在になっているのかもしれない。

そう思った瞬間、視界がぶれて、私は馴染みのある部屋に戻っていた。傍にはソアラを始めとする手合わせに参加していた皆と、怪我を負ったウォルターさん。

……。

いやいや、治癒魔法を使わなきゃまずいでしょ!?　何で、誰もウォルターさんの怪我を治していないのさ!?

「ちょ、アスト！　早くウォルターさんの怪我を治して！」

まずはそこからだ。だが、返ってきたのは予想外の言葉。

「……効かないんです」

「は？」

「治癒魔法ならば、すぐにかけました。ですが、効かない……いえ、これは正しくありませんね。治癒魔法の効きが非常に弱い、と言った方がいいでしょうか」

「え、手合わせってそんなことが起こるの……？」

疑問を口にすると、アストは首を横に振る。

「いいえ、それはあり得ません。過去に手合わせが行われた場合も含め、『そのようなことはあり得ない』のですよ、聖。手合わせで死んだ魔物とて、生き返っているでしょう？　手合わせはあくまでも手合わせであり、実戦とは異なっているのです」

「『怪我を負わない』という状況ならば、まだ納得できるんですよ、聖さん。ですが、僕もこのような事態は記憶にありません。創造主様の言葉通りならば、彼女に何らかのイレギュラーが起きているはずです」

アストに続き、ルイも『あり得ない』と言い切った。自我のなかった頃の記憶を探ってみても、今回のような事態はおかしい模様。

私達が話している間に、ソアラはウォルターさんの手当てをしてくれている。普通の手当てに加え、治癒魔法をかけ続けて、少しでも癒やそうとしているのだろう。

「ウォルターさん。彼女に何か、特別なことをしました？」

問い掛けると、ウォルターさんは暫し、記憶を探るように目を眇め。

「いいや、特別なことはしていない。そもそも、『あれ』の元になった人間は性格に難ありでな、自我を持つことさえ許してはおらんよ」

「そうですか……」

と、なると。

彼女……アイシャはうちのダンジョンで問題を起こしてから皇国のダンジョンに挑む過程で、何らかの行動をしたのだろう。魔法のある世界なので、禁呪紛いに手を染めても不思議はない。

「私は魔法のない世界出身なのでよく知りませんが、異世界の知識を使った禁呪みたいなものが編み出されている可能性ってありませんかね？　縁……この世界の創造主も『彼女は存在が歪んでいる』って言ってましたし」

ゲームとかなら、割とあり得る展開だよね。だけど、皆は揃って首を横に振った。代表するかのように、アストが口を開く。

「創造主様がお許しになりません。いいですか、聖。異界の叡智を得て、それを可能にする魔力があったとしましょう。その場合、術者はこの世界の住人……『創造主様の支配下にある者』なのです。創造主様は基本的に、自分が世界に影響を与えることを良しとはしません。ですが、世界を壊しかねない術ならば、『発動を認めない』という選択をなさるでしょう」

「ええと、要は『創造主が白と言えば、黒い物でも白いことになる』って感じ？　条件を満たしていても、最後の抑止力である創造主が認めなければ意味がない」

「その通りです。異世界の技術は素晴らしいものもありますが、良い結果をもたらすものばかりではありません。特に、この世界は未だ幼い。ですから、創造主様も監視を徹底されているのです」

……縁は陰ながら頑張っているようだ。確かに、『異世界の技術は素晴らしい』で済む話ではない。私の世界の技術とて、良いことばかりじゃないものね。

だが、そうなると益々、この事態を疑問に思ってしまう。

「創造する過程でおかしな要素でもあったってこと？　エリクの時のことを前提にするなら、アイシャの遺体に何らかの術が施されていたとか、彼女が何かを持っていたってことかな？」

「ふむ、さすがに持ち物までは調べていないが……本人に妙な術は掛けられていなかったぞ」

「では、持ち物が怪しいですね。他のダンジョンから持ち出された呪物などでしょうか？」

私、ウォルターさん、アストの順で口を開くが、どうにもしっくりこない。

ウォルターさんの話を聞く限り、アストの説が有力だけど……そんなにヤバい物を作り出すダンジョンマスターなんて居るのかね？　死霊術師の例を思い出す限り、絶対に、補佐役に止められてそうなんだけど。


――唯一、可能性がありそうなのは『あのクソ女神の置き土産』という場合。


だけど、縁や他の創造主様達が放置したままにするだろうか？　また、女神にはきつい罰が与えられた――兄貴（私の世界の創造主）が教えてくれた。考えたのはサージュおじいちゃんの居た世界の創造主様だけど、鬼だった！――ので、女神が報復をしたわけでもないだろう。

皆がウォルターさんを気遣いつつ、頭を悩ませていた最中――

「皆っ！　大丈夫⁉」

声と共に、幼い子供……創造主である縁が姿を現した。現れたのは縁だけではない。軍服のような服を纏（まと）った見知らぬ青年と、青年に拘束されている老婆も一緒だ。

「閣下！　何と、お労（いたわ）しい……！」

「おお、ザイードか」

「お傍を離れましたこと、お詫び申し上げます」

「いや、創造主様からの命だ。そちらを優先することは間違っておらんよ」

青年……ザイードさんはウォルターさんの補佐役らしい。っていうか、君達は本当に軍人みたいな日常なんだね？　遣り取りが完全に『信頼関係を築いている上官と部下』です。

話を聞く限り、彼は縁からの命令で別行動を取っていたようだ。それで姿を見なかったのか。

「アスト、補佐役ってダンジョンの外に出られるの？」

「一応、出られます。我々は創造主様の手足でもありますから、命が下されれば、動くこともありますよ。まあ、我々の存在は異質なので、表立って動くことは殆どありませんが」

「なるほどー」

ってことは、ザイードさんはダンジョンでお留守番とかではなかったのだろう。何をやったかは知らないけど、連れている老婆の捕獲がお仕事だったのかな？

それ以前に、この老婆は何者なのだろう。怪我をしているウォルターさんの姿を見るなり、にやりと笑うとか……かなり嫌な感じだ。

「ふふ……無様ですわね、ダンジョンマスター。怪我をしたのがそちらの女でないことが残念ですが、この世界に一矢報いたと思えば、それなりに満足ですわ」

「貴様……！」

「止せ、ザイード。この怪我は私の油断ゆえ。不甲斐ないことは事実なのだ」

「まあ、潔い態度ですこと！　ですが……『あの子』を作り出したのは貴方ですわ。この世界を乱す存在をね！」

「く……っ」

ウォルターさんも、ウォルターさんに諫められたザイードさんも悔しげに老婆を見つめた。だが、老婆は二人の視線を物ともせず、私を見てにんまりと笑った。

「お久しぶりですわね、忌々しいダンジョンマスター様？」

「は？　誰、あんた」

向こうは私を知っているらしい。私を『ダンジョンマスター』と言っているから、ダンジョンに挑んだ誰かだとは思うけど……私が自己紹介をするのはダンジョンの制覇者のみ。

こんなお婆さんが四階層を突破したなんて、聞いたことないんだけど。

「酷（ひど）いですわね。我が神から凪（なぎ）を奪ったばかりか、敗者のことなど記憶にないと？」

「お前……まさか！」

反応したのは、私ではなく凪だった。だけど、私にもこの老婆が誰か判ってしまった。

「君も諦めが悪いよね、『聖女』？　そんな姿になったくせに、まだあの女神への敬愛を失わないなんて。呆れ果てるばかりだよ」

「あらあら、創造主様……あのお方への敬愛が薄れることなど、あり得ませんわ。信者の居ない貴方には判らないでしょうけどねぇ？」

『な⁉』

呆れた口調で、老婆――『聖女』に冷めた目を向ける縁。だが、聖女はふてぶてしい態度で言い返す。込められた言葉の毒に、怒ったのは縁……ではなく。

「お前、相変わらずなんだな。訂正させてもらうが、俺は自分で聖を選んだ。あのろくでもない女神の所有物になるなんて、御免だな」

「凪、『これ』は人の言葉を理解できない生き物ですから、何を言っても無駄です」

「アスト様の言う通りだぞ～？　躾のできていない駄犬が吠えてると思えばいいじゃないか」

「まあ、エリクさんったら。犬の方が何倍も可愛げがあるじゃなぁい？　どんな駄犬だって、この人よりはきっとマシよぉ？」

「姉さんの言う通りだね。……聖さん、何をしてるんです？」

「兄貴にメールしてる～。処罰は終わっているけど、あくまでも『これまでのことに対するお仕置き』であって、その後は教育的指導が待っているらしいんだよ。そこに『聖女』の分も追加してもらおうと思って！　ほら、兄貴も相当怒っていたし、私は兄貴の世界の住人だから協力しないとね！　義務だよね！　義・務！」

私を含めた皆の方だった。凪、アスト、エリク、ソアラ、ルイの順で言いたい放題＋元の世界で培ったメールの早打ちを披露です！　チクリ？　いえいえ、創造主様への義務ですとも！

「な……馬鹿にしてっ」

「実際にお馬鹿でしょ」

怒れる『聖女』にも、笑顔で即答。お前なんざ、二十一歳児の私に言い返される程度の存在と知れ。相手がこいつなら、全然怖くないわ。老婆になっていたから、驚いただけ！

「……あの」

「言わないで、ザイード。聖達は彼女と彼女が信仰する女神に対し、鬱憤が溜まってるんだ」

「そ、そうですか」

縁が遠い目になっていたり、ウォルターさんとザイードさんがドン引きしていたのは些細なことです。華麗にスルーさせていただきます。

第三十八話　『聖女』の誤算と救われぬ者

老婆が『聖女』と呼ばれていた存在だったと判明した途端、私のテンションは上がった。

いや、だってさぁ……凪(なぎ)の一件では、やられっ放しだったんだよね、私達。ガツッと〆てくれたのは創造主様なので、私達は実質、何もやっていない。

そこに手の届く存在となった怨敵が再度、仕掛けてきた。

今度は私達のターンってことですよ！　反撃の時はきた……！

そもそも、こいつは典型的な力押しタイプ。その力の源たる女神が罰を受けて干渉できない状態である以上、恐れる必要はないだろう。こちらにはこの世界の創造主である縁(ゆかり)もいるしね。

「ふ、ふん、強がるのもいい加減になさいませ。あの子には私が持っていた、かのお方の力の片鱗を授けたのですよ？　貴方達も身をもって知っている、圧倒的な力……片鱗とはいえ、『神の力』なのですよ！　現に、貴方達には打つ手がないでしょう⁉　そこに居るダンジョンマスターでさえ、ろくに傷を癒やせないではありませんか」

私達の反応に唖然としていた『聖女』――名前を知らないので、渾名的にこれでいいと思う――は我に返ると、蔑むように告げてくる。

皆もはっとして、ウォルターさんへと視線を向けた。当のウォルターさんも悔しそうだが、怪我を癒やせないことは事実であるため、反論できない模様。

『致命傷に成り得る傷』――その事実は皆を苛立たせ、同時に警戒心を高めたようだ。

体に強度があるはずのダンジョンマスターでさえ、この有り様。それを目の当たりにすれば、皆の反応も仕方がないことだろう。

……が。

私のお返事は『聖女』の予想に反して『否』だった。

「いや、できると思うけど？」

『は？』

皆の声が綺麗にハモる。あれ？　そんなに意外かなぁ？

「はっ！　強がりを言うものではありませんわ！」

『聖女』が即座に声を上げるけど、それは綺麗にシカトし、私は凪を手招きした。

「多分、大丈夫。凪ー、ちょっとウォルターさんに治癒魔法をかけてくれない？　できれば元の世界に居た頃……神官時代に使っていた治癒魔法がいいんだけど」

予想外の指名に、凪は軽く驚いたようだった。だが、即座に顔を曇らせる。

「聖、治癒魔法はすでにアスト達が試しているぞ？　それに、いくら俺が元神官でも治癒魔法に特化しているとは限らないんだ。一応、治癒魔法は使えるが……特殊な傷を癒やすような効果はない」

「ううん、そこは関係ないんだ。重要なのは『凪が神官時代に使っていた治癒魔法を使えるか』ってことと、『女神の力の幾ばくかを取り込んでいる』ってことだから」

「なに……？」

意味が判らないのか、凪は首を傾げている。皆も同様。やがて、代表するかのようにアストが疑問を口にした。

「聖、詳しく説明してくれませんか？　その二点がどう影響してくるのか、詳しい解説をお願いします。凪もよく判っていないようですし」

「了解！　アイシャの変貌とか力って、要はあの女神の力のせいなんでしょ？　だったら、『女神の力を有している凪』が望み、『女神との繋がりが強い治癒魔法』を使えば、治るんじゃないの？　あの女神は今、妨害できない状態なんだから、凪の意思が勝ると思う」

「はい？」

「だからね？　ウォルターさんを傷つけたのは『あの女神の力』でしょ？　それを癒やすのも当然、『あの女神の力』じゃないかな。凪は魔人として生まれ変わったけど、『あの女神の力を有している魔人』じゃない。大雑把に言えば、女神自身が治癒を行うような状態になるはずだよ」

「な……そんなことがあるはずは……」

『聖女』は驚愕の表情で否定しようとするが、彼女も凪のことは知っているため、言葉が出てこないようだ。そこへ私が更に畳みかける。

「情報収集不足だね、『聖女』。あんたがあの女神の力に縋る以上、こちらには最強の対抗策があるんだよ。ウォルターさんの怪我が治りにくかったのも、『人の魔力』が『女神の力』に討ち負けただけでしょうが。この世界の創造主が極力、世界に関わらないようにしていることの弊害だよ」

「なるほど、『この世界の治癒魔法は創造主の力を借りるものではないから、治癒できなかった』と。『異界の創造主の力によって受けた傷だからこそ、我々如きでは対抗できない』……聖はそう言いたいんですね？」

「アスト、正解！　つまり、女神の力を取り込んでいる凪が治癒すれば当然、治る！　……と思う。あの女神の力で付いた傷だし、まだ元の世界では絶対的な信仰をされているだろうから、縁でもちょっと厳しいかもね。だから、治癒を任せるのは凪がベスト。あの女神への対抗策にして、最強の切り札は凪だよ」

そこまで言えば理解できたのか、皆が納得した表情になる。『聖女』は……ああ、呆然としているね。まさか、こんな解決策があるとは思わなかったんだろう。

自活可能な引き籠もり予備軍を嘗めてはいけない。できる限りお家に居るには、それなりに金が要るのだ。素敵な未来のためならば、一時の苦労など些細なこと。良い労働条件や給料を獲得すべく、一途に頑張れる生き物なのである。

なお、その過程で様々な知識（意訳）が増えていく。個人的な趣味の副産物とて、ダンジョン運営に活用されたのは言うまでもない。

戦闘能力皆無ならば、頭脳戦では役に立ってみせる！　私はダンジョンマスターだもの！

バーカ、バーカ、アストには二十一歳児扱いでも、元の世界では成績優秀だったんだよ！

そんなことを考えている間にも、凪は治癒魔法を試してくれたらしい。その結果――

「閣下……！　凪、ありがとうございます！」

「礼は聖に。効いて良かった」

「おお！　聞いたことのない詠唱だったが、見事な治癒魔法だな！」

ウォルターさんはめでたく全快した。ザイードさんは喜びを露（あらわ）にし、凪へと感謝を述べている。

微笑ましい光景と安堵からか、皆の表情も明るくなったようだ。

「そういや、俺達が『聖女』と戦った時って……跳ね飛ばされて壁に叩き付けられた怪我が大半だったたな。まあ、直接『女神の力』なんてものを食らっていたら、あんなものじゃ済まなかっただろうけど」

「まともに食らったゴースト達は消滅しましたが、人間を介した力だったせいか、再生可能な状態でしたからね。だけど、脅威であることは事実です。……ダンジョンマスターには『死』が存在し

ますから。ウォルター様があの程度で済んだのは、創造された魔物達よりも体に強度があったお蔭かもしれません。この世界の創造主様に作られた器であることが、消滅を免れた一因でしょうね」

エリクとルイの言葉に、記憶を探る。……ああ、確かに皆は『女神の力による怪我を負っていない』。というか、あれは一発でも食らったらヤバそうだから、直撃は避けたんじゃなかったか。

「こんな……こんなことって……」

『聖女』は認めたくないのか、呆然としている。そんな彼女の姿に、復讐の時は今だと悟った。

よっしゃぁ！　あの時の恨みを徹底的に晴らしてくれる！　いざ！

「あんた、力押しの脳筋じゃん。しかも、自分の力じゃなく、神の力を行使してるだけ。だから、この程度のことにも気付けないいんでしょうが」

『聖女』は女神との距離が近過ぎた。それゆえに、神の力を揮うことができたけど……逆に言えば、『圧倒的な力を揮うからこそ、考える必要がない』という事態を招いた。考えなくても、力押しで何とかなってしまうから。

だけど、それは思考の停止と一緒。私が『【聖女】が相手なら怖くない』と思う理由はそこだ。

彼女にとって、私やサージュおじいちゃんのように『努力で乗り越える』ということが当たり前の人々は、天敵に等しかろう。力押しでしかない『聖女』の攻撃なんて、いくらでも粗があるんだもの。

「私達に神に対抗する力はない。だけど！　人間のあんたが相手なら、立場は同じ！　力押しの脳筋なんざ、いくらでも付け入る隙があるに決まってるじゃない！」

「加護を受けた私が、貴女達如きと同列ですって⁉」

プライドが傷ついたのか、即座に反応する『聖女』。そんな彼女に、私はにやりと笑って、ずっと言ってやりたかったことを口にした。

「いくら加護持ちでも、ろくなことを思いつかないあんたが馬鹿なんじゃない！　加護持ちなのに負けるなんて、一番女神の顔に泥を塗ってるのはあんたでしょうが！　二十一歳児にすら負ける、粗末なおつむであることを恥じたらどう⁉」


「ぐ……っ！」

どやぁっ！　とばかりに言い切れば、反論できずに沈黙する『聖女』。皆が微妙な顔になっているけど、私の気分は爽快だ。我、見事に復讐を遂行せりっ！

「聖……なんて正直な」

「いいじゃん、アスト。私は自分を含め、縁や皆を馬鹿にされたことを忘れていない」

アストは呆れ顔だが、フォローする気もないようだ。私を叱る素振りも見せないので、内心は『でかした！』くらいは思っているのかもしれない。縁も馬鹿にされてたしね。

「ふ……ふふ……！　それでも、あの子は脅威でしょう？」

俯いたまま、『聖女』が呟く。皆の視線が集中する中、『聖女』はゆっくりと顔を上げた。

「生み出されてしまった『人形』は、元はこの世界の住人でありながら、異界の神の力を取り込んだ『異形』。その憎しみはダンジョンマスターどころか、己を否定する全てに向けられる……！

ふふ……彼女の見当違いの憎しみも、驕りも、自分勝手さも、とても都合が良かったのよ。さあ、今度はどんな手を打ってくれるのかしら？」

不気味に、けれど勝利を確信して笑う『聖女』。彼女の言葉を受け、私は――

第三十九話　自分勝手な者達の宴　其の一

――アイシャが隔離されているダンジョンにて
『聖女』曰く『人形』――アイシャは敵を探して、ダンジョン内を彷徨っていた。

閉ざされた場所であることは判っていたが、自分が放置されるとも思っていない。そんな確信があったからこそ、彼女は血に塗れた剣を片手に『敵』を探す。

「焦る必要はないわ、私は強いもの。ダンジョンマスターにさえ傷を負わせ、彼らに撤退を余儀なくさせた。私を野放しにできるはずはない……きっと、討伐にやって来る」

そこを勝利すればいい。アイシャはそんな風に考えていた。

彼女は単純にも、自分が力を得たとしか思っていない。姿が生前と変わっていない上、自我もあることから、魔物化をあまりにも軽く考えているのだ。

――勿論、現実はアイシャの認識と異なっている。

彼女はもはや、ダンジョンの外に出ることができない。それどころか、ダンジョンに括られる存在であり、命の輪に還ることができるかすら怪しかった。

通常ならば温情が与えられ、いつかは解放される可能性もあっただろうが、今の彼女は異世界の創造主の力と交ざり合った異質な存在……創造主の干渉さえ受け付けない『異形』なのである。

魔物化されただけならば、『異端』と呼ばれる存在になろうとも、世界の理から外れてはいない。創造主がそれを許しているのだから、当然と言えよう。あくまでも『人々から異端視される存在となっただけ』なのだ。

だが、今のアイシャはどこにも属さず、創造主の干渉すら受け付けない。かの女神の世界においても同様に、受け入れられることはあるまい。


それゆえに、『聖女』はアイシャを『異形』と言った。『どこにも属さない化け物』と。


ただでさえ危険視されて当然なのに、最も厄介なのはアイシャの思考。創造主であるダンジョンマスターを平然と傷つけ、自分の強さに酔うアイシャはまさに、『最悪の化け物』であった。

余談だが、魔物化された者達の大半に自我がないのは、創造主による温情だ。

人の精神は、記憶を有したまま『異端』となって平然としていられるほど、逞しくはできていない。見知った者達に化け物扱いされ、魔物となった現実を突き付けられながら存在するのは、時が経てば経つほど苦しくなる。

　アイシャはそういったことに思い至らずにいるからこそ、高揚した気分のままでいられるのだろう。……その分、気付いた時の絶望は深いだろうが。

　創造主たる縁の懸念はまさにそれであった。アイシャのことは自業自得だと思っているが、彼女が絶望し、形振り構わず憎しみをぶつけだした時を思うと、野放しにもできない。アイシャが感情的になりやすい性格であることも、大きな不安要素である。

　このように『野放しにできない』という認識は同じであっても、アイシャと創造主側の者達との間には大きなずれがあるのだ。まあ、『聖女』に言わせれば、『宝物である女神の護符を用いて、アイシャの望みを叶えてあげた』となるのだが。

　やがて、アイシャは目的の者達の存在を感じ取り、笑みを浮かべた。その笑みさえ、彼女が人であった頃とは違う邪悪なもの。

　……そこに気付くことなく、アイシャは足を進める。新たなる勝利に酔いしれるために。

※※※※※※※※

　――時は暫し、遡る。（聖視点）

「生み出されてしまった『人形』は、元はこの世界の住人でありながら、異界の神の力を取り込んだ『異形』。その憎しみはダンジョンマスターどころか、己を否定する全てに向けられる……！

ふふ……彼女の見当違いの憎しみも、驕りも、自分勝手さも、とても都合が良かったのよ。さあ、今度はどんな手を打ってくれるのかしら？」

毒を含んだ声音で『聖女』は言葉を紡ぐ。そんな彼女に対し、私は――

「特別な行動をする必要なんてないけど。放置でいいんだよ、あれ」

『は？』

さらっと答えを口にした。その途端、皆の疑問の声が綺麗にハモる。

「あんた、馬鹿でしょ。人の体にとって神の力なんざ、毒でしかないの。とんでもない負荷がかかるんだよ。現に、受けていた加護が止んだ途端、あんたはその姿になった。それ、本来かかるはずだった負担が一気に来たってことでしょうが」

「!?」

老婆になった『聖女』を指差し、私は肩を竦めた。

「創造主が作った器である私の体でさえ、ほんの一時の貸し出しで寝込むほどなの。あの子、そのうちに絶対、自滅するよ」

「でも、聖さん。彼女は平気そうでしたよ？」

アイシャと対峙した一人であるルイの発言を受け、他の人達は困惑気味だ。私の言っていることは経験から導き出された予想だけれど、ルイの言っていることも事実であるため、どちらを信じていいか判らないのだろう。

……が、私には双方の言い分に納得できる答えの予想もついていた。

「だってあの子、今はアンデッドじゃん。体調不良なんて判らないだろうし、自覚症状もないと思うよ？　ある程度は強化されていたとしても、『神の力』とやらを使い続ければ壊れるんじゃないの？　いくらアンデッドの体でもそこまで頑丈じゃないでしょうよ、加護もないんだし」

「ああ、そういうことですか……」

納得したようなアストの声に、皆も其々頷いている。『聖女』も漸くその可能性に思い至ったらしく、顔面蒼白だ。そんな『聖女』の顔を、私は呆れを隠さず覗き込む。

「ねえ、『聖女』？　あんたは自分の姿を、加護が失われたせいだと思い込んでいた。体に負荷がかかることを知らなかったんでしょう？　だけど、私は自分の体験として知っている。だから、『あんた自身は怖くない』の。前の時だって、私達が恐れたのは『神の力』だったんだもの」

兄貴（私の世界の創造主）だって言っていたじゃないか……『神の力ってのは、人にはどうしようもないものだ』と。それを『聖女』経由のものとはいえ、一時抑え込んでみせたからこそ、サージュおじいちゃんの世界の創造主様は大絶賛だったのだから。

「だが、自壊するまでには時間がかかる。そこまで待ってやる必要はないと思うぞ」

不意に響いた声にそちらを向けば、どこか憮然とした表情のウォルターさん。

「本人が望んでいるのだ。望み通り、戦ってやろうではないか。不意を突かれたとはいえ、このままではあまりにも不甲斐ない。あのような卑怯者であれど、私が作り出した配下よ。壊れる時など待たず、あの思い上がった小娘を叩き斬ってくれる！」

「お供します、閣下」

その目に浮かぶのは『怒り』。戦うことを好み、強さを尊ぶ軍人気質のダンジョンマスターだからこそ、ウォルターさんは自分の手で決着をつけたいようだ。ザイードさんもウォルターさんに共感しているらしく、いつの間にかその手には細身の双剣が握られていた。

「俺も行きたい。女神の力を取り込んでいる俺なら、致命傷を与えられるかもしれん」

先ほどの治癒の効果を見たせいか、凪が名乗りを上げる。

「あ、僕も行きたいです。彼女の言動には少々、思うところがありましたから……最後に言っておきたいんですよね。エリクさん、姉さん、聖さんをお願いします」

「ああ、判った。相手が一人だから、あんまり数が居ても仕方ないしな」

「気をつけてね？　こちらは任せて」

ルイの言葉に含まれる感情を感じ取ったのか、エリクとソアラは顔を見合わせると、ルイの言葉に頷いた。やっぱり、ルイはアイシャの言動に怒っていた模様。

「それでは、私も同行いたしましょう。……聖、間違っても貴女は来ないように！　用がある場合は、他の者を寄越すのですよ」

「戦闘能力皆無だから、行かないってば」

最後にアストが同行の意を示すと、即座に私へと向き直り『余計なことをするんじゃありませんよ』とばかりに念を押す。……信頼がないようだ。あの、私にできることってないからね⁉

そんな会話が交わされる中、私達の様子を見ていた縁も覚悟を決めたようだった。

「判った、君達に頼もう。だけど……送り込んだら、暫くはこちらに戻せないと思って欲しい。万が一、彼女が無理矢理ついて来てしまったら、厄介だからね」

「あ～……そのまま逃亡される可能性もあるのか。外で自壊されても、困るものね」

「うん。今は隔離されている空間にいるからこそ、世界にまで影響が出ていないんだ。だけど、あの隔離空間には影響が出ているらしい。ほら、見て」

縁が指差した先に、あの手合わせを行っていたダンジョン内が映し出される。だけど、その映像は随分と粗いノイズ混じりだ。

「何これ⁉」

「多分だけど、アイシャの影響だろうね。あの子には今、二人の創造主の力が宿っているようなものだから……」

「あ、そっか。『ダンジョンマスターに創造された魔物』って、物凄く大雑把に言うと、縁の力で作られているようなものだものね！」

ダンジョンマスターが魔力で作り出してはいるけれど、それを可能にしているのは創造主である縁。縁が望んでいるからこそ起きている『奇跡』と言えば判りやすいかも。

「そう。外で『生きている』魔物と違って、『本来ならば存在しない創造物』だよ。だから、基本的に僕が何とかできるはずなんだ……『この世界に属している限り』は。それができなくなっているのは、異界の女神の力と混ざり合ってしまっているから。周囲にこれだけ影響が出ているってことは、あの子にも何らかの影響が出ているかもしれないね」

縁は厳しい表情で『影響が出ている』と指摘しているけど、映像のアイシャは平然としているように見えた。

おいおい……その話が事実なら、自壊するのはもう時間の問題だろう。しかも、自覚が出るのは本当に最後の最後じゃあるまいか？

「それでは行って参ります」

アストの言葉を最後に、対アイシャ要員達の姿が消える。不安がないわけじゃないけれど、縁とこの世界のためにも彼らに頑張ってもらうしかないだろう。

「要は、アイシャに力を揮(ふる)わせて、自滅を促すってことだよね」

「そうねぇ……でも、あの子は力に酔ってそうだもの。必要以上に嬲(なぶ)って強さを誇示しそうだし、ある程度の時間を耐えきれば、すぐに自壊しそうねぇ」

確かに、その可能性が高そう。だけど、同情はしない。この結果をもたらしたのは、周囲の人達の言葉を無視してきたあの子自身。

安易に力を求めた代償は『世界にとって害悪』とされること、そして……『消滅』という未来なのだから。

第四十話　自分勝手な者達の宴　其の二

――アイシャが隔離されているダンジョンにて（ルイ視点）

僕達の姿を見た途端、アイシャさんはにんまりと笑った。その笑みに、もはや彼女が人間ではないと痛感する。

いや、『人間』というよりも、性格そのものが変わってしまったのだろう。少なくとも、以前の彼女はあんな笑い方をしなかった。

方向性こそ間違っていたけれど、友人のために憤る姿に嘘は感じられなかったのだから。

「力に飲まれた人間というのは皆、あのような顔をします。優越感、他者への見下し……自分が強者だと思い込んでいるゆえに、秘めていた醜い部分が表面化するのでしょうかね」

「アスト様は彼女のような人をご存じなのですか？」

妙に実感の籠もった言葉のように聞こえ、好奇心のままに尋ねると、アスト様は暫し沈黙し。

「……『与えられた力を誇示し、優越感に浸り、他者を見下す者』。これまで存在したダンジョンマスター達の中には、そういった方がそれなりにいらっしゃいましたから」

実に納得できる答えをくれた。……ああ、確かに。僕の中にある記憶を探ってみても、そういった方はいた。寧ろ、ダンジョンの支配者として存在するせいか、それなりに多かったと思う。

「聖さんと過ごす日々に慣れていたせいか、忘れていました」

聖さんが人間だった頃のことは知らないけれど、きっと今と変わらなかっただろう。そうでなければ、凪があれほど懐くはずがない。

不可思議な子供だった凪を不気味に思うことなく、当たり前のように庇った聖さん。

魔物達に自我を望み、共に楽しく暮らそうと手を差し伸べてくれた聖さん。

凪だけでなく、創造された魔物達が聖さんを慕うのは……『初めて手を差し伸べてくれた人だから』。創造された後も、彼女は僕達に優しかった。それ以上に、創造物でしかない僕達を『個人』として認め、その言葉に耳を傾けてくれた。

だからこそ、聖さんへの好意は増すばかり。敬愛、忠誠、親愛、そして……エリクさんが姉さんに向けるような愛情とて、僕は聖さんに抱いているのだと思う。

こんなマスターなんて、今迄いなかった。僕達が聖さんを慕うのは、決して、自分を創造した主だからというだけではない。こんな風に思うのは、聖さん自身の行動があってこそ。

——同個体の記憶を有するからこそ、彼女が向けてくれた好意がとても嬉しかったのだ。

きっと、自我を与えられた僕達が初めて覚えた感情は『喜び』だ。そして、そんな聖さんの影響を受けたからこそ、僕達は今、ダンジョンで挑戦者達と上手くやっていけているのだと思う。

自我を持つ僕達からすれば、人間である挑戦者達は弱者に思えてしまう。それでも見下したり、優越感に浸ったりしないのは、間違いなく聖さんの影響だろう。

もしも、自我を与えられただけだったら……僕達とて、今のアイシャさんのようになっていたのかもしれない。

「僕達も自我を持つだけだったら、あのようになっていたのかもしれませんね」

「耳に痛い言葉だな」

凪も僕達の会話を聞いていたらしい。

「俺は力を疎んではいたが、同時に利用してもいた。自分の運命を憎むのではなく、何らかの野心を抱いていたら……彼女のようになっていたかもな。神の力に当てられて破滅する人間達を数多く見てきたが、哀れんだことはなかったよ。俺は自分の不運を嘆き、元凶を憎むだけだった」

「まあ、凪の場合は仕方ないのかもしれませんね。その憎しみこそが唯一、凪の正気を繋ぎ止めるものだったのだと思いますよ？　その果てに、今がある。それでいいじゃないですか」

そう言うと、アスト様は銃を構えた。視線を向けると、アイシャさんがウォルター様達と対峙している。『初手は譲ってほしい』――そう言われていたからこそ、僕達は今『は』動かない。

「あら、マスターさん。補佐を引き連れて討伐に来たの？」

本来ならば、己の創造主たるウォルター様にそんな口などきけるはずはない。それ以前に、二人が彼女に向ける殺気は本物だ。手練れであっても、軽口なんて普通は叩けない。

「余裕だな、アイシャよ。力に縋っているだけのくせに、他者への侮辱は忘れんとは、見下げ果てた性根だな。本来のお前など、同業だった冒険者達にさえ、まともに相手をされないだろうに」

「煩い！　強ければ……強い者が正しいのよ。私は強いわ。それで十分」

ウォルター様の言葉に、アイシャさんは醜く顔を歪めた。言い訳のように言葉を紡ぐのは、彼女自身、どこかで指摘されたことが事実だと判っているからだろう。

そんな彼女の姿に、僕の心は益々、凍えていく。


――ああ、なんてくだらない生き物！　醜く、愚かで、生きる価値のない化け物！


そんなことを考えていると、不意にアイシャさんの視線が僕を捉えた。不快感に、思わず顔を顰める。

「あら……ルイさんも来てくれたの？　どう？　少しは私を認める気になったかしら？」

「口を閉じてくれませんか？　耳障りな雑音でしかないのですから」

「な⁉」

僕がそんなことを言うとは思っていなかったのか、アイシャさんは酷く驚いたようだった。だが、それこそ彼女が僕の見た目しか見ていなかった証のように感じてしまう。

「何を驚いているんです？　僕は魔物です。それも、特に己の感情に素直と言われている淫魔。貴女には嫌悪感しかありませんし、優しくする義理もない」

「ふ、ふうん、それが本性なの？　お優しいダンジョンマスターの言いなりになって、普段は優しい人を演じているというわけね。素晴らしい奴隷根性……きゃ⁉」

声を上げた彼女の頬に、一筋の朱が流れる。それを成したのは――

「申し訳ございません、ウォルター様。害虫の鳴き声があまりにも不快で、我慢できませんでした。お叱りは如何様にも」

わざとらしい笑みの中、笑っていない目で銃を撃ったアスト様だった。視線を向けると、凪の掌が仄（ほの）かに光っている。アスト様がやらなければ、凪が魔法を撃つつもりだったらしい。

「あそこまで言われて、何もしない方が問題だ。君達は腑抜けではないからな。ザイードとて、君達の立場ならば黙っていまい。なあ？　ザイード」

「当然にございます」

怒るどころか、満足そうな表情のウォルター様。同意を求められたザイード様とて、誇らしげに頷いている。……そんな二人の姿に、彼らの間にも確かな絆が築かれていると知った。僕達とは違うのかもしれないが、彼らは自分達の在り方に満足しているのだろう。

「……によ。何なのよ、どうして力ある存在となった私を認めないの⁉　ダンジョンマスターじゃないから⁉　人間だったから⁉　それとも……」

「そのどれでもない。お前自身に価値がないからだ」

「っ⁉」

激高しかけたアイシャさんの言葉を遮り、ウォルター様が呆れた表情で言い切った。

「私の強さは、私自身が得たものだ。ダンジョンマスターの地位こそ得たが、その立場に恥じぬよう努力してきたつもりだ。そうでなければ、従ってくれるザイードや魔物達に申し訳が立たん」

「その人だって、創造主から付けられたんでしょう⁉」

「その通り。……だがな、背中を預けられる友となれるかは私次第だ。ああ、彼らにしても同じだぞ？　聖は本当に、彼らを大事にしているようだからな。そうでなければ、自我がある魔物達が守るまいよ。手を抜くことはできるのだから」


『何もしなければ、何も得られない』

『その行いは全て、自分自身へと跳ね返る』


ダンジョンマスターの在り方は非常にシンプルなのだ。与えられた物だけで満足すれば良し、分不相応に驕れば、討伐されるだけ。

明暗を分けるのは、『どれだけ配下の魔物達やダンジョンに心を砕いたか』。たとえ魔物達に自我がなくとも、己の駒として気にかけていれば、挑戦者達にとっての脅威と化す。

ウォルター様だけでなく、今回手合わせをしたお三方は己が配下達を大切にしていた。いや、誇っていると言ってもいい。そのような方達だからこそ、皇国のダンジョンにおいて今なお、討伐されずにいるのだろう。

自我がなくとも、魔物達は主を守る。その本能があるゆえに。

そして、魔物達を強くするのはダンジョンマスター。魔物達の主にして、唯一の『守護者』。

「何で……私、は……私だって……！　……。いいえ、認めない。貴方達を倒せば、私は多くのダンジョンマスター達にさえ一目置かれる存在になるのだから！」

俯いていたアイシャさんは顔を上げると、手にした剣をウォルター様へと向けた。その目は憎しみに染まり、どこか危ういように感じる。……正気を失いかけているのかもしれない。

「チッ、どこまでも反省できぬ娘だな。ザイード、いくぞ！」

「はっ！」

アイシャさんの言葉が合図だったかのように、彼らは戦い始める。単純な強さならば、ウォルター様達の方に軍配が上がるはず。けれど、明らかに彼女よりも強い二人が同時に切りかかってさえ、アイシャさんは潰れなかった。

「身体能力が飛躍的に向上しているようですね。剣にも魔力を纏わせ、威力を上げているようです。まともに刃を受ければ、一撃で致命傷になりかねません。ですから、お二人とも全力で応戦しているのでしょう。彼女の攻撃を上手くいなし、避けているのは、さすがとしか言いようがありません。……凪、貴方は戦闘に加わらず、怪我を受けた際の治癒をお願いします」

「判った。だが、アスト。あれではアストとルイも、迂闊に手が出せないんじゃないか？」

アスト様の言葉に納得するも、凪の言葉もまた事実だった。三人とも剣を使っているせいか、距離が非常に近いのだ。

しかも、動きが速い。これでは僕の魔法どころか、アスト様の狙撃すら危うい。

それでも何とかなっているのは、ウォルター様とザイード様の息が合っているからだろう。『背中を預けられる友』……その意味が判った気がした。

「……ウォルター様達はこうなることを見越していたのかもしれません。攻撃を受けた時、態勢を立て直すためのサポートを私達に担わせ、凪を治癒担当にする。やはり、己が配下として創造した以上、ご自分でけじめをつけたいのでしょうね。唯一、同じ舞台に上がることを許されたのがザイードなのでしょう」


――あの方は誇り高いダンジョンマスターですから。


そう続いたアスト様の言葉に、僕と凪は揃って彼らに視線を向けた。視線の先では、三人が激しく打ち合っているけれど、その内の一人は醜く顔を歪めている。もしかしたら、互いに守り合って戦うウォルター様達に嫉妬しているのかもしれない。

そんな姿に、かつて相方と一緒に居た頃のアイシャさんを思い出す。あの日々を捨ててまで貫いた矜持は、『異形』となってまで力を得た『今』は。……本当に彼女の望むものだったのか。

……。

アイシャさん、君は本当に愚かだね。こんな状態になってまで、君に対して責任を取ろうとしてくれている『主』と『仲間』がいるのに。それに気付かず、自分の主張を振り翳すだけなんて。

「ほらほら、どうしたの？　二人がかりなのに情けないわよっ」

「ぐ……！」

勢いを完全に殺しきれず、僅かとはいえ、ウォルター様は肩にアイシャさんの剣を受ける。アイシャさんは勝利を確信しているのか、饒舌だ。――だが。

「ザイード、やれっ！」

肩から血を滲ませたウォルター様は臆することなく叫び、その言葉を受けて背後から現れたザイード様は。

「え？　き……きゃぁぁぁっ」

――主の期待に応えるべく、アイシャさんの片腕を切り落としたのだった。

第四十一話　理解し合えない存在（アストゥト視点）

「腕が……私の腕、が……？　え……？」

片腕で傷を押さえるも、アイシャさんは呆けたような表情になりました。それも当然でしょう……彼女の腕は確かに切り落とされたというのに、血の一滴も流れないのですから。

いえ、血が流れないだけではなく、痛みさえもないのでしょう。彼女がデュラハン――所謂、アンデッドであることは今更ですが、本人に自覚があったかは別問題なのです。

アイシャさんは漸く、自分がすでに人ではないという事実に思い至ったようでした。いえ、『知ってはいたけれど、理解できていなかった』とでも言うべきでしょうか？

「当たり前だろうが。お前は我がダンジョンで死に、私の手によってデュラハンとして蘇った。もはやダンジョンの外に出ることは敵わず、人と馴れ合うこともない。生前の知り合いに化け物扱いされることもあるだろう。魔物化とはそういうことだ」

「まして、貴様は主たる閣下に牙を剥いた。異界の神の力を得、この世界から弾かれた存在になろうとも、『己が配下』と言ってくださった閣下に対してな！　その意味も判らぬ愚か者に用はない。誰にも認められることなく、そこで朽ちていけ！」

ザイードは心底、怒っているのでしょう。彼は基本的に真面目ですが、今回ばかりはいつにも増して辛辣です。それほどに、怒り心頭だったということでしょうね。

「化け物……私が？　じゃあ、誰が私を認めてくれるの？」

「冒険者としてなら、認められたかもしれませんね。ですが、もう二度と冒険者になることはない。死者が生者と共に過ごすことはありませんし、それ以前に、生者は魔物を敵と認識します。……特に、貴女のようなアンデッドは」

「私……私は！　そんなことを望んでいない！」

「ですが、人としての時間はすでに終えてしまったのでしょう？」

現実を突き付ければ、アイシャさんは黙り込みました。生きていれば反省し、やり直す未来も選べたでしょう。ですが、彼女の人としての時間はすでに終わっており、もうやり直すことなどできないのです。

それ以前に、彼女の体は。

「あ……あああああぁぁぁぁ……！」

嘆くごとに、アイシャさんの体がボロボロと崩れていきます。それは人……いえ、アンデッドというより、人形が土に還っていっているようでした。体の方も限界だったのでしょう。

「僕達は君に同情しません。相方だったリリィさんだけでなく、多くの人達の苦言や助言の一切を無視したのは君自身じゃないか。それに、力に驕って他者を見下していたのは、紛れもなく君の本心。自分勝手な正義を押し付ける君の本質ですよ」

「哀れなものだな。やり直せなくなってから漸く、気付くなんて」

ルイに比べれば、凪の言葉は随分と優しい。ですが、その表情を見る限り、哀れんでいるというよりも嫌悪を覚えているようでした。

……ああ、縋るように凪を見たアイシャさんもそれに気が付いたようですね。顔を強張らせ、僅かに後ろへと下がりましたから。

それでも諦めきれないのか、アイシャさんは俯いたまま悔しそうに呟きました。

「私も貴方達のような存在を作り出せていれば……！」

「無理でしょうね」

「無理だな」

「惨めになるだけじゃないかな」

私、凪、ルイの声が同時に響きます。私達は視線を交わし合うと、代表するかのようにルイが口を開きました。

「いくら魔物を創造しようとも、慕われるかどうかは別問題なんですよ。君はザイード様の怒りに気が付かないいんですか？　あれは補佐という『役目』だけが原因じゃない。僕達だって同じ。……ああ、これだけは言っておきたかったんだ」

そう言うなり、ルイは普段からは考えられないような冷たい笑みを浮かべました。

「僕も姉さんも君が嫌いなんです。君達だって、親しい人とそうでない人に同じ態度を取ったりしないでしょう？　自我がある以上、僕達にだって感情がある。だからね、聖さんが通常のダンジョンを望むならば、即座に僕達は挑戦者達の敵となる」

「結局は、創造者の言いなりってことじゃない！」

「違います。『僕達自身が、彼女の願いを叶えることを望む』んですよ。だって、大事なのは聖さんと仲間達だから。挑戦者達との関係が崩れることを残念に思っても、躊躇うことはない。君達が大好きな言葉に置き換えると、聖さんは『最愛』にして『唯一』といったところかな」

「……っ」

アイシャさんはルイの変貌ぶりに驚いているようですが、私としては今更です。ルイ達姉弟は魔物……それも自分勝手に振る舞い、享楽的に生きる淫魔。元より、感情優先に生きる種なのです。

今回、ソアラがいつになく憤っていたのも、聖への言い掛かりが許せなかったからでしょう。

……ですが、それだけではない。

ルイは『仲間達も大切』と言い切っているのです。始まりこそ聖の影響だったでしょうが、今はルイ自身の意思で仲間を大切にしています。それは共に過ごす中、培われていったもの。

勿論、そういった感情を抱いているのは彼だけではありません。

「ご立派な忠誠心ね。だけど、逆はないのでしょう？　『最愛』の『唯一』になれないのに？」

それでも一矢報いたいと思ったのか、アイシャさんが嘲るように問い掛けます。対して、ルイはきょとんとなり、不思議そうに首を傾げました。

「何故、僕が『唯一』になる必要が？　凪、僕やアスト様が聖さんの傍に居たら、どう思う？」

「安心する。二人ならば、聖を必ず守るだろう。これは他の奴でも同じだが」

「そうだよね。貴族階級の女性当主と複数の補佐みたいな関係って、僕達には理想的かも」

「聖は風評被害云々と言っていたが、俺は事実でも全く構わなかった」

「な……」

唖然とするアイシャさんに対し、ルイは呆れた目を向けました。

「嫉妬させたいのかもしれないけれど、無駄ですよ。僕達にとっての『唯一』が共通している以上、覚えるのは嫉妬ではなく安堵です。それに聖さん曰く、僕達は運命共同体なのだから」

驚くアイシャさんは未だ、我々を自分の価値観で捉えているようですね。聖が戦闘能力皆無である以上、ルイの言葉は的確です。そもそも、何故、私達に独占欲があると思うのか……。

そこで、ふと気が付きました。『凪に対するルイの言葉が、随分と気安くなっている』ということに。どこか同年代の友人に対するような、親しい者へと見せるその姿……こういった変化も、日々の生活が影響しているのでしょう。

凪もそれに気付いたのか、ほんの少しだけ嬉しそうにしています。凪は特殊な状況でしたから、このような遣り取りに憧れを抱いているのかもしれません。

さて、そろそろ話を終わらせましょうか。

「これまで存在したダンジョンマスターの中には、創造した魔物達を愛人のように扱う方もいらっしゃいました。我々は同個体の記憶を有していますので、そういったことに特に拘りはないのですよ。何度も言いますが、我々と貴女達には大きな隔たりがあることをご理解ください」

頭が痛いとばかりに告げれば、皆――ウォルター様やザイードも含む――が大きく頷きました。

アイシャさんは我々を理解などしていない……いえ、する気などないのでしょう。まあ、同じ人間に対しての理解さえ見せない彼女に、何を言っても無駄だとは思いますけれど。

「無駄……そう、私のしたことは無駄だったのね……」

ほんの少しの傷さえつけられない。そう理解したのか、アイシャさんは表情を失くしました。体の崩壊は続いており、もはや彼女の全てが崩れ落ちるのは時間の問題です。

――そして。

「……ィ」

最後に小さく呟くと、アイシャさんは完全に崩れ落ちました。その途端、ずっと見守っていてくださったであろう創造主様の声が響きます。

『皆、すぐにこっちに戻すから！　皆が戻り次第、そこを消滅させるよ！』

声と同時に、視界が揺らぎました。私は最後に、ただの土塊(つちくれ)となったアイシャさんへと一度、視線を向けます。彼女にとって『二度目の死』は、一度目同様に絶望に彩られていたことでしょう。

「最期に名を呼ぶくらい大事だったら、離れない努力をすれば良かったのですよ」

彼女が最期に呟いたのは、相方であった少女の名前。反省や後悔をしないように見受けられたアイシャさんですが、相方のことだけは別だったのかもしれません。

「次があるかは判りませんが……確かに、この世界の命として存在していた貴女に、お悔やみを」

同情する気はありませんが、貴女の末路は口を噤んで差し上げます。リリィさん達が知って悲しむなど、聖も望まないでしょうからね。

エピローグ

――聖(ひじり)のダンジョンにて

「お帰り！」

皆の姿が現れるなり、私は一番近くに居たアストに抱き付いた。さすがにちょっと驚かれたけど、アストも無理に振り解(ほど)こうとはしない。

「映像粗いしさぁ、音声も全く聞こえないしさぁ……！　正直、こちらからだと、どうなっているか全く判らなかったんだよ！」

「ああ、それでこの状態なんですね」

「皆の無事を喜んで何が悪い！　本当に心配したんだからね！」

アストは呆れた口調ながら、その表情は優しい。皆も苦笑こそしているけど、ウォルターさん以外は怪我をしていないようだ。ルイも「僕達は無事ですよ」と言ってくれる。

「あの子が自壊したのは判ったけれど……」

「ご安心ください。無事に討伐致しました。『我が配下がご迷惑をおかけして』、誠に申し訳ございません。どのような処罰でもお受けいたします」

どこか苦いものを滲ませた縁に対し、先手を打つように、ウォルターさんが首を垂れる。そこに割り込むのは、ウォルターさんの補佐役であるザイードさんの声。

「創造主様、この世界を脅かしかねないと判断した対象を排除致しました。お叱りは、あのような者に好き勝手させた私が受けさせていただきます。職務怠慢、申し訳ございませんでした」

「ザイード！　お前が泥を被る必要はない！」

「閣下。下の者の管理は補佐たる私の役目。それ以上に、私は創造主様の手足でもあるのです。閣下が責任を果たされるならば、私も同様です」

そう言うなり、ザイードさんはウォルターさん同様に頭を下げた。そこに含まれるのは、ウォルターさんへの忠誠だけではない。いや、ウォルターさんの想いを酌んだゆえの行動か。

ザイードさんもウォルターさん同様、『【聖女】を見逃していた創造主の甘さ』ではなく、あくまでも『ウォルターさんと補佐の不手際』として片づけてしまいたいのだろう。

ウォルターさんとしては、別行動をとっていたザイードさんを巻き込むつもりはないようだったけど、ザイードさんはそれを許さなかった。創造主から与えられた使命に対する矜持なのか、ウォルターさんに対する敬意なのかは、判らなかったけれど。……多分、両方だな。

――だけど、そんな二人の姿に、縁が愛されていることを感じる。


全員ではないけれど、幼い創造主を案じるダンジョンマスター達は多い。自分が辛い人生を送ったからこそ、今度は助ける側になろうと決意し、ダンジョンマスターの話を受けた人もいた。縁の努力は様々な人に認められているのだ。それは他の創造主様達とて例外ではない。

「君達は責任を果たした。だから、何らかの罰を与える気はないよ。それを言ったら、僕だって役目を果たしていないことになるからね」

「しかし……」

「いいの！　それに、今回のことは教訓になるからね。だから、この話はもうお終い！」

言い切って、話を終わらせる縁。ウォルターさん達は顔を見合わせていたけれど、やがて苦笑しながら頷いた。

――そんな場面に響く、『とある人物』の声。

『おーい、そろそろ終わったかぁ？』

呑気な声は私のスマホから。声の主は兄貴――私の世界の創造主様だ。

「兄貴、ウォルターさんが少し怪我をしたけど、皆無事です！」

『おお！　そりゃ、良かったなぁ。まあ、我が儘娘に負けるなんて思ってなかったけどよ』

相変わらず、兄貴（私の世界の創造主）は豪快だ。皆が向こうに行ってから、割とすぐに連絡をくれたんだよねぇ……『聖女絡み』と伝えたことも不安を煽った一因だろうけど。

そんな『聖女』はさっきからずっと黙ったまま。自分の甘い考えを痛感させられただけでなく、あの女神に課せられた罰の内容を聞いたせいだ。

『将来的に信仰を失わせる』……女神信者の『聖女』からすれば、絶望しかない展開ですからねー、これ。考えた創造主様、凄ぇよ。結果的に、女神は世界に対する影響力を失っちゃうんだもの。

「……で、『聖女』殿はどうするんです？　まだ何か隠し持っていると厄介ですが……」

言いながらも、アストは『聖女』に厳しい目を向けている。彼女が反省しない性格であると判っているため、警戒を解く気はないのだろう。皆の目も自然と厳しいものになっている。

――だが、それをあっさり解決したのは我らが兄貴（私の世界の創造主）だった。

『ああ、そいつは俺の世界で引き取るわ。魔法がないし、転生させれば、俺の支配下に組み込めるしな。勿論、きっちり罰を与えるつもりだ』

私の世界には魔法がない。多くの宗教こそ存在しているが、それに纏わる奇跡なんてものは殆ど起きない。信者が居てさえ、その状態なのだ。『聖女』が女神関連の何かを有していたところで、世界に与える影響はほぼないだろう。

「……それは安心ですが、一体、どのような罰を？」

『ふふん、聞いて驚け！　転生しようとも、人の本質ってのはそう変わらねぇ。だから、【聖女】

が俺の世界に生まれても、【何らかの神を崇め、信仰する可能性】ってのは、かなり高い』

「神への信仰自体はあるのですか？」

『おう。まあ、どんなに規模がでかくても、世界中が崇拝する神なんてのは居ないがな』

最大勢力として考えられるのはキリスト教だけど、それだけが信仰じゃない。そもそも、キリスト教も様々な教派に分かれていたはず。

アストは私から元の世界のことを聞けども、その対象が日本だったため、あまり宗教系のことに詳しくはない。

というか、私自身がその手の話に疎いため、どうにもならなかった。……付喪神とか話したら、絶対に混乱するよね。創造主への信仰はなくとも、日本には神様が一杯さ。

『そいつが敬虔な信者として生涯を捧げる可能性は高い。まあ、俺もそう望むけどな。……だからよ、その生き方に免じて、毎回、死ぬ間際に【聖女】としての記憶を思い出させてやろう』

「……え？」

初めて、聖女が声を上げた。処罰と聞いていたのに、女神を思い出す温情が与えられる。そんな風に思ったのかもしれなかった。

——だけど、その希望は打ち砕かれる。兄貴も創造主の一人であり、残酷な面を持つのだ。

『あれだけ慕っていたのに、他の神を信仰した。その裏切りは、お前にどんな絶望をもたらすんだろうなぁ？』

「な⁉」

『ああ、あのクソ女神の処罰が終わる時には、元の世界に返してやるよ。……裏切りの記憶を持ったまま、女神への信仰が消えた世界で生きていけ』

予想以上に残酷な決定に、皆が息を飲む。普通の人ならばともかく、女神信者の『聖女』にとっては、最悪の罰だろう。現に、『聖女』は顔面蒼白だ。

「そ、そんな！　わ……私があのお方を裏切る……その記憶を持って、あの世界に帰る……？　嫌よ……嫌よ、嫌よ、そんなことって……！」

『聖女』が悲鳴のような声を上げるも、兄貴（私の世界の創造主）の決定は覆らない。一度ならず、二度までもこの世界に牙を剥いたからこそ、『聖女』を許す気はないのだろう。

『あ、そうそう。聖、例の件は通ったぞ。他にも居るらしいから、仲良くやれよ』

それまでの雰囲気をガラッと変えて、兄貴（私の世界の創造主）が明るく話を振ってくる。他の面子は怪訝そうにしているけど、その意味が判っている私は笑顔になった。

「あ、ほんと？　ちなみに、誰です？　私が知っている人は居るかな？」

『これから話すらしいが、サージュも候補らしい』

「サージュおじいちゃん⁉　兄貴、兄貴、この国のダンジョンマスターの交代が行われなくなっちゃいますけど」

『あ～……。……。ダンジョンを増やせばいいんじゃね？』

「ちょっと待って。え、僕の知らないところで勝手に話が動いてない⁉」

そこまで聞くと、何となく内容が判ったのだろう。縁が慌てて声を上げるけど、兄貴（私の世界の創造主）は真面目な声で話し出した。

『チビ、お前の世界は極端に守りが薄い。その自覚はあるな？』

「う、うん」

『そこにきて、あのクソ女神関連の騒動だ。だからな、俺達は自分の子飼いをそっちの世界に派遣することにした。俺達みたいな存在は、そう簡単に他の世界に降臨できねぇ。その代理みたいなもんだな。お前だって、ろくに動けないだろ？　まあ、俺達へとチクるっていうか、助言を求めることができるようになるだけだ。基本的に今と変わらねぇぞ？　討伐されても、俺達が呼び戻さない限りは復活するだけさ』

「……」

縁は複雑そうな表情で黙り込む。兄貴（私の世界の創造主）達の好意も、言っていることも理解できるけど、自分の不甲斐なさを突き付けられたように感じているのだろう。

『ああ、お前が力不足って言っているわけじゃねぇ。……あんまり言いたかねぇが、悪さをする奴らにとって、お前の世界は狙いやすいのさ。俺だって、昔は狙われたくらいだからな！』

「え。兄貴、その話はマジですか⁉　ちなみに、どうしました？」

『おうよ、マジだ。勿論、半殺しにして叩き出したけどな！　ちょっとばかり世界にも影響が出たが、今となっては些細なことさ』

あの頃は若かった！　と、兄貴（私の世界の創造主）は豪快に笑う。どうやら、敵とリアルファイトをなさった模様。

だけど、私は笑えない。……あの、まさかそれが恐竜の滅亡とかに繋がってませんよ、ね⁉　縁もそれに思い至ったのか、顔を引き攣らせてるんですが⁉

『まあ、難しく考えることはねぇよ。基本的に、今、そっちに居るダンジョンマスターの何人かが元の世界の創造主公認で、チビの力になるってだけだから。ちなみに俺の所からは聖な。今回の手合わせでも判っただろうが、人間の作り上げた技術ってやつは役に立つぞ』

「で……でも、該当者達はかなりの時間、命の輪に還ることができないんじゃないの⁉」

『それも了承済みだ。なぁ、聖？』

「勿論！　人生の延長戦が、第二の人生になるだけだから、特に問題ないよ。何より！　私は自分が居なくなった後の皆や縁のことが気になるもん！　兄貴からの提案だったけど、利害関係の一致で即、受けさせてもらいました。というわけで、これからも宜しくねー！」

すちゃ！　と片手を上げて挨拶すれば、皆が唖然としたまま私をガン見する。

いーじゃん、いーじゃん、『人生終了してからこの世界に来た』んだから、『兄貴の子飼いとして、異世界に出張する』のが、第二の人生の幕開けですよ。人外、上等です！

『ははっ！　聖、全く悩まなかったもんなぁ。……なあ、チビ？　一人くらい、お前を甘やかす奴が傍に居てもいいだろ？　お前の代わりは誰にもできねぇが、誰かに泣きつくことも覚えな』

「え……」

『お前、聖に庇われた凪が羨ましかったんだろ？　異端だろうと、創造主だろうと、聖は変わらないぞ？　そっちでも変わらなかったろ？』

意外な暴露に驚くけど、それを告げる兄貴（私の世界の創造主）の声は優しい。私が『お姉ちゃん』なら、兄貴（私の世界の創造主）は『お兄ちゃん』の心境なのかもしれなかった。

「……っ……うん……うん、ありがとう！」

納得できたのか、縁は漸く笑顔を見せる。『不甲斐ない』と言われたのではなく、単純に『応援したい』と言っていることを読み取ったのだろう。

――だって、私ができることは今と大して変わらない。戦闘能力皆無のままだしね。

「聖っ！　これからも宜しくね！」

「おっと！　うん、楽しく、平和に過ごしましょ♪　とりあえず、今回の慰労会ね」

抱き付いてくる縁を受け止めながらそんなことを言えば、即座にアストが青筋を浮かべた。

「聖！　貴女、またお気楽なことを」

「いいじゃないの、アスト」

だって、ここは私が支配する、私のダンジョン。

誰も死なない『娯楽施設・殺さずのダンジョン』なんだからさ！

平和的ダンジョン生活。　3

＊本作は「小説家になろう」公式WEB雑誌『N-Star』（https://syosetu.com/license/n-star/）に掲載されていた作品を、大幅に加筆修正したものとなります。
＊この作品はフィクションです。実在の人物・団体・事件・地名・名称等とは一切関係ありません。

2020年8月20日　第一刷発行

著者 ……………………………… 広瀬 煉
©HIROSE REN/Frontier Works Inc.
イラスト ……………………………… ⑪
発行者 ……………………………… 辻 政英
発行所 ……………… 株式会社フロンティアワークス
〒170-0013　東京都豊島区東池袋3-22-17
東池袋セントラルプレイス5F
営業　TEL 03-5957-1030　FAX 03-5957-1533
アリアンローズ公式サイト　http://arianrose.jp
フォーマットデザイン ……………… ウエダデザイン室
装丁デザイン ……………… 鈴木 勉（BELL'S GRAPHICS）
印刷所 ……………………… シナノ書籍印刷株式会社

二次元コードまたはURLより本書に関するアンケートにご協力ください

http://arianrose.jp/questionnaire/

● PC・スマートフォンに対応しております（一部対応していない機種もございます）。
●サイトにアクセスする際にかかる通信費はご負担ください。